커튼
뒤에서
엿보는
영국신사

잉글리시젠틀맨인가!커튼트위처스인가!

커튼
뒤에서
엿보는
영국신사

소심하고 까칠한 영국 사람 만나기

이순미 지음

리수

런던에서 함께했던 흥민, 윤정.
그리고 런던에서 길을 잃어 당황하고 서 있을 낯선 객에게
이 글을 드립니다.

잉글리시 젠틀맨인가, 커튼 트위처스인가

영국의 주택가 산책에는 아기자기한 즐거움이 있다. 정성스레 가꾼 소박한 정원과 집주인이 애써 만든 재미있고 독특한 디자인의 문패들, 그리고 집집마다 색과 모양이 다른 담벼락, 또 눈을 들어 하늘을 보면 각양각색의 지붕과 굴뚝들, 갖가지 창문과 그 속에 걸린 두터운 실크 커튼과 새하얀 레이스 커튼들…. 마치 동화 속을 걷는 듯 즐겁고 평화롭다.

하지만 그 고요한 산책은 나 혼자만의 즐거움이 아니다. 타인의 사생활에는 티끌만큼도 관심 없다는 듯한 냉랭한 표정의 영국인들이 그 우아한 커튼 뒤에서 나의 일거수일투족을 지켜보고 있기 때문이다.

세계적으로도 악명이 높을 정도로 무표정하고 쌀쌀맞은 거만한 영국인들이 현관문을 열고 들어서자마다 창이나 문틈 사이로 '남의 일이 궁금해서 미치겠다'는 표정으로 거리를 훔쳐보고 있다니…. 이렇게 커튼 사이로 엿본다 하여 커튼 트위처스라고 한다.

영국 신사라 하지 않았던가! 그들의 젠틀함은 어디 가고 '쪼잔하게' 엿보기나 한단 말인가. 하지만 영국 사람들과 정원 담벼락 전쟁을 치를 정도로 가까이 다가가 보니 잉글리시 젠틀맨과 커튼 트위처스는 도저히 조화가 안 되는 것처럼 보여도 한 덩어리임을 알 수 있었다.

이성과 합리 그리고 전통을 중시하는 나라 영국, 그리고 영국 신사. 영국인들과 뒤섞여 아이도 키워보고, 개도 키워보고, 정원도 가꿔보니 왜 이들이 이성과 합리를 추구하는지 알 수 있었다.

소심해서 타인과 쉽게 친구가 되지 못하고, 오해 살까 두려워 눈 한번 제대로 맞추지 못하는 이 사람들은 서로에게 침범하지 않고, 스스로를 보호하기 위해서라도 견고한 이성과 합리의 틀이 필요했는지 모른다. 그래서 오늘도 영국인들은 이성과 합리 그리고 전통의 틀을 유지하는 잉글리시 젠틀맨으로 살아가고 있다.

그러므로 생활 곳곳에서 만나게 되는 영국인의 모습은 젠틀맨의 명성에는 어울리지 않아 보일지라도, 그렇다고 해서 연관성이 없는 것이 아니다. 그 모습들로 인하여 영국 신사가 탄생했으므로….

영국의 가장 큰 특징은 조용함이다. 영국은 신사의 나라답게 어딜 가나 조용하다. 식당에서도, 아이를 야단칠 때도, 아무리 길이 막혀도, 분쟁이 생겨도, 심지어 온갖 소리가 왕왕 울려대는 수영장조차도 조용하다.

영국 식당은 너무나 조용해서 외식이라도 하려면 너무 조용한 분위기에 체할 것만 같은 지경이다. 그래서 때로는 도버해협을 건너 프랑스 식당에 가서 숨통을 틔워야 할 정도다. 그렇게 소곤거려서야 어디 들리기나 할까 싶을 정도로 웅얼거리는데 신기하게도 대답을 하고 대화를 이어나간다.

영국에서는 일단 소리가 커지면 불리하다. 펍에서 바텐더가 주문을 받지 않아도, 병원에서 한없이 기다릴 때도 큰소리로 항의하다가는 내 차례는 은근슬쩍 뒤로 밀려나가거나 상상을 초월하는 대가를 치르게 된다. 아무리 화가 나는 상황이라도 일단은 조용하게 대응해야 한다. 그러지 않고 큰소리부터 낸다면 대응할 가치조차 없는 존재로 전락하기 일쑤다.

항의할 만한 확실한 증거가 있어도 격앙된 목소리는 아무짝에 쓸모가 없다. 그저 점잖게 편지로 전하는 것이 확실하다. 이웃에게 항의편지를 쓸 때조차 '그래도 시정하지 않으면 고발조치 하겠다.'라든가 '경찰을 부르겠다.'와 같은 강력한 문구를 점잖게 써서 보낸다. 오죽하면 어학원에서 제일 먼저 배우는 작문이 항의편지 쓰기일까.

이러한 문화는 어릴 때부터 길러진다. 학교에서 조그마한 문제라도 생기려 하면 영국의 아이들은 우리의 아이들처럼 티격태격하는 법이 없다. 이 아이들은 선생님께 고자질하는 것으로 문제를 해결한다. 법을 잘 지키는 신사, 질서를 잘 지키는 신사는 영국인들 천성 자체가 선하고 준법정신이 드높기 때문인지 몰라도, 그것보다는 훈련에 의해 만들어진 영국인들의 고자질 정신도 한몫하리라 생각된다.

이렇게 조용함이 미덕이기 때문일까? 조용히 커튼 뒤에서 이웃 엿보기를 즐기듯이 클래펌 정션 9번 플랫폼을 묵묵히 지키는 이들이 있다. 워터루 역에서 서남쪽으로 두 정거장을 가면 클래펌 정션 역이 나온다. 그곳의 9번 플랫폼에 가면 이름도 생소한 트레인 스포터들을 만날 수 있다. 이들이 하는 일은 고물 같은 망원경과 카메라를 목에 건 채 앉아 있다가 기차가 지나가면 황급하게 일어나서 심각한 표정으로 노트에 기차의 일련번호를 기록하는 것이다. 재미있는 사실은 그들이 열심히 기록하는 기차 번호에는 아무 함수 관계도 없다는 것이다. 그들의 화두는 '의미가 없음'에 있다. '의미가 없을수록 의미를 지니는 것', 그것이 트레인 스포팅의 핵심이다.

하지만 이렇게 있는 듯 없는 듯 소심하게 처리되는 모든 것이 그 흔적까지 고요하다고는 볼 수 없다. 어쩌면 참았던 만큼 더욱 독한 숨은 모습들이 있다. 영국 사람들은 신사답게 아이들을 야단치는 목소리도 나지막하다. 그렇지만 그 어떤 것보다 단호함을 알아야 한다. 엄마들의 "no!"라는 한마디에, "9시니 자러 올라가라"는 말 한마디에, 군소리 없이 따르는 아이들이 우리 눈에는 신기하게만 보인다. 거기에는 비법이 있었다. 영국 부모들은 때릴 일이 있으면 절대 남의 눈에 띄지 않게, 아주 빠르고 독하게 때려댔다. 한마디로 말해 조용히 엄하게 혼을 내는 것이다. 물론 맞은 아이들도 영국인답게 소리 없이 조용히 울 뿐이었다.

초등학교의 체육시간은 그 매서움의 증거다. 영국에서 초등학교 저학년 아이들은 체육시간에 팬티 차림이다. 이 사실을 처음 알았을 때 '신사의 나라 영국에서 아이들을 발가벗겨놓고 체육을 시키다니!' 이해할 수 없었다. 이에 알몸 운동은 체력 단련에 좋고 자연친화적 교육이라고 이유를 대지만, 중요한 이유가 하나 더 있었다. 알몸 체육 시간을 통해 아이들이 혹시 집에서 부모로부터 구타를 당했는지 아닌지 확인해보는 것이었다. 겉으로는 조용한 훈계지만 그 흔적은 결코 만만치 않음을 다시금 알 수 있었다.

조용한 도로 사정도 매섭기는 마찬가지다. 영국은 신사다운 운전을 하는 나라로 소문이 나 있다. 보행자는 아무 데서나 아무렇게나 무단횡단을 하지만, 운전자는 보행자가 없는 횡단보도에서도 일단 정차하여 신호를 기다린다. 웬만한 일로는 경적을 울리지 않으며 도로 한가운데에서 차 문을 열고 싸우는 사람을 좀처럼 보기 드물다.

　하지만 원래 말없는 사람이 화가 나면 더 무섭다고, 조용하고 신사다운 것 같은 영국인들이 한번 화나면 정말 무섭다. 점잖다는 영국인이 흥분한 얼굴로 차 문을 박차고 차에서 내렸다 하면, 그것은 죽음으로 가는 결투의 신청쯤으로 받아들이고 마음의 준비를 단단히 해야 한다. 그래서 영국의 도로규범에는 운전 중 초래될 시비에 대비한 갖가지 요령을 가르치고 있다. 예를 들면, '운전 중 절대로 다른 차량의 운전자들과 눈을 마주치지 말라.' '분노가 오르면 갓길에 차를 세워두고 분을 가라앉히고 다시 운전해라.' '시비가 벌어지면 절대 차에서 내리지 마라.'

　이렇듯 조용히 일을 치르는 영국 신사들의 면면이 우리의 정서와 맞지 않는 것은 사실이다. 그리고 영국신사들이 괴짜로 보이기까지 한다. 하지만 그들이 신사인 것은 부정할 수 없다. 그들이 결코 멋있거나 뛰어나기 때문이 아니라, 인간에게 가장 필요한 것들에 대한 숙고가 있기 때문에 신사로 인정을 받는 것이다.

　그들과 자녀 교육을 공유하면서 뼈저리게 깨달을 수 있었다. 영국의 학예회는 아이들 스스로 그 수준에 맞게 준비하는데, 이것이 솔직히 어른의 눈으로는 '허접하기' 이를 데가 없다. 하지만 무대에 오른 학생들은 자신이 진짜 연주자인 것처럼 진지했고, 학부모들은 무대 아래서 진짜 관객의 모습을 보여주고 있었다.

　'허접한' 학예회는 남보다 월등한 실력을 요구하는 것이 아니라 학예회를 위한 연주자의 자세를 갖추는 것이다. 그 학예회는 박수를 쳐주는 것이 아닌, 스스로 남 앞에서 무얼 하겠다고 나서는 자신감을 격려해주는 장이었다. 자신감만 가지게 되면 실력은 늦게라도 쌓이기 마련임을 그들은 알고 있었다.

　흔히 우리는 영국인이라 하면 오래된 것들에 집착하는 사람들로 알고 있다.

그렇다. 하지만 그들은 골동품을 포함한 모든 버려지는 것을 사랑하고 있었다. 버려지는 사람들과 버려지는 생각들을 즐겨 모아 보듬어주는 모습을 쉽게 볼 수 있다. 정박아나 장애자들에 대한 영국인들의 배려와 사랑은 우리를 숙연하게 한다. ´이들은 내버려진 골동품을 문지르고 문질러 명품을 만들듯이, 굳이 스스로의 결점을 드러내어 만져주는 것을 두려워하지 않는다. 이러한 영국 신사의 힘이 있기에 소심하고 까칠한 영국인과의 만남은 추억이 되어 오래오래 간직되는지 모르겠다.

사람들은 영국인들이 굉장히 폐쇄적이라고 한다. 우스갯소리로 영국인들은 무인도에 떨어져도 소개해주는 사람이 없으면 서로 통성명도 못할 사람들이라고 하지만, 외로운 영국 신사는 공통의 화제로 대화를 나눌 만한 틈만 보이면 다소 허무하게 허물어지는 경향이 짙다.

그렇기 때문에 영국인과 사귀고 싶다면 '키워야' 한다. 첫째는 아이 키우기, 둘째는 꽃과 나무 키우기, 셋째는 개 키우기이다. 장담컨대 초면일지라도 수선화 알뿌리 몇 개를 들고 "혹시 이거 보관하는 법 알아?"라며 불쑥 옆집 문을 두드리면, 폐쇄적인 영국인들과 하루 종일 수다를 떨며 노닥거릴 수 있을 것이다. 시간이 흐를수록 남에게 지나치게 관심을 보이는 영국인들에게 조금씩 지쳐갈지도 모른다.

3부
영국 신사 만들기

길가에 떨어진 사과 보도블록에 떨어져 있는 사과. 과일이 익는 철이 되면 길가에는 사과나 배 심지어는 크기 작은 체리까지 다양한 과실들이 떨어져 뒹굴고 있다.

1부

영국 신사,
그 불편한 진실

훔쳐보기를 즐기는 피핑탐의 후예

잃어버린 개를 찾아주는 사람들

"복돌아~ 복돌아~"

잃어버린 개를 찾느라고, 조용한 영국 마을에서 고함을 지르며 이리저리 뛰어다녔다. 저녁 요리를 하다가 갑자기 뛰쳐나오는 바람에 된장과 마늘 냄새가 온몸에 배어 있었고, 부엌일 차림새라 당연히 옷 꼴도 엉망이고, 머리는 검정 고무줄로 질끈 묶어 맨 게 다였다.

코츠포드 거리와 그 옆, 옆길까지 영국 동네를 발칵 뒤집어놓는 소란이었을 거다. 아름다운 정원과 낭만적인 가로수길, 고색창연한 집, 그리고 조용하고 우아하게 산책하는 금발의 남녀들. 뉴멀든 지역에서도 공원으로 향하는 아름다운 거리로 소문이 난 코츠포드 거리의 이국적인 풍경들 사이로 뛰어다니며 애타게 개를 찾는 누런 동양 여자의 모습이 꽤나 웃겼을 것이다.

불행 중 다행은 그러든 말든 내다보거나 참견하는 동네 사람이 아무도 없다는 것이었다. 보는 사람도 알아듣는 사람도 없지만 큰 소리로 외쳐 부르다 보니 괜히 "복돌이"라는 단어가 마음에 걸렸다. 복돌이라고 부른들 누가 알아들을까마는 괜히 뒤가 불편했다. '이럴 줄 알았으면, 아무리 개라도 멋진 영어 이름으로 지어줄걸!' 강아지라고 촌스러운 한국 이름을 아무렇게나 붙인 것이 후회가 됐다.

놈은 선택에서부터 이름까지 딸의 결정에 의해 이루어졌다. 새 동네로 이사 오면서 강아지들이 바글거리는 농장에 가서 딸아이가 고른 강아지 한 마리를 샀고, 찰스니 럭키니 핑이니 하는 멋진 영국 이름을 생각하고 있었는데, 난데없이 딸아이가 "복돌이"라고 했을 땐 좀 당황스러웠지만, 좋아해줬다. 한국에서야 촌스러운 이름이지만, 영국 땅이니 한국 이름의 의미를 알 사람도 몇 없을 테고 해서, 그렇게 부르라고 했었는데, 그렇게 짓고 나니 불편한 점이 많았다.

이전에는 나를 딸아이 이름에 따라 "윤정이 엄마"라고 부르던 사람들이 이젠 "복돌이 엄마"라는 아주 촌스러운 호칭으로 부르는 것도 그렇고, 우리가 복돌이 가족이라고 불리게 된 것도 그렇다.

다행히 산책을 나온 사람들이 몇 있어서, 아쉽게나마 지나가는 행인에게 개의 행방을 물어볼 수 있었다.

"혹 이쪽으로 가는 개 한 마리를 못 봤나요?"

"이쪽으로는 지나가지 않았으니, 다른 길 쪽으로 얼른 가봐요."

한 치의 망설임도 없는 답변이었다. 동물을 사랑하는 사람들답게 전에 없이 급한 말투로 다른 방향으로 가보라는 충고까지 해줬다. 가

잃어버린 강아지나 고양이를 찾는 광고는 영국의 도로 곳곳에서 볼 수 있다.

리킨 방향으로 돌아서려다가, 너무 빠른 답변이 약간 이상하다는 느낌이 들었다. 적어도 어떻게 생긴 개인지는 되물어야 하지 않는가? 혹시 의사소통이 잘못되었나 해서 개의 모습을 잘 설명하려고 더듬거리며 시간을 끌자 오히려 재촉을 한다.

"알고 있어요! 흰색 바탕에 갈색 얼룩이 있는 킹 찰스 카발리에 스패니얼! 서둘러요…."

그때는 급한 김에 가라는 데로 이리저리 뛰며, 안면도 없는 몇몇 영국인의 도움으로 간신히 개를 찾았다.

그러나 시간이 지나 생각하니 도무지 납득이 안 되었다.

인적이 없는 조용한 마을. 너무 적막해서 혼자 길을 걷다가 괴한이라도 만나면, 고스란히 당해줘야 할 것만 같은 조용한 거리. 집에 도둑이라도 들면 아무리 소리쳐도 도와줄 사람 하나 없어 보이던 텅 빈 옆집들…. 그런 조용한 동네에서 한 번도 마주친 기억도 없는 영국인들이 어떻게 내 강아지의 인상착의, 아니 강아지의 생김새를 그렇게 잘 아는 것일까?

내가 외국인이라서 동네에서 주의 깊게 보아왔을 것이라고 생각해 치우기에는 그동안의 마을 분위기는 너무 고요했다. 가끔 길에서 얼굴을 마주쳐도 눈길 한 번 안 주고 앞만 보며 냉랭하던 마을 사람들이었다. 우리 식구가 이 마을에 사는지 관심조차 없는 사람들처럼 보였다. 그런 사람들이 우리 강아지의 색깔과 종류까지 정확히 알고 있다니.

그건 그날뿐만 아니었다. 그 이후에도 가출에 재미를 붙인 우리의 복돌이를 일면식도 없는 영국인들이 잡아가지고 와서 초인종을 눌렀다. 개가 자주 가출한 것은 정원 뒤쪽 펜스가 잡초와 비바람에 썩어서 아래쪽에 자그마한 개구멍이 났기 때문이다. 개가 가출을 한 줄도 모른 채 집안일을 하고 있다가 초인종 소리에 뛰어나가 보면 낯선 영국인이 복돌이와 함께 서 있었다.

"헉, 어떻게 아셨어요?"

고마워하는 대신에 놀라서 물으면, 당황한 기색이 역력했다.

"뭐 그냥, 여기저기 물어서 왔어요. 음… 여기 29번지에 오면 코리안 가족이 있다고…."

그러니까 이 개의 주인이 코리안이라는 것도, 내가 코리안이라는 것도 알고 있었다는 거지. "복돌이"라는 한국어를 아는 것은 아닐 텐데….

한 번도 본 적이 없는 얼굴이고, 혹시 길에서 마주쳤더라도 너무 무심하게 지나가기에 조금은 섭섭했지만, 그러려니 했는데. 그들은 내가 코리안이고 내가 어떤 개를 키우고 내가 어디에 사는지 우리 가족의 멤버와 일거수일투족을 너무나 잘 알고 있었다.

그 즈음 지역 신문에 실린, 한 외국인 주부의 짤막한 수기가 내 의혹

강아지가 탈출한 나무 펜스. 목재로 만들어져서 쉽게 썩고 구멍이 나서 여우들이 정원에 찾아들 수 있을 뿐만
아니라 집에서 키우는 개가 나가기도 한다.

에 확신을 주었다.

　타향살이. 섬나라 신사, 영국이라는 특이한 민족 틈에 사는 외로움
이 무서우리만큼 컸던 한 외국인 주부는 행인 한 명이 불량배들에게
폭행을 당하는 광경을 정원에서 우연히 목격했다. 순간 몸을 숨겼으나
인적이 없는 영국 마을의 유일한 목격자로서 모른 척하기에는 양심이
허락지 않아서 다급히 경찰에 신고를 했다. 다행히 수화기를 내려놓자
마자 출동한 경찰에 의해 사건이 잘 해결되었으나, 보복이 두려웠던
그녀는 황급히 집 안의 커튼을 내렸다. 그런데 사태를 수습한 뒤 신고
를 한 것에 대해 감사를 표하기 위해 굳이 찾아온 경찰 때문에 당황했
다. 더구나 경찰의 경과보고 내용에 그녀는 기절할 뻔했다.

　"신고를 해주셔서 감사합니다. 오늘 신고자는 7~8명이고, 신고자
의 신원 비밀은 철저히 보장됩니다."

　텅 빈 마을인 줄 알았는데, 많은 영국인이 있었고, 그들은 커튼 뒤에
서 거리를 훔쳐보며 귀를 기울이고 있었던 것을 그제야 안 그녀. 그 외
국인 주부는 "그 소식을 듣는 순간 사람이 살지 않는 거리라는 생각에
느꼈던 외로움보다 더한 공포가 밀려왔다."고 말을 맺었다.

　이미 그런 기사를 읽기 전에 영국인들의 훔쳐보기는 소문으로도 알
고 있었다. 영국 생활의 신참내기를 위해, 주변의 한인 친구들이 일러
주었던 영국 생활 중의 알아두어야 할 몇 가지 주의 사항 중의 하나가

'영국인들의 훔쳐보기'였다. 영국인들의 훔쳐보는 짓 때문에 곤란을 당한 한인들이 꽤 되었다.

운전면허가 없어서 새벽녘에 몰래 도로 주행 연습을 나서다가 1분도 안 되어 출동한 경찰에 기겁한 한인 이야기. 그 새벽에…. 경찰이 밤새 숨어서 지키지 않은 이상 그렇게 빨리 출동할 수 없다며, 밤잠도 자지 않고 자기 집만 지켜봤을 것이라고 흥분했었다. 그 외 별일도 아닌 사소한 부부싸움이나 고함소리에 신고를 받고 출동한 경찰에게 해명을 하느라고 진땀을 뺀 사건들도 많다.

그러나 "설마…" 하며 과장된 소문이거나, 재수가 없어서 이웃에 너무 관심이 많은 괴상한 영국인 이웃을 만난 특이상황이려니 했다.

그렇게 주위에서 영국인들의 훔쳐보기를 조심하라고 경고했을 때, 그 말을 믿지 못한 가장 큰 이유는 그들의 신사 같은 외모와 그동안 들어왔던 이미지 때문이었다. 영국인이라면 마른 몸매에 깐깐한 눈빛, 꼿꼿한 허리, 바르게 걷는 신사나 숙녀를 떠올리게 된다. 실제로 언제나 무표정하면서도 쌀쌀맞고 거만한 모습이다.

그런 깐깐한 모습에다 변덕까지 심해서 외국인들이 마음의 상처를 많이 받았다. 전날 저녁 식사를 즐겁게 나누었던 사람을 다음 날 아침 우연히 길에서 마주쳤는데, 아주 쌀쌀맞은 모습으로 지나가기도 한다. 정녕 그이가 같이 웃으며 저녁 식사를 했던 영국인이 맞는가? 의심이 갈 정도로 표정 없이 쌀쌀하게 지나친다. 그 앞에서는 말도 붙이지 못할 정도이다. 혹시 용기라도 내어서 나중에 따져 물으면, 뭐 편두통이 아침마다 도진다나 뭐래나? 정말 듣기만 해도 짜증이 나서 없던 편두 통이 생길 일이다. 영국 날씨가 워낙 스산해서 영국인들 중에서 류머 티즘이나 편두통 환자가 많기는 하니 사실일 수도 있다.

세계적으로도 악명 높을 정도로 무표정하고 쌀쌀맞고 거만한 영국 인들. 타인의 사생활에는 티끌만큼도 관심 없다는 듯한 영국인들의 냉 랭한 표정 때문에 많은 외국인은 영국인들이 훔쳐보기를 즐길 것이라 고는 감히 상상도 못한다.

그런데 남의 일에는 관심도 없다던 영국인들이 찬바람을 생~ 날리 며 현관문을 열고 들어서자마자, 창이나 문틈 뒤에 몸을 기대 서서 '남 의 일이 궁금해서 미치겠다.'는 표정으로 거리를 훔쳐본다니…. 그들 이 하루 종일 창 뒤에 눈을 붙이고 서성거리거나, 의자를 창문 옆에 붙 여두고 앉아서 마을과 길거리를 힐긋거리며 보고 있다는 사실을 알고 나면, 이런저런 그동안의 섭섭함은 다 사라지고 대신 측은함에 웃음만 나올 뿐이다.

은퇴한 늙은 커튼 트위처

그런 엿보기 작업을 도와주는 것이 영국 집의 하얀 레이스 커튼이 다. 영국 집은 기와지붕과 굴뚝이 있는 동화 속 집 같은데, 특히 창문마 다 걸린 실크로 된 두터운 커튼과 하얀 레이스 커튼이 분위기를 돋운 다. 두터운 실크 커튼은 가장자리가 예쁘게 묶여 있고, 그 아래로 레이

레이스 커튼은 동화 같은 영국집의 분위기를 더 아름답게 하지만 영국인들은 바로 이 레이스 커튼 뒤에 숨어서 이웃을 엿보기도 한다.

스 커튼이 항상 드리워져 있어서 더욱더 동화 속의 집처럼 로맨틱한 분위기가 된다. 레이스 커튼은 얇기 때문에 적당량의 햇빛을 통과시키면서, 동시에 밖에서 집 안을 전혀 들여다볼 수 없게 한다.

그런데 영국인들이 바로 이 레이스 커튼 뒤에서 남의 사생활을 훔쳐보고 있었다. 심지어는 커튼 뒤에 의자를 놓고 망원경까지 설치하고 이웃을 엿보는 사람도 있다니 그들의 엿보기는 정도를 넘어선 병적인 행동이었다. 남 얘기 엿듣고 훔쳐보는 데 관심이 없는 사람이 없으련만, 영국인들의 엿보기는 정도가 지나쳤다. 그래서 영국인 스스로도 이렇게 커튼 뒤에서 훔쳐보기를 즐기는 사람을 커튼 트위처(curtain twitcher)라고 부를 정도이다. 트위처는 '비비꼬다'라는 뜻으로, 특히 할 일 없는 은퇴한 노인들이 그런 훔쳐보기를 즐긴다고 해서, 은퇴한 늙은 커튼 트위처(retired, elderly curtain-twitcher)라고도 한다.

그러고 보니 영국인 친구 중에 커튼 트위처가 있었다.

영국인 친구인 메이다. 메이는 문화센터의 영어강사였는데, 그녀 자신이 해외 주재원 부인 생활을 많이 했기 때문에 우리 같은 외국인들의 고충을 잘 알고 있어서 늘 따뜻한 도움을 주고 영국에 대한 많은 이야기를 알려주는 좋은 친구였다.

하루는 그녀가 "동양인들은 인사할 때마다 왜 그렇게 머리를 조아려?" 하고 물었다. 평생 단 두 사람, 영국 여왕과 프러포즈할 아름다운 여성 앞에서만 머리를 숙이는 영국인들에게는 아무에게나 아무 때나 머리 숙여 절하는 동양인들의 모습이 신기했던 것 같다.

현관은 그 집의 얼굴이라서 문패뿐만 아니라, 화분이나 석조물들로 예쁘게 꾸며져 있다. 또 영국인들은 여간 친하지 않아서는 이 현관 안으로 손님을 들이지 않을 뿐만 아니라, 남의 현관을 함부로 넘어 들어갈 생각도 안 한다. 현관은 점잖은 영국인들이 두 발을 모으고 거의 차렷 자세로 서서 용무를 보고 가는 장소다. 가끔씩 문 뒤쪽을 기웃대는 호기심과 인정이 많은 영국인들도 있지만, 대다수의 영국인은 이곳에 서서 이야기를 나누고 돌아간다.

그녀에 의하면 동양인 중에서도 특히 일본인들의 인사하는 모습이 제일 우스꽝스럽단다. 일본인들의 인사는 90도 각도로 깊숙이 절도 있는 자세로 할 뿐만 아니라, 대화 도중에도 쉬지 않고 고개를 숙인단다. 이야기를 나누는데 무슨 인사가 필요한지 신기하다고 했다. 메이는 일본인의 인사하는 우스꽝스러운 몸짓을 너무나 정확히 흉내 내곤 해서 우리를 즐겁게 했었다.

그녀가 그렇게 일본인의 몸짓을 잘 아는 이유는 그녀 앞집에 사는 일본인 가족의 동태를 늘 창문 뒤에 숨어서 엿봤기 때문이다. 이제 와서 생각하니, 그녀가 바로 커튼 트위처였다. 메이 부부는 은퇴 후 파트타임 일거리로 소일을 하고 있었으니, 그 유명한 '은퇴한 커튼 트위처'인 셈이다.

메이의 말에 의하면 특히 주말이 되면 일본인 가족을 찾는 손님이 많아서, 주말 오후가 일본인들의 인사하는 실상황을 구경하기에 최고란다. 하긴 같은 영국인들끼리도 훔쳐보는 재미에 푹 빠져 있는데, 낯선 동양인이라니, 더 구경거리가 됐겠지. 주말이 되면 메이 부부는 창가에 의자를 두고 앉아서 다정히 차를 마시며, 앞집의 일본인들이 문 앞에서 절하는 횟수를 세는 것이 소일거리라고 한다. 아주 대놓고 커튼 트위처 노릇을 하는 것이다.

"지난주엔 그 집 부부와 초대받은 손님의 작별인사 횟수를 창문에 숨어서 세어보았더니 글쎄, 스무 번이 넘더라니까요. 호호!" 그동안의 성과를 자랑하며 웃었다. 그래도 스무 번이라니. 좀 허풍이 세다고 생각했었다.

웃다보니 같은 동양인으로서 낯이 화끈거렸다. 우리도 적잖이 절을 하는 민족이 아닌가! 대다수의 외국인은 한국인이 일본인을 싫어하는 것을 알기 때문에, 한국인 앞에서는 일본인에 대한 비방을 서슴지 않을 때가 많다. 그러나 곱씹어보면, 일본과 문화와 정서가 비슷한 탓에, 그런 비방이 내 자신을 향할 때가 많아서 마음이 편하지 않다. 아무리 일본과 결별하고 싶어도 일본과 한국은 비슷한 문화권이라서, 일본에 대한 흉은 누워서 침 뱉기가 되곤 했다.

하루는 저녁 초대 손님을 현관 앞에서 배웅하다가, 문득 메이의 말이 생각나서 내가 절을 몇 번이나 하는지 속으로 헤아려보았다.

"정말 즐거웠어요. 다음에는 저희 집에 오셔서…."

"아~ 네 네~ 좀 더 있다 가시지 그래요."

손님 부부는 차 문을 열면서 두 번 거푸 머리 숙여 인사를 했고 우리 부부도 답례로 두 번 거푸 인사를 했다.

"추운데 그만 들어가세요."

라고 차에 들어가면서 한 번 인사하고. 뒷좌석의 아이들을 점검하느라고 놓쳤던 눈빛들을 다시 마주치며 한 번 더 마주 절하고. 시동 걸면서도, 출발하면서도 또 인사를 한다. 이건 아닌데 싶었지만, 상대편이 그렇게 인사를 해오는데 뻣뻣하게 목을 세우고 서 있을 수도 없고….

기어이 떠나는 차 뒤꽁무니에까지 인사를 하고 말았다.

현관문 앞에서 "밤바람이 찬데 나오실 것 없다.", "아유 무슨 그런 말씀을요." 하면서 맞절을 시작한 것부터 마당을 가로지르며 대화를 나눌 때마다 한 인사를 다 합하면 20번은 족히 되었다.

영국의 한인 사회가 좀 그랬다. 남편의 직장 동료 부부나 거래처 부부, 선후배, 지인 등등 서로 체면치레를 많이 해야 하는 관계라서 꽤 격식을 지켜야 하는 면은 좀 있지만, 갑자기 부끄러워졌다.

그날따라 등 뒤를 비추는 집 앞의 가로등 불빛은 왜 그렇게 환한지!

얼굴이 화끈거렸다. 앞집의 페인 부부, 양 옆집의 31호의 노부부. 27호의 에밀리 가족을 비롯한 코츠포드 거리의 다른 이웃들은 떠나가는 차 뒤꽁무니에까지 인사를 하는 우리 부부를 훔쳐보면서 얼마나 웃었을까?

피핑탐의 전설

훔쳐보기 이야기가 나온 김에 피핑탐에 대해서 이야기 좀 하겠다. 남의 이야기를 엿듣고 남을 훔쳐보기 좋아하는 사람을 영어로 피핑탐 (peeping tom)이라고 한다. 피핑탐은 '훔쳐보는 사람'을 일컬을 뿐만 아니라 '호색한'을 지칭하기도 한다.

아마 피핑탐의 이야기는 영어 공부에 관심이 있는 사람이라면 한번쯤은 들어봤을 것이다. 그 피핑탐이 영국에서 유래되었다. 피핑탐은 영국 동화이며 세계적인 어린이 동화인 마더 구스(mother goose, 거위 아줌마)의 이야기와 코벤트리의 전래 동화에 나온다.

"Ride a cock-horse to Banbury Cross
밴버리 크로스에 목마를 타고
To see a fine lady upon a white horse;
백마를 탄 아름다운 여인을 보러 가자.
Rings on her fingers and bells on her toes,
손가락에 낀 반지와 발가락에 낀 방울 소리는
And she shall have music wherever she goes.
그녀와 함께 하는 아름다운 노래이다."

이 아름다운 동요는 영국인을 비롯한 서양인이라면 누구나 읽은 적이 있는 마더 구스 동요의 일부분이다. 한때 영국 닮기에 푹 빠져 있던 일본 전역에 마더 구스 열풍이 불 만큼 인기를 끌었던 동화이다. 일본뿐만 아니라 세계 각국의 어린이들이 이 동화를 들으며 자랐다고 할 만한 그런 동화이다.

동화에 나오는 백마를 탄 아름다운 여인은 고다이버(Godiva) 백작부인이다. 고다이버 백작부인은 천 년을 거슬러 올라간 11세기 영국 코벤트리 마을에서 살았다. 밴버리 지역의 영주인 레오프릭 백작(그는 고다이버 백작부인의 남편이었다.)이 너무 과도한 세금을 징수하여 서민들의 원성을 샀다. 서민들의 고통을 보다 못한 그의 아내 고다이버 백작부인이 세금을 줄여줄 것을 간청했고, 이를 웃어넘기려던 백작의 농담이 사건의 발단이 되었다.

"당신이 알몸으로 코벤트리 거리를 백마를 타고 지나간다면 내가 세금을 감해주지!"

며칠 후 영국의 코벤트리 거리. 화창한 대낮에 치렁치렁한 금발로 치부만 살짝 가린 채 알몸으로 백마를 타고 마을 중심가를 지나가는 한 여성이 있었다. 고다이버 백작부인. 그녀가 정말로 누드 행진을 하고야 만 것이다. 마을 사람들은 그녀의 손가락에 낀 반지와 발가락에 낀 방울이 딸랑거리는 소리를 듣고 그녀가 지나가는 것을 알았다. 그런 아름다운 여성을 훔쳐보고 싶은 유혹이란 여간해서 떨치기 힘들련만 영국 밴버리의 마을 사람들은 방울 소리가 가까워지면 창문을 닫고 누드 행진을 하는 귀부인에게 경의를 표했다.

그중 유독 한 사람만이 멀리서부터 희미하게 들려오는 말발굽 소리와 청아한 방울 소리의 유혹을 견디지 못하고 몸을 틀고 있었으니, 그가 바로 피핑탐이라는 양복장이(재단사)였다. 아쉽게도 훔쳐보려는 순간 천벌을 받아 장님이 되었다느니 매를 맞아 죽었다느니 하는 소문이 있었지만, 그 결론은 알 수가 없고 그의 이름은 지금껏 '호색한 피핑탐'이라는 오명으로 세인들의 입에 오르내리고 있다.

이야기는 여기서 끝나지 않았다. 고다이버와 피핑탐의 동상이 세워진 영국의 코벤트리 거리에서는 매년 5~6월이면 그날을 기념하는 퍼레이드와 축제가 열린다. 고다이버 부인이 백마를 타고 가는 모습을 금색의 상표로 디자인한 고다이버 초콜릿 회사는 그 전설에 걸맞은 품위 있는 모양과 최고의 맛을 지닌 비싼 초콜릿으로 알려져 있다. 고다이버 캔디, 고다이버 커피, 심지어는 고다이버 차에 이르기까지, 고다이버라는 이름은 세계적인 명품이 되어 천 년이 지난 지금까지 그 명성을 드높이고 있다.

고다이버의 제품들이 고가의 명품으로 천 년이 흐르도록 밴버리 지역 주민의 생활고를 해결해주고 있으니, 이 정도면 한 번의 누드 행진의 효과가 대단하다고 하겠다.

TIP **고다이버 초콜릿**

공항 면세점이나 가게에서 우아하고 멋지게 포장한 고다이버 초콜릿을 볼 수 있다. 고다이버 백작부인의 이야기와 커튼 트위처 피핑탐의 전설은 영국에서 의미 있는 선물을 사는 데 도움이 될 것이다. 초콜릿치고는 좀 비싸지만, 하나쯤 사서 자녀들과 나눠 먹으면서 피핑탐과 고다이버, 그리고 밴버리 마을의 이야기, 영국의 커튼 트위처와 지역경비에 관한 이야기, 게다가 영국인들의 상술까지 들려주다보면 뜻깊은 영국 여행이 될 것이다.

네이버후드 워치

영국에서는 커튼 트위처라는 게 부끄럽거나 비난의 대상이 되지 않는다. 커튼 트위처가 부끄러운 일이라면, 메이가 스스로의 이웃 엿보기를 우리에게 공개하지도 않았을 것이다. 그 사실은 어느 날, 우연히 집으로 날아든 작은 전단 한 장을 보고 깨달았다. 그 전단에는 영국인들의 '훔쳐보기 버릇'이 감쪽같이 정상적인 일로 둔갑하여 격려받고 있었다.

"Watch your street! 거리를 보세요."

"Watch your neighbour!! 이웃을 보세요."

라는 커다란 제목이 써 있는 전단이었다. 그 전단에는 경찰과 도둑 그리고 창문의 커튼 뒤에 숨어서 지켜보는 눈동자가 어우러진 조잡한 그림과 몇 가지 카피가 있었다.

"낯선 사람은 경찰보다는 이웃이 더 잘 압니다."

"길거리를 훔쳐보는 것은 나쁜 일이 아닙니다…. 마을을 지키는 일입니다…."

거리를 훔쳐보라니…. 그렇다면 그 훔쳐보기를 나라에서 권장해왔단 말인가?

한국식으로 말해 자치방범대인 네이버후드 워치(neighbourhood watch, 이웃끼리 돌봐주기)라는 모임의 광고였다. 네이버후드 워치 운동은 미국에서 제일 먼저 시작되었으나 영국에서 활성화되었다. 1982년 영국 체셔(chershire) 지역의 작은 마을 몰링턴(Mollington)에서 시작되었으나 지금은 영국 전역에 퍼져 있다. 1996년에는 NNWA(Nation Neighbourhood Watch Associate)가 결성되었고, '방범의 날(Neighbourhood Watch Day)'이 제정되고, BBC방송국에서는 '잘 지켜본 상(Neighbourhood Watch Award)'을 시상하기도 했다.

그 단체의 활동은 주로 주민들에게 마을을 엿보도록 독려하고, 'watch it' 종류의 작은 지역신문이나 전단을 제작하여 지역에 배포하며 홍보하는 일을 했다. 덕분에 영국 마을의 좀도둑이나 강도가 줄어들었다. 아울러 보험회사에서도 네이버후드 워치에 가입한 마을의 주택 보험료는 특별 할인을 해주었다. 이렇게 영국인들의 훔쳐보기 버릇은 오히려 공식적인 활동을 하는 긍정적인 습성으로 둔갑했다. 특히 영국인의 성격과 죽이 척척 맞는 시스템이라서, 서구 다른 나라에서는 유명무실해진 네이버후드 워치가 유독 영국에서 큰 호응을 받고 있었다.

그러나 도둑이 제 발이 저린 듯, 전단의 마지막에는 "We are not curtain twitchers(우리는 커튼 뒤에서 엿보는 사람들이 아닙니다.)"고 강조하고 있었다.

네이버 후드 워치 서로 엿봐주기 시스템인 네이버 후드 워치를 하고 있는 마을이라는 표시를 붙여놓았다. 이로써 도둑이나 강도를 사전에 예방하는 효과가 있다. 서로 엿봐주기를 미어캣 그림으로 아주 재미있게 묘사하고 있다.

늘 잘 엿봐주던 앞집 부부의 과잉 친절

시키지도 않은 엿봐주기를 하는 데에는 앞집의 페인 부부가 당연 최고라고 할 수 있다. 앞집의 페인 부부는 우리가 영국에서 두 번째 집으로 이사를 들어갔을 때 먼저 꽃다발을 들고 찾아왔다. 그의 앞마당에서 꺾어온 장미를 비롯한 들꽃들이 소박하게 미소 짓고 있는 정성이 가득 담긴 소담한 꽃다발이었다. 좋은 이웃이었다. 그는 아름다운 환영의 인사와 함께 어려운 일이 있으면 언제라도 초인종을 누르라고 덧붙였다. 매정한 영국인에게서는 기대하기도 힘든, 보기 드문 운 좋은 경우였다.

"혹 여행을 가게 되면 언제든지 키를 맡기고 가세요. 우편물도 챙겨주고 정원도 잘 돌봐줄 테니."

"고마워요."

성급한 제안이긴 했지만, 이 정도로 가까워지고 싶어 하는 영국인과 이웃이 된 것이 즐거웠다.

그러나 그만한 일로 좋은 영국 이웃을 만났다는 착각은 하지 말아야 했다. 영국의 한 리서치의 결과에 의하면, 영국인의 75%가 휴가 갈 때 이웃에게 키를 맡긴다고 한다. 그러나 더 재미있는 사실은 같은 설문에 응한 사람의 75%가 이웃을 친구라고 생각하지 않는단다. 집 열쇠를 교환하는 것이 가까운 친구가 되는 것과는 아무런 관련이 없다는 것을 입증해주는 설문이었다.

이사 간 동네에서 옆집의 영국인이 먼저 찾아와서 인사를 나눴다고 친구가 되자는 뜻은 결코 아니라는 것을 알아야 한다. 다만 적이 될 의사가 없고 이 동네 온 것을 환영한다는 표현 정도로 받아들이면 된다. 언제든지 누르라고 한 벨은 언제든지 누를 수는 있으나, 문 앞에서의 대화 정도만 허락하는 것일 뿐. 주인의 특별한 초대 없이는 그 집의 현관문 안으로 한 발짝이라도 들여놓을 수 없다는 것도 기억해야 한다.

앞집 부부가 꽃을 들고 찾아온 그 첫날, "안으로 들어와서 이야기를 하자"는 우리 부부의 강권을 끝까지 사양하며 문밖에서 차렷 자세로 똑바로 선 채로 오래 이야기를 나눈 데도 그런 이유가 있었다.

남의 집에 함부로 들어가지도 않고 아무나 초대하지 않는 영국인들. 그들 집에 초대되어 가기에는 시간이 필요했다.

그 이후로도 우리 집 현관문 앞은 딸아이의 친구 엄마들을 비롯한 점잖은 영국인들이 두 발을 모으고 거의 차렷 자세로 서서 이야기 나누다가 가곤 하는 장소가 되었다. 다행히도 가끔은 문 뒤쪽을 기웃대는 호기심과 인정 많은 영국 친구들이 몇 있어 영국 삶이 그다지 갑갑하진 않았다.

그런 앞집의 페인 씨는, 우리 가족이 소리 소문도 없이 조용히 집을 비울 때마다, 지극 정성으로 우리 집을 돌봐주었다. 그러고는 우리가 여행에서 돌아온 바로 다음 날이면, 어떻게 알았는지 쓱 나타나서 그동안 집 열쇠가 없어서 겪은 애로를 암시하는 말을 붙여온다.

"그동안 너희 집 정원사가 왔었는데, 내가 너희 뒷담을 넘어 들어가서 정원 문을 열어주었어."

"…."

번번이 열쇠를 맡기기는커녕 여행 가는 것조차도 알리지 않고 살그
머니 집을 떠난 것이 마음에 걸려 유구무언일 수밖에.

어떤 날은 청소부 일도 도와주었다고 한다.

"청소부가 오기에 쓰레기통을 내놔주었어. 뒷담을 넘어서."

"…."

그러잖아도 쓰레기통 내놓는 것을 깜빡 잊고 떠나서, 여행 중 내내
걱정했었는데 고맙기 짝이 없었다. 한국 음식물 때문에 유달리 악취가
심할 쓰레기통을 나르느라고 고생했을 페인 씨 앞에서 얼굴이 화끈했
다. 그는 명문대를 나오고 전형적인 영국 신사의 외모를 갖춘, 은퇴를
앞둔 사립 초등학교의 교사였다. 남의 집 현관 안으로 발도 들여놓지
않는 깔끔한 영국 신사가 남의 뒷담을 넘는 일까지도 마다않고 부탁하
지도 않은 일을 챙겨준 정성을 생각하니 지금도 고맙고 미안하기 짝이
없다.

앞집 페인 씨네와는 몇 번 초대되어 가서 식사를 같이 하고 런던 근
처의 과수원 구경도 다니는 사이가 되었지만, 내가 아무 때나 불쑥 초
인종을 누르고 쳐들어갈 수 있을 만큼 가까운 사이는 아니었다. 이국
땅에서 친척도 아닌 영국인에게 내 집 열쇠를 맡기고, 여행을 떠날 수
는 없지 않은가?

페인 씨는 그렇게 창문 옆에 숨어서 우리 집 쪽을 엿보면서 빈집을

지키느라고 얼마나 고생을 했을까? 아마 페인 씨는 그렇게 여행을 자주 다니면서도 한 번도 알리지 않고 도망이라도 가듯이 살그머니 짐가방을 차 트렁크에 싣는 우리 부부의 뒷모습을 길 건너 그의 거실 창문에서 엿보며 섭섭함을 감추지 못했을 것이다.

지금 생각하니 돈 주고 산 물건이라곤 텔레비전과 도자기 그릇뿐이고, 내가 치장을 즐기는 편도 아니니 집에는 훔쳐갈 만한 귀중품도 없는데, 우리는 집을 철통같이 지켜야 한다는 이상한 강박관념에 사로잡혀 있었던 것 같다.

우리 부부가 늘 "쯔쯔, 영국인이란 것들은~" 하며 혀를 차면서 불평해왔듯이 "쯔쯔, 저 한국인들은~" 하면서 섭섭해했겠지.

쓸 만한 영국인들의 엿보기 버릇

메이가 그렇게 자신만만하게 커튼 트위처 짓을 말했던 것처럼 영국인들의 엿보기 습성은 그들에겐 그다지 부끄럽거나 죄 된 것이 아니었다. 오히려 쓸 만했다. 그들이 엿보기 버릇이 있다는 것을 눈치 챈 이후로 나는 무서우리만큼 적막한 영국의 골목골목을 겁 없이 돌아다니며 많은 구경을 했다.

나의 산책을 즐기는 습관도 영국 골목길에서부터 시작되었다. 영국의 주택가는 볼 것이 많아 구경하면서 산책하면 지루하지 않은 운동이되었다. 꽃나무 하나, 창틀 하나, 문패 하나, 하다못해 잡풀 하나도 주인의 손이 가지 않은 것이 없다. 영국이란 나라는 걸어 다니며 구경하기에 오히려 한국보다 안전한 나라였다. 물론 어느 집이든 그 집으로 한 발짝이라도 들여놓은 뒤의 일은 아무도 보장할 수 없다. 영국인은 겉은 양순하지만, 속은 전혀 딴판이다.

누군가가 나를 지켜보고 있을 것이라는 사실을 눈치 채고도 모르는 척하면서, 그 겁나게 조용한 마을들을 속속들이 구경하며 돌아다니는 일이 얼마나 유쾌하고 짜릿한지! 아마 마을 저쪽에 사는 사람들에게까지 영국을 떠난다고 알리지 않았어도, 그들은 더 이상 산책을 나오지 않는 까만 머리의 동양 여자가 코츠포드 마을을 떠난 날짜와 시간까지 알고 있을 것이다.

요즘 여행자들이 런던 타워나 윈저 캐슬, 빅 벤 등의 유적지 앞에서 감동이 없었다고 불평을 한다.

당연한 불평이다.

아무리 잘~ 오래~ 가까이~ 들여다본들 조명과 구도를 최고로 잡은 엽서나 영화만큼이나 멋지게 볼 방법이 없다.

서비스업 종사자 외에는 영국인이라고는 한 명도 없는 관광지에서 외국인들끼리 몸을 부딪혀가면서 사진을 찍는 일 따위는 이제 집어치워라.

차라리 한적한 영국 마을에 들어가서 진짜 영국인들을 만나보라.

'29'번지니 '15'번지니 하는 숫자로 된 주소 대신에 '빨강머리 앤'이 즐겨 사용하던 '초록지붕 집'이니 '오크하우스'니 '세 굴뚝'이니

ⓒ김호경

문패에는 주로 도로 이름과 주소가 있다. 그러나 시외의 주택가에 가면 집 주인의 취향에 따라 갖가지 재미난 내용으로 이름 붙인 문패들이 있어서 그 의미와 디자인들을 보는 재미도 있을 것이다.

하는 다양한 이름을 새긴 문패는 소설 속만의 이야기가 아니다. 집 주인이 애써 만든 흔적이 묻어나는 서투르지만 재미있고 독특한 디자인으로 만든 문패들. 지역마다 집집마다 색과 모양이 다른 담벼락. 눈을 들어 하늘을 보면 각양각색의 지붕이 있다. 하나하나를 자세히 들여다보면서 감상하는 그런 새로운 재미를 어디에서 찾을 수 있으랴?

그런 것들을 단순 기능의 사진기로 간편하게 찍는 맛이 나만의 독특한 기쁨이 될 수 있을 것이다.

그뿐이랴, 비싼 돈을 지불해야 맛볼 수 있는 체리나 사과, 배 등의 온갖 실과가 떨어져 썩어가는 질퍽한 마을길. 운동화에 상한 과일 물이 드는 사소한 추억이 있는 마을을 어디에서 걸어보랴? 한국에 돌아온 내내 그 운동화가 싫지 않을 것이다.

그 거리에 서서 눈을 감고 꽃향기와 풀냄새가 흘러나오는 것을 오래 느껴보아도 괜찮다. 왜냐하면 네이버후드 워처들이나 피핑탐, 커튼 트위처라고 불리는 영국인이 잘 지켜주고 있으니까.

그래도 천리만리 떠나온 낯선 이국 땅이니 믿을 수 있는 동네인지 꼭 확인을 해야겠다면, 다음과 같은 확인 작업을 소개하겠다.

우선 런던 근교의 작은 골목으로 들어가라. 그리고 전봇대에 'NW area'라는 표시가 붙어 있는지 확인하라. 그리고 아무 집이든지 잘 꾸며놓은 정원의 꽃이라도 꺾는 시늉을 해보라. 혹은 얕은 담장 위에 올라서서 화단으로 넘어질 듯 장난이라도 쳐보라!

필시 창가의 하얀 망사 커튼이 소리 없이 스르르 젖히면서, 은발의 숙녀나 영국 신사가 창가에서 무서운 눈빛으로 말 없는 첫 경고장을 날릴 것이다. 그를 보면 미안하다는 눈인사를 하고 웃으면 된다. 왜냐하면 그이가 바로 당신의 안전을 잘 지켜줄 그 유명한 커튼 트위처이니까.

TIP 시골 예쁜 마을 산책

런던 시내를 구경하다가 지치면 킹스톤이나 서비턴 어디든 남쪽 외곽 지역으로 가는 기차를 타고 나가서 그곳의 예쁜 마을에 들어가서 주택가 골목길과 공원을 산책해보라. 진짜 영국인들이 어떤 꽃나무를 심고 어떻게 가꾸며 사는지, 영국인은 마을을 어떻게 꾸미고 사는지를 보게 될 것이다. 집집마다 꾸민 다양한 문패의 내용이나 문양을 보는 재미도 있다. 또한 그들 동네 거리가 어떤 나무로 어떻게 꾸며져 있는지 구경할 수 있다

괴기 소설을 읽으며
귀신들과 어울려 사는 신사들

.

골동품과 돈, 세월의 값

기괴하다 기괴하다 해도 영국 신사들의 과거 사랑만큼 기괴한 일도 없을 것이다. 처칠 경의 생가인 영국의 유서 깊은 고성 브렌하임에서 우연히 마주친 동양의 농은 외할머니의 혼수농과 거의 흡사했다. 그곳의 안내원은 그 농을 보여주면서 "메이드 인 차이나랍니다."라며 아주 소중히 다루고 있었다.

우리 집에서는 고물 취급을 하는 그런 농을 대하는 영국인 안내원의 조심스러운 몸짓이 너무 충격적이어서일까? 그날 밤 국제전화로 친정 어머니께 새삼 그 낡은 농의 안부까지 챙겼다. 이미 한 짝은 이전부터 탐을 내던 먼 친척집으로 치워버렸고, 나머지 한 짝도 어디든 명분 있게 버릴 궁리 중이라는 답변이었다.

발 모양새가 미워질 정도로 먼 길을 짊어지고 나온 살림마저 몇 차례 폭격에 잃어버린 월남 가족이라, 골동품이 될 만한 게 우리 집엔 없

외관은 동화 속처럼 아름답지만, 영국 집의 내부는 많이 낡았다. 뿐만 아니라 자연 친화적인 환경 때문에 귀신 영화에서나 볼 만한 커다란 거미가 나타나고 거미줄이 많다. 한국 거미의 열 배는 됨직한 큼직한 거미들이라 거미줄도 대단하다.

다. 그런데도 어머니는 피난 통에도 끌고 다니던 몇 안 되는 살림을 처치하지 못해 애를 끓였다. 집구석에 돌아다니는 저 애물들만 보아도 머릿속이 전쟁터처럼 와글거린다고. 제 몸 하나 건사하기 힘든 전쟁 통에도 끌고 다녔다고 진저리를 치면서 무엇 때문에 버리지 못해서 안달일까? 갈아치운들 구접스러운 과거의 기억들이 쉽사리 떨쳐질까?

그런데 요즘은 그 허름한 물건에 값을 매기는 세상이다. 시골 마당에서 발길에 차이던 돌절구나 세숫대야, 심지어는 개밥그릇까지 돈을 쳐주고 가져갔다. 골동품이란다. '세월이 약'이라더니, 전쟁의 상흔도 세월을 덧입히니 값어치를 했다.

그건 영국에 비하면 별일도 아니다. 영국의 골동품 시장은 상상을 초월한다. 흔히 잘 알려진 소더비 경매나 포토벨로 골동품 거리의 명성 정도가 아니다. 동네 공터에서 열리는 초라한 앤티크 장날도 대단하다. 물건을 사지 않고 구경만 하는 데도 1~3파운드의 입장료를 내야 한다니, 1파운드도 허투루 쓰지 않는 영국인으로서는 대단한 출혈이지만 손님이 바글바글한다.

진품을 살 수 없는 서민을 위해서, 멀쩡한 가구에 흠집을 내고 세월의 때를 입히는 가짜 공예 기술도 예술가 수준이다. 가짜를 얼마나 완벽하게 잘 만드는지, 가짜를 만든 목수가 자수하고 나서서 사태를 수습하기 전까지는 골동품전문가들도 진품 여부를 가리지 못해, 〈타임〉지가 시끄러웠던 사건도 여럿 있었다.

뿐만 아니라 BBC의 '앤티크 로드 쇼(The Antique Road Show)'의

시청률이 영국의 시청률 1위인 드라마에 육박했을 때는, BBC 방송국 스스로도 영국 국민들의 골동품에 대한 애착에 놀랐었다. '앤티크 로드 쇼'는 영국 전역, 시골 구석구석까지 찾아가서 그 지역의 영국 국민들이 소장하고 있는 골동품의 가치를 감정해주는 한국의 시사 교양 프로그램인 '진품명품'과 비슷한 프로그램이었다. 아마 특별한 이변이 없는 한 한국의 '진품명품'이 드라마 시청률과 비슷해지기는 힘들 것이다. 그러나 영국식 '진품명품'인 '앤티크 로드 쇼'는 1위 드라마를 넘보는 흥미진진한 쇼 프로그램이다.

'앤티크 로드 쇼'에서는 1파운드에 구입한 유리반지가 여왕이 시녀에게 하사한 이만 파운드짜리 보석이고, 발길에 차여 굴러다니던 장난감 인형이 만 파운드짜리라는 전문가의 감정이 내려지기가 일쑤다. 얼굴이 하얘지면서 비명을 지르는 가난한 영국인들. 금방이라도 쓰러질 것 같다. 마치 복권에라도 당첨된 분위기다.

감정 변화가 적은 영국인들이 흥분을 하여 어쩔 줄 몰라 하는 모습은 그 방송에서만 볼 수 있는 구경거리다. 자기 감정을 지키는 데에는 일가견이 있는 영국 신사들이 이성을 잃고 흥분하는 장면을 훔쳐보는 일은 한 편의 드라마보다 더 극적이다.

취미와 돈의 절묘한 만남. 영국 국민들이 골동품에 빠져드는 괜찮은 조건에 돈도 포함되어 있었다. 그러니 어쩔 수 없다. 영국 국민들이 휴가 중에도 세계의 뒷골목을 뒤지며 과거 사냥을 즐기도록 내버려둘 수밖에.

오래된 것은 무조건 OK

골동품뿐만 아니라 오래된 것이라면 무엇이든지 값이 된다. 오래된 것이라면 마누라만 빼고 다 좋아한다는 영국인. 마누라의 잔소리는 못 참아도, 오래되어서 시설이 엉망인 집에서는 진득하니 잘도 산다. 영국의 오래된 집값은 장난이 아니기 때문에 더 행복해한다.

한번은 소더비 경매에서 무명시인의 친필 졸작 원고가 작품의 문학적 가치와는 상관없이 단지 오래되었다는 사실 하나 때문에 수만 파운드에 거래된 적이 있다. 그 낙찰 때문에 오래된 것과 특이한 것은 그 가치를 묻지 않고 다 값을 쳐주는 영국이라고 비난을 받았지만, 그래도 끄떡없이 영국인들은 골동품 앞에서는 행복해한다.

살인 사건이 일어났는데도, 일부 투자자들은 그 증거물들과 살인 현장을 사들일 궁리부터 한다. 한번은 런던 크롬웰 거리의 흉가가 5만 7000파운드에 낙찰되었다. 그 집은 영국 역사상 가장 악명 높은 살인마 부부, 프레디 웨스트와 로즈의 집이다. 그 부부는 그 집에서 수십 년간 젊은 여자들을 납치하고, 심지어는 친자녀마저 고문하고 강간하고 매장하는 등 온갖 몹쓸 짓을 했다.

애초부터 범인들의 자녀를 양육하기 위해서라도, 그 집을 이용해서 상업적인 소득을 올리자는 제의가 있었으나, 그런 집을 상업화하는 것은 용서할 수 없다면서 법석을 떠는 일부 영국인들 때문에 없던 얘기가 되었다. 그러던 것이 세월이 좀 흐르고 잊힐 만하니 기어이 얼렁뚱

땅 상품화된 것이다. 골동품이 될 만하면 살인 현장마저도 값을 쳐주는 영국인다운 비정한 모습이다.

아마 누군가가 그 집을 손질하여, 그들이 즐기는 고스트 관광 코스를 만들겠지.

그렇게 모든 험한 것에까지 세월의 값을 쳐주는 데는 영국만 한 곳도 없는 듯하다.

골동품이라면 귀신조차 반가워

어디 좋아하는 게 살인 현장뿐이런가. 영국인은 귀신조차 오래된 것은 환영한다.

사람이란 아무리 아름다운 시절이었어도 내버리고 싶은 순간이 있기 마련인데, 영국인들에게는 그런 버리고 싶은 과거도 없는 것일까? 영국인들은 지독하게도 모든 것을 옛 모습 그대로 지키고 싶어 한다.

"다시 돌아왔을 때, 예전 모습 그대로이고 싶다."

라고 셋집의 가구를 한 발걸음도 옮기지 못하게 하는 집주인. 영국 집은 가구가 다 구비되어 있는 퍼니시드 하우스가 많으므로 주인의 가구를 쓰는 세입자들이 많다.

심심하거나 우울하면 하루에도 몇 번씩 가구를 번쩍번쩍 들어 옮기면서 소일하는 한국 주부에게는 청천벽력과 같은 주문이었다. 이사 나갈 때 가구 배치를 원상 복구한다고 해서 해결될 일이 아니다. 카펫 위에 잘 보이지도 않는 몇 년간 눌린 섬세한 자국까지 찾아내어서 청구서를 날리므로 함부로 옮길 수 없다.

그러나 집주인으로부터 그 정도의 요구사항은 별게 아니었다.

"특히 그 작은 소파는 돌아가신 할머니의 유품이니, 그 자리에 두세요."

"고인이 거기서 봄볕을 즐기셨다."

그런 끔찍한 요구를 하는 주인들도 많다. 차라리 유품이라는 말은 하지 말 것. 그 이야기를 들은 후부터는 거실에 턱 버티고 있는 소파를 볼 때마다, 얼굴도 모르는 죽은 영국 노인의 환영에 시달린 친구가 있었다. 그녀는 섬뜩한 소파 때문에 결국은 셋집을 옮겼지만, 또 그런 집이 걸렸다고 내내 울상으로 런던에서 살다 갔다. 새로 이사 간 집의 꽃무늬 벽지의 색이 너무 낡고 우중충한 게 자꾸 마음에 걸려서 바꾸려고 했더니, "돌아가신 할머니께서 직접 골라서 바르신 벽지라서 바꿔줄 수도 없고, 바꾸지도 말라."고 했다는 것이다. 그 친구는 이번에는 집 전체에서 영국 할머니 유령을 보는 것 같다며 울상을 지었다.

또 남의 돌아가신 아버지 초상화를 부부의 침대 머리판 위에 걸어놓고 자야 하는 친구의 사연은 한 편의 코미디였다. 처음에는 백발이 허연 영국 할아버지의 사진이 머리맡에 걸려 있어서 무심코 그 사진을 창고에 치워두었단다. 그런데 그 집 주인이 수시로 습격해서, "돌아가신 아버지의 초상화를 왜 떼어냈냐?"고 섭섭해하는 바람에 그걸 뗐다 붙였다 하기도 귀찮아서 그냥 그러고 산다고 했다.

유품은 고가의 보석 정도만 빼고 싹 태워버리는 한국인이라서 죽은 이의 유물을 쓰는 게 익숙하지 않아서 더 그럴 것이다.

영국에서는 집주인이 세놓은 집을 수시로 점검할 수 있는 말도 안 되는 특권이 있다. 집 상태가 잘 유지되는지 점검하기 위해서라고 하지만, 그렇게 점검하고는 욕실에 머리카락이 많으니 잘 청소하라든지, 변기를 깨끗이 청소하는 법을 알려주는 것을 보면 속셈은 따로 있는 듯하다. 그나마 대체로 연락을 하고 오지만, 가끔은 집 열쇠를 따로 하나 갖고 있으면서 연락도 없이 불쑥불쑥 세놓은 집을 점검하러 오는 집주인이 있어서 세입자들과 다툼이 일곤 했다. 외출에서 돌아와 보면 언제 왔다 갔는지 알 수 없지만 잘못 놓인 가구가 바로 놓였거나, 행주걸이의 위치가 바뀌었을 때가 그렇다. 무슨 스릴러 영화를 찍는 것도 아닌데, 그런 해괴한 상황에 처하면 돌아버릴 지경이 되고도 남을 것이다. 그러나 집주인을 영국에서는 랜드로드(landlord)라고 극존칭으로 부르는 것만 봐도 그런 특혜가 외국인 세입자만을 협박하기 위한 수단은 아닌 듯하다. 하긴 앞마당과 울타리 가지고도 옆집과 치열하게 다툴 정도로 집에 애착이 강한 영국인들이니, 집 내부 점검이야 정말 하고 싶겠지.

그래도 그중에서 가장 엽기적인 것은 초상화 정도가 아니라 실제 귀신이 등장할 때다.

"엄마! 지금 뒤로 무표정하게 지나가는 저 할머니는 누구세요?"

라고 기가 약한 아이들이 간간이 낡은 집을 나눠 쓰고 있는 혼령의 소식을 전할 때만큼, 한국 부모를 놀라게 할 일이 있을까!

너무 오래되어 귀신이 산다는 소문이 난 영국 집이 한둘이 아니다. 수십, 수백 년 된 집에서 죽어나간 사람이 한둘이겠으며, 그중 억울한 사연이 없으랴! 야릇한 괴기가 흐르는 게 당연하리라. 괴기스러움에 동양 아이들이 헛것을 본 것일 수도 있다.

굳이 귀신의 장난이 아니라도 수십, 수백 년 된 집의 낡아 비틀어진 문짝이 내는 요상한 소리와 나뭇결이 서서히 터지는 소리, 낡은 배관에서 조금씩 떨어져 내리는 물방울 소리만으로도 으스스하다. 영국의 습기와 세월의 흐름 때문에 이상한 얼룩이 생긴 고가구에서 흘러나오는 퀴퀴한 곰팡이 냄새는 충분히 소름 돋는 분위기를 만들고도 남았다.

영국 집에는 또 괴기 영화에 등장하는 거미와 거미줄이 많다. 한국 거미의 열 배는 족히 될 만한 큼직한 거미들이 그런 낡은 가구와 나무로 된 기둥 사이로 삐죽이 나타날 때는 기겁을 안 할 수가 없다. 오래된 집이라, 하루라도 먼지를 털어내지 않거나 청소를 게을리하면, 언제 나타났는지도 모를 그 시커먼 거미들이 액자나 가구 뒤에 집을 짓는다.

영국인들은 낡고 오래된 집에서 뜨뜻한 찻주전자를 끼고 앉아서 에드거 앨런 포, 애거서 크리스티와 오싹한 대화를 즐긴다고 했지만, 그 정도만이 아니었다. 그들이 괴기소설이나 추리소설을 읽을 때는 등 뒤에서 온갖 일이 일어난다. 등 뒤에 걸려 있는 가족 액자에서 커다란 영

코츠월드는 영국에서 가장 아름다운 마을로 알려져 있다. 지붕이나 벽돌도 단단한 최고급 재료를 사용했고, 보도블록도 보통 정성을 들인 것이 아니다. 그러나 중세 때 지어진 몇 백 년이 된 영국 집들은 겉에서 보는 로맨틱함과는 달리 배관도 엉망이고 찬바람이 새어 들어오는 허술함이 있다. 내부에 들어가면 냉수와 온수가 따로 나오는 수도꼭지가 있는 낡은 구조라서 아주 불편하다.

국 거미가 소리 없이 집을 짓든 말든. 오래전에 죽은 조상이나 부모의 혼령이 옆에 앉아서 말을 걸든 말든. 영국인들은 오래된 것이라면 귀신조차도 반가운지, 귀신과의 동거를 별로 개의치 않는다.

이미 사람들 마음속까지 골동품이 되어버린 것 같다. 이 정도면 영국인들이 단지 돈 때문에 골동품을 즐긴다고 할 수도 없었다.

이미 마음이 골동품이 되어버린 영국인에겐 귀신보다 낯선 이방인이 두려운 존재였다. 사람이든 물건이든 새로운 것이라면 질색을 한다. 낯선 모든 것에 대해 병적일 정도로 심한 거부감을 보인다. 그래서 영국인은 귀신보다 낯선 이방인을 더 무서워한다는 농담이 있을 정도이다.

그런 새로운 것과의 불협화음이 괴팍한 영국인이라는 소문을 몰고 왔다.

약한 자를 사랑하는 사람들

그런 모든 것을 단순히 과거나 골동품에 대한 집착이라고 몰아붙일 수도 없다.

그들은 골동품뿐만 아니라 모든 버려지는 것을 사랑한다. 버려지는 사람들과 버려지는 생각들을 즐겨 모아 손질하는 영국인들을 쉽게 볼 수 있다. 우리가 어떻게든 버리고 감추려고 애쓰는 정박아나 장애자들. 그들에 대한 영국인들의 배려와 사랑은 우리를 숙연하게 한다. 내

버려진 골동품을 문지르고 문질러 명품을 만들듯이, 굳이 그들 결점을 드러내어 만져주는 것을 두려워하지 않는다. 어린 아이들이 황당한 상상과 질문을 하는 것을 보고 초라한 골동품 시장에서 진품을 찾아낸 것만큼이나 즐거워한다.

감추고 싶은 모든 과거나 수치를 과감하게 마주하는 그들. 흉하고 닳았다고 피하거나 내버리지 않는 그들은 소극적이거나 괴상한 사람이 아니었다. 오히려 우리보다 더 용감하고 적극적인 사람이었다. 아마 그런 모습 때문에 사람들은 그 음침하고 우울한 영국인들을 신사라고 하는지도 모른다.

내가 살던 런던. 풍상과 매연, 공해에 시달린 오래된 건물은 비가 추적추적 내리는 날일수록 운치를 더한다. 런던의 건물들이 세월과 공해와 투탁거리며 얽혀 있는 모습은 마치 다투고 있어도 천생연분으로만 보이는 해로하는 노부부 같다. 세월에 닳은 영국 건축물이 궂은날과도 어울리는 색조가 되는 것은 서로 그만큼 오래 알고 지낸 때문이겠지.

풍상을 헤치고 나가보니, 곁엔 악연 같은 친구와 하늘이 보내준 귀인. 그렇게 다 벗이 될 사람들이 어울려 걸어왔다는 것이다. 함께한 세월을 모른 체할 수 없다는 게 그들의 논리다.

결국 할머니의 농도 친정의 골방에 자리를 잡았다. 골방에 머무르게 된 농. '영국 고성에 있는 농을 닮은 고가품'이라고, 앤티크에 돈맛들인 영국인처럼 돈맛을 먹인 덕분에 간신히 거처를 얻은 것이다.

오동나무를 베어 농 짜는 것을 처음부터 지켜보았다던 활달한 댕기 머리 처녀가 머슴 등짝에 그 농을 지우고 시집와서 낳은 첫딸인 친정 어머니는 이제 거의 팔순이다. 그 처녀에 이끌려 포화 터지는 사선을 넘어서 온 골동품이 친정 골방에서 '세월의 약'을 덧바르면서, 100여 년 된 가족사의 산증인으로 사는 모습이 바로 전통이 아닐까?

잊어보겠다고 옛 물건과 주변을 내버려봤자, 먼 훗날 잊지 못하고 가슴에 남아 있는 응어리만 홀로 외롭겠지. 싸안을 수 있다면 무엇이 든지 싸안아보려는 노력을 해야겠지….

TIP 돈과 골동품

영국 신사들은 돈에 대한 언급을 조심스러워하는 편이다. 영국 친구가 새로 샀다고 자랑하는 물건을 보고 "예쁘다!" "멋있다!"는 표현은 괜찮지만 "얼마 주고 샀냐?"고 물어보는 것은 처음 만난 여자의 나이와 기혼 여부를 묻는 것만큼 실례가 된다. "너희 한국인들은 왜 항상 얼마 주고 샀는지, 어디에서 샀는지 궁금해하는 거야?"라며 핀잔을 들을 정도로 거부감이 크다. 그러나 '앤티크 로드 쇼(The Antique Roadshow)'는 영국인들이 돈에 대한 다른 면모를 잘 보여준다.

'앤티크 로드 쇼'는 휴 스컬리가 1982년부터 2000년까지 진행해왔고, 은퇴 후, 현재는 피오나가 진행한다. 영국에는 '앤티크 로드 쇼' 이외에도 골동품 가격 알아맞히기 게임 등 다양한 프로그램이 있다.

TIP 고스트 투어

영국의 관광 코스 중에 '고스트 워크(Ghost Walk)'가 있다. 영국에는 유령이 많다. 거짓말 같은 유령이야기도 다 믿어주고 들어주는 분위기라서 유령이 더 많아졌다. 관광지나 성, 호텔에는 귀신에 얽힌 이야기나 고스트 체험프로그램이 있다. 런던 타워는 잔인한 피의 역사가 많은 곳이라 유령이 많기로도 유명하다. 특히 사건이 많았던 헨리 8세 유령은 곳곳에 있다. 윈저 캐슬과 햄턴 코트에는 헨리 8세의 유령이 걸어 다니고, 런던 타워와 히보 캐슬에는 앤 블린의 유령이 돌아다니고, 햄턴 코트에는 캐서린 왕비의 유령이 돌아다니고 있다. 요즘 들어서는 세계적인 관심을 끌고 죽은 다이애나 비의 유령이 인기가 있다.

고스트 투어뿐만 아니라 '잭 더 리퍼 워크(Jack The Ripper Walk)'라고, 희대의 살인마의 살인 행적을 좇아가 보는 런던의 관광 코스도 있다. 살인마의 행적을 따라가 보면서, 펍에 들러 한 잔 한다. 이런 것까지도 관광 상품화해야 하는지 이해할 수 없지만, 온갖 기괴한 투어 상품이 관광객들의 호기심을 끌어내고 있다.

숨 막히게 점잖은 식탁

식사를 하면서 댄스를

영국 식탁은 맛의 문제만 심각한 게 아니었다. 영국 식탁에 대해 의심을 품게 된 것도 우리들의 영어 수업에서였다.

랭귀지반에서는 월요일에는 주로 주말을 보낸 이야기를 한다. 그날은 러시아 학생이 런던 시내에서의 멋진 저녁 식사와 관련한 경험으로 이야기가 시작되었다. 러시아 여학생이 맛있게 식사를 하고 음악에 맞춰 춤도 추고 너무 즐거웠다고 떠벌리고 있는데, 영어 교사 마리아가 제동을 걸었다.

"무척 흥겨웠겠군요. 그런데 오늘의 주제는 지난 주말 이야기입니다. 자기 나라에서 있었던 과거에 대한 이야기가 아닙니다."

"지난 주말 이야기인데요…."

"주말이라고요? 그럼 주말에 러시아에라도 다녀왔나요?"

"?? 아니 런던 시내에 갔었는데…."

"그~래요? 근데 런던에 식사하다가 말고 춤을 추고 그러는 식당이 있단 말입니까? 흐~음. 처음 듣는 소리군요. 옷은 어떻게 입었어요?"

"드레스를 입고 와야 입장할 수 있었어요."

"그래요? 런던 시내에 그런 식당이 있다고요? 믿을 수가 없네…."

영어 교사 마리아는 짜증스러운 표정이었다. 영어를 잘 알아듣지 못하는 학생과 말할 때처럼 스무고개식의 단답형 질문을 던지며, 러시아 여학생이 하고 싶어 하는 말의 요지를 찾아내려 애쓰느라고 그녀의 이마에 주름이 생겼다.

"런던 시내에 있는 *** 러시아 식당인데 내가 주소를 알려줄 테니 가보시든가요!"

"아하~ 러시아 식당!"

오늘도 영어 수업은 시작도 못하고 문화적인 불통으로 시작된 엉뚱한 싸움으로 시간을 허비하나 싶어 다들 지루해하고 있는데, 그제야 마리아는 알아듣겠다면서 웃었다.

"그럴 줄 알았어요. 영국 레스토랑에서는 식사와 댄스를 절대 같이 하지 않아요. 영국 사람들은 굉장히 경직된 사람들이거든요. 식사 중의 대화도 아주 작은 목소리로 해요. 더군다나 식사 중에 춤을 추는 일은 영국에서는 있을 수도 없는 일이죠. 그런 경쾌한 분위기의 레스토랑은 런던 시내에 있는 이탈리아나 스페인 레스토랑들이지요…."

덧붙여서 영어 교사 마리아는 "런던에 있는 영국식 레스토랑 중에는 식사와 춤을 함께 하는 식당은 하나도 없다"고 장담까지 했다.

영화에서 식사를 하다 말고 화려한 드레스를 입은 금발의 처녀들이 춤을 추거나 자리를 옮겨가면서 흥겨워하는 장면을 종종 보았을 것이다. 영국에서는 볼 수 없는 이탈리아나 프랑스 등 유럽의 다른 나라 사람들 이야기란다.

영국인들은 식사 도중 절대로 춤을 추거나 떠들지 않는다. 조용히 점잖게 앉아서 식사를 한다. 영국인들의 식사 예절은 식사 중에 춤을 추지 않는 정도가 아니다. 마리아의 말대로 아주 딱딱하고 경직된 분위기에서 식사를 한다.

외식이란 자고로 기분 전환용인데, 이상하게도 영국에서는 외식만 하고 나면 며칠간 뭔가가 목구멍에 턱 걸려 넘어가지 않는 것처럼 갑갑했다. 하루 이틀 만에 가라앉는 게 아닌 영국을 떠나는 날까지도 없어지지 않던 그런 갑갑함이다.

그러잖아도 많은 여행자들 사이에 영국 음식이 맛이 없다는 소문도 쫘~한데….

엎친 데 덮친 소문이겠지만, 여기서 그 맛없는 요리를 하는 영국의 레스토랑이 분위기까지 삭막하다는 소문을 내야겠다.

랭귀지 수업의 친구들과 교실에서 찍은 사진이다. 사진을 전공하는 유럽에서 온 친구가 직접 찍고 흑백으로 현상해서 준 사진인데, 미안하게도 그 친구의 이름이 기억나지 않는다. 왼쪽에 서 있는 사람이 영어 교사 마리아다.

쥐 씨알만큼 먹고 사는 영국인들

먼저 영국인들의 식사량에 관해 이야기하겠다. 영국 식사는 양도 적다.

영국에 도착한 지 얼마 안 되어, 옆집의 폴라가 모처럼 점심을 산다고 해서 따라갔었다. 영국 요리를 모르니 그녀가 시킨 것과 같은 음식을 먹기로 했다. 치즈와 몇 가지 토핑을 얹어 구운 감자요리였다. 재킷 포테이토! 그것은 미국 레스토랑의 요리에 딸려 나오는 사이드 디시에 불과한 겨우 감자 한 덩어리였다.

툴툴대는 나에게 폴라가 말했다. "비록 감자 한 덩어리이지만, 거기에 들어간 치즈와 소스만으로 충분한 열량이 된다."고.

그러나 "감자는 껍질에 영양분이 많다"고 덧붙이며 흙도 깨끗이 씻기지 않은 감자 껍질까지 싹 먹어치운 폴라의 빈 접시를 보니, 영국인이 아무리 적게 먹는다고 해도 감자 하나로는 양이 부족한 게 틀림없었다.

세계적인 명성을 떨치고 있는 잉글리시 브렉퍼스트도 영국인들의 일반적인 아침 식사가 아니다. 베이컨 구이와 계란, 구운 토마토, 시리얼, 과일 등이 나오는 푸짐한 잉글리시 브렉퍼스트는 여행자들만을 위한 것이고, 정작 영국인들의 일상의 아침 식사량은 한줌도 안 된다. 점심으로 작은 샌드위치 조각 따위를 들고 다니면서 먹으면 그만인 영국인을 보면, 잉글리시 브렉퍼스트는 그들에게도 과한 양임은 틀림없다.

몸집이 좋은 영국인 친구조차 잉글리시 브렉퍼스트는 영국인의 평상시 아침 식사와 어울리지 않을 만큼 양이 많다고 했다. 그러나 여행 중에는 아침에 그렇게 배를 채워놓으면, 점심에는 간단한 음료와 빵만으로 바쁜 관광 일정을 마칠 수 있어서 즐겨 먹는다고.

미국 여행을 다녀온 영국 친구가 놀라며 내게 물었다.

"도대체 미국 사람들은 왜들 그렇게 많이 먹는 거야. 미치겠어. 미국만 다녀오면 속이 거북하고 몸에 살이 붙어서 죽을 지경이야. 넌 미국 살 때 못 느꼈니?"

TIP 재킷 포테이토

영국 음식 중에서 가장 추천할 만한 요리가 '재킷 포테이토' 다. '재킷 포테이토' 는 '잉글리시 브렉퍼스트' 나 '피시 앤 칩스' 보다 더 영국적 음식이다. 리치몬드 공원 안의 레스토랑도 재킷 포테이토로 유명하고, 런던 시내의 레스토랑에서 먹어도 맛있다. 감자 위에 치즈, 구운 콩, 삶은 새우, 말린 베이컨 등등 다양한 토핑을 선택하여 얹어서 구워 먹기 때문에, 어떤 토핑을 올리느냐에 따라 값도 다르고, 맛과 열량도 달라진다. 각자의 취향에 맞게 만들어 먹을 수 있으니 맛이 나쁠 수가 없을 것이다. 가격은 3~4파운드 정도 한다. 한국 레스토랑의 스테이크 요리에 사이드 디시 (반찬)로 나오는 구운 감자 요리와 같다.

내가 미국에서 살았다는 것을 아는 영국 친구들은, 어떻게 해서든 영국이 미국과 다르다는 것을 인식시켜주고 싶어 했다. 우리가 일본과 다른 나라임을 강조하는 것과 거의 맞먹는 수준으로.

"호호~ 양이 많아서 부담이 되면, 먹고 싶은 만큼 먹으면 되지~ 우리 한국인들도 식사량이 많은 편이라서, 미국인 흉볼 처지도 아니지. 내가 보기엔 영국인들이 너무 적게 먹는 거야!"

"맞아. 한국인도 많이 먹지. 그래도 너희 한국인들은 많이 먹고도 살이 안 찌잖아. 또 한국 음식은 아무리 먹어도 위에 부담이 적은데 말야. 미국 음식은 먹고 난 뒤에 속도 더부룩하고 영 좋지 않아."

가장 견딜 수 없는 것은 바로 식당 분위기

동남아에까지 가서 살다보니 음식이 곧 사람이었다. 나라마다 사람 냄새가 달랐고, 그 사람 냄새의 대부분이 날씨와 음식에 연결되어 있었다. 신토불이니 체질, 오행의 근본 이론은 모르지만, 사람의 구별은 확실히 음식에서부터 시작되는 것 같다. 내가 즐겨 먹는 음식이 내 몸이 되어 내 냄새가 되고, 내 피가 되어 내 성질을 만든다.

맛도 없고 양도 적고 먹는 방법까지 까다로운 영국 음식이, 어쩌면 그렇게도 재미없고 따분한 영국인을 고대로 빼닮았는지!

레스토랑에 가 보면, 영국인들이 얼마나 까다롭고 무미건조한 성격인지를 짐작하고도 남는다. 어느 나라든 고급 레스토랑에서야 격식을 차려 식사를 하는 것이 당연하지만, 일반 레스토랑에서까지 격식을 차린다는 것이 문제다.

웨이터들이 더 그랬다. 소공자 세드릭의 할아버지인 영국인 백작처럼 류머티즘에 걸린 듯한 길고 불편한 얼굴을 하고 있는 갑갑한 영국인들. 웨이터나 웨이트리스들이 마치 귀족이라도 되는 듯이 우아하고 도도한 자세로 서서 시종일관 엄격한 모습으로 서빙을 한다. 참고로 미국에서는 웨이터의 팁이 월급이지만, 영국의 식당에서는 팁이 따로 없다. 계산서에 팁이 포함되어 있는 것도 웨이터들이 친절하지 않은 이유일 것이다.

손님들의 자세도 범상치가 않다. 그들은 허리를 곧추세우고 앉아서 대화 소리가 남의 테이블까지 넘어가지 않게 나직나직하게 이야기한다. 귀도 밝지… 저렇게 소곤대는데 앞사람이라고 알아들을까 싶다. 영국에 귀족이 몇 명이나 된다고, 식당에 와 있는 손님들이 다 귀족처럼 행동하는 걸 보면 눈꼴은 시리지만, 막상 식당에서 식사를 할 땐 그들의 기세에 눌려 그런 생각은 꿈에도 못한다.

말소리는 나지막하게 해야 한다. 포크나 나이프도 격식에 맞게 사용해야 하고 내려놓거나 음식물을 찍느라고 철퍼덕거리면 안 된다. 주위는 신경 쓰지 않고 식사하면서 철퍼덕거렸다가는 싸한 눈빛들에 휩싸이기 때문이다.

온갖 신경을 쓰면서, 내가 쩝쩝대며 스테이크를 씹었는지를 수시로 체크하면서 식사를 해야 하니, 속이 편할 리가 없다. 영국의 레스토랑에서 외식하고 나면, 뭘 먹었는지 기억도 안 나고 가슴에 뭔가 콱 얹힌 듯 스트레스를 받을 때가 많다. 그런 영국인들에게 포위되어 식사를 두어 번만 하면 다시는 외식의 '외' 자도 입 밖으로 나오지 않는다.

TIP 식당에서의 에티켓

영국의 식탁 예절에서 나이프와 포크의 사용 순서보다 중요한 것이 있다. 앉은 자세와 목소리다. 자세를 바르게 하고, 말소리도 나지막하게 해야 한다. 가능하면 모든 행동을 눈짓으로 해야 한다. 웨이터를 부르느라고 소리를 지르거나 과장된 몸짓을 하면 무시를 당한다. 소리 없이 적당한 시선 마주치기를 하여 눈짓으로 웨이터가 오도록 해야 한다. 이 작업이 제일 불편하다. 그나마 다행인 것은 웨이터들이 수시로 "뭐 불편한 점이 없습니까?" 하고 물어오니, 필요한 것이 있으면, 적당히 버티다가 웨이터가 올 때까지 기다리면 된다.

왁자하게 떠들면서 술 마시는 펍(사진)에서조차 바텐더를 시끄럽게 불러대거나, 과한 손짓을 하면 술 한 잔 사 마시기도 힘들다. 그냥 조용히 서서 눈짓이나 가벼운 손가락 두드림으로 자신의 차례를 암시하여 바텐더의 시선을 끌어야 한다. 그런 규칙에 익숙하지 않은 동양인이 펍에서 술 한 잔 사 마시려다가 기회를 놓치면 당연히 사소한 다툼이 일어난다.

너무 친절해도 해고당한다

도무지 그 웨이터들이 뭘 믿고 그렇게 거만한지 모르겠다. 레스토랑에서만 그런 게 아니다. 헤로즈 백화점의 해고 사건을 보면서 웨이터를 비롯한 점원의 태도가 거만했던 이유를 알 것 같았다.

헤로즈 백화점은 영국뿐만 아니라 세계적으로 알려진 백화점이다. "헤로즈 백화점에는 배낭을 멘 사람은 입장할 수 없고, 화장실도 요금을 받는다."는 등 까다로운 백화점으로 소문이 나 있다. 또한 고 다이애나비의 애인이며, 다이애나비와 함께 자동차 사고로 죽은 아랍계 청년 도디 알 파예드가 헤로즈 백화점의 상속자여서 더 기억에 남는 백화점이다.

그 헤로즈 백화점에서 해고된 두 명의 헤로즈 여직원의 고소사건으로 영국이 시끄러웠던 적이 있다. 두 명의 여직원이 손님들에게 너무 친절하게 대해서 해고당했다. 두 여직원은 점원이 손님에게 친절히 대하는 것은 당연한 행동이라며, 억울하게 해고를 당했다고 고소했다.

헤로즈 측의 답변은 냉정했다. 손님과의 대화 내용까지는 자세히 밝히지 않았으나, 평상시도 웃음이 헤픈 두 여직원이 손님에게 헤픈 웃음을 보였다는 게 헤로즈 측의 요지였다. 그들은 직원으로서 헤로즈 백화점의 경영 지침을 따르지 않았을 뿐만 아니라, 헤로즈 백화점의 품위마저 손상시켰다나. 헤로즈 측은 쓸데없는 친절은 헤로즈의 품위를 떨어트리므로 회사의 경영 방침에 의해 정당하게 해고했으며 세계 제일의 백화점의 이미지를 실추시킨 그 두 여직원을 고소하겠다고 했다.

그로 인해 헤로즈 백화점의 특이한 경영 기법이 또다시 세간을 떠들썩하게 했다. 물건을 살 때조차도 꺾이지 않던 헤로즈 점원들의 도도함. 음식을 서빙하던 거만한 웨이터들의 영상이 머릿속을 스치고 지나

갔다. 혹시 이 글을 읽고 소비자에게 함부로 대하는 한국 점원들이 생길까봐, 노파심에서 사족을 달아야겠다. 그들은 도도하기는 하지만, 손님에게 무성의한 것은 아니다. 이를테면 여왕의 의전비서가 여왕의 품위를 지키기 위해서 여왕보다 더 격식을 차리는 것과 같은 이치이다.

그들의 도도함은 고객의 품위에 맞추기 위한 노력이라는 그들의 말이 허튼소리는 아닌 듯하다.

TIP 쇼핑과 세일

영국의 정기세일은 여름 세일(6~7월)과 겨울 세일(12월~1월)이 있다. 특히 크리스마스 다음날 시작되는 12월 26일(복싱데이)부터의 세일이 본격적인 세일이다. 한국의 세일 기간이면 백화점에 사람이 많다고 야단들인데, 영국도 마찬가지. 일 년에 두 번 있는 세일 기간에는 쇼핑객이 많이 온다. 영국 세일은 정품만 내놓는다는 소문 때문에 이 기간에 맞춰 해외관광객이 모여들어서, 런던 거리가 발 디딜 틈도 없이 복잡해진다. 헤로즈 백화점, 셀프리지 백화점, 리버티 백화점 출입구는 쇼핑객이 너무 많아서 걷기도 힘들 정도다. 세일의 시작은 10~20%이지만 시간이 흐를수록 세일 폭이 커져서 30%, 50%, 급기야는 90% 이상을 한다. 그러나 시간이 흐를수록 사이즈가 없고 사려던 물건이 팔리기 때문에 90% 세일할 때까지 기다리면 물건을 놓칠 수도 있다.

해장하러 프랑스 다녀옵니다

그래서 우리 가족은 영국에서 살 때, 도버해협을 건너 프랑스까지 가서 답답한 속을 달래곤 했었다. 한 시간 정도밖에 안 되는 도버해협을 건너면, 분위기가 자유로운 프랑스인들을 볼 수 있기 때문이다.

프랑스는 분위기가 자유롭다보니 전철이나 버스 안, 공원 같은 공공 장소에서 가끔 아이의 눈을 가려야 하는 사태가 자주 일어나는 것이 문제였다.

영국은 꽤 정숙한 나라다. 공공장소에서 남녀가 껴안고 키스를 해 대거나 심하게 애정 행위를 하는 모습을 한국보다 더 보기 힘들다. 오 히려 한국에서 온 젊은 남녀가 외국이라고 마음 놓고 애정 행각을 하 다가 빈축을 산 일도 있다. 영국에서는 사랑하는 남녀뿐만 아니라 처 음 만나는 사람과의 뺨 인사도 기대하지 않는 게 낫다. 미국에서는 처 음 만나는 사람끼리 뺨에 키스를 하지만 영국은 그렇지 않다. 그런 엄 격한 분위기에서 자라던 딸아이에게 프랑스는 문란한 땅이었다. 그래 서 프랑스에서는 "어-어-어- 엄마~." 하면서 놀라는 아이의 눈과 입을 가려야 할 때가 많았다.

그 대신 프랑스에선 마음껏 식사를 해도 되는 것이 좋았다. 프랑스 에서 식사를 할 땐 나도 모르게 아주 큰소리로 떠들면서 음식물이 입 밖으로 튀어나가든 말든 전혀 개의치 않는다. 물론 자세도 삐딱하게 하고 몸을 식탁에 기대어 앉게 된다. 그러다가 '아차' 싶어서 자세를 바로하고 목소리를 낮추려는 순간, 주변에서 더 큰 목소리로 떠드는 소리에 안도를 하게 된다.

프랑스인은 자세와 식사 매너와 상관없이 즐거운 표정으로 식사를 한다. 왁자지껄한 분위기에 음식을 나르는 웨이터들의 발걸음도 가볍고, 호탕한 웃음소리. 정말 오랜만에 기분이 났다. 냅킨을 목에다 끼운 사람도 있고, 스푼이나 포크의 사용법도 제대로 지키지 않은 채 자유롭게 식사를 하는 프랑스인들 틈에서는 좀 여유 있게 식사를 할 수 있다. 음식물이 거의 튀어나올 정도이고 조금만 더하면 웨이터와 웨이트리스들과 어울려 왈츠라도 한번 출 그런 분위기이다.

식당뿐만 아니라, 공공장소나 모임 등에서 질식할 것만 같은 영국인들의 엄숙함에 곤죽이 되어 살다가 한 번씩 프랑스로 가서 온갖 스트레스를 다 날려보내곤 했었다.

프랑스도 나름대로 식사 문화가 있겠지만, 적어도 영국에 사는 우리들에게 프랑스 식당은 스트레스 팍팍 받으며 하는 식사의 거북함을 싹 씻어 내리는 해장 식당이었다.

점잖아 보이는 영국 식당, 하지만 맛도 양도 서비스도 최악이라고 보면 된다.

TIP 시골 마을의 작은 식당에서의 식사

영국 시골 마을의 작은 식당에서 간단한 음식이라도 먹으면서 영국 사람들이 식사하는 모습을 보자. 참고로 런던 시내에 있는 식당은 더 이상 영국을 말하지 못한다. 그러므로 런던 시내에서도 좀 후미진 곳에 있는 런더너들만의 식당에 들어가보라. 운이 좋으면 맛없기로 소문난 피시 앤 칩스도 이곳에서는 맛있을 수 있다. 영국 식당에서는 팁이 요금에 포함되어 있기 때문에 팁을 신경 쓰지 않아도 된다.

점잖은 도로 질서에 숨겨진 비밀

영국 신사들의 끝내주는 운전 매너

영국은 운전을 신사답게 하는 나라로 소문이 나 있다. 보행자는 아무 데서나 아무렇게나 무단횡단을 하지만, 운전자는 보행자가 없는 횡단보도에서도 일단 정차하여 신호를 기다린다.

영국의 도로는 주로 일차선이다. 게다가 노변주차까지 허용하므로 도로가 매우 좁다. 반대편에서 차가 오면 서로 양보를 해야 간신히 빠져나갈 만큼 좁은 길이 많다. 그런데도 길이 막히지 않고 도로가 무리 없이 소통이 되니, 대단한 양보 운전을 하는 나라임에는 틀림없다.

차선 양보도 잘하고 양보받은 차는 꼭 손을 올려 고맙다는 표시도 한다. 웬만한 일로는 좀처럼 경적을 울리지 않는다. 헤드라이트를 번쩍 켜는 것도 먼저 지나가라는 양보의 의사 표시이며, 양보를 받은 운전자도 고맙다는 답례의 표시로 헤드라이트를 한 번 켜준다. 한국이나 미국에서는 과속을 단속하러 나온 경찰차가 숨어 있다는 암시나 새치기로 끼어든 차나 속도가 느린 초보 운전자를 위협하는 신호로 쓰이지만, 영국에서는 양보와 감사의 신호이다.

어디 그뿐인가! 영국의 '라운더바웃(roundabout)'은 효율적인 도로체계로 세계적으로 유명하다. 라운더바웃이란 복잡한 설명을 할 것도 없이 한국의 로터리와 비슷하다고 보면 된다. 삼거리 이상의 도로가 만나는 지점을 동그랗게 해놓고 거기를 빙빙 돌면서 차가 차례로 진입하는 시스템이다.

한국의 로터리라면 기억이 나지 않는가? 신호등이 있어도 마지막 신호를 따라 들어온 차와 바뀐 신호를 따라 들어온 차량이 얽혀서 뒤죽박죽이 되는 영등포 로터리와 서면 로터리 등을. 그런 곳을 신호등도 없이 운전자들끼리 양보하며 잘 운행하고 있다니 과연 영국이 신사의 나라임에는 틀림없다.

운전매너 뒤에 숨겨진 잔인성

그러나 신사 같은 운전자들에게는 미안하지만. 출근 시간의 러시아워에 차가 고장이 나서 하나뿐인 차선 가운데에 서 있었는데도, 아무런 불평 없이 핸드폰을 빌려주며 견인차를 부르라고 도와준 그 영국 신사에게 미안하지만. 샛길에서 큰 도로로 끼어들 때도 불을 번쩍거려가며 양보해준 영국 신사들에게 미안하지만. 그동안 영국인들의 점잖은 운전의 혜택을 많이 누려와서 고맙기 짝이 없지만, 나는 영국인 운전자들의 잔인함을 여기서 폭로해야겠다.

영국인들의 얌전하고 조용한 도로 위의 매너 뒤에는 한국인으로는 상상도 못할 잔인성이 도사리고 있다.

점잖은 영국인 운전자라고 하지만, 영국에서의 운전은 다소 거칠게 느껴진다. 영국에 일차선뿐인 도로가 많아서다. 내가 조금이라도 꾸물거리면, 그 방향으로 가는 다른 차들이 죄다 뒤에서 정체된다. 그러니 조금이라도 운전이 서툰 사람이 있으면, 그날 그 쪽 길은 정체가 되기 쉽다. 그래서 뒤에서 바짝 밀어붙이고 따라오는 차 때문에 한 번도 편안한 마음으로 운전을 해본 적이 없다. 경적을 울리는 사람도 없고, 창문을 열고 욕을 퍼붓는 사람도 없지만, 마치 폭풍의 눈에 들어앉아 있는 듯한 알지 못할 불안감이 엄습해오는 것은 어쩔 수 없다.

영국은 운전면허증을 받기가 까다롭고 대부분의 영국인은 성년이 되면서부터 운전을 시작하기 때문에, 좁은 공간에 주차하는 실력이나 좁은 도로를 누비는 운전솜씨가 한국 택시기사 뺨칠 정도로 뛰어나다. 그런 솜씨로 뒤에서 몰아붙이거나, 중앙선을 넘어 바로 앞으로 끼어들 때는 식은땀이 나곤 한다. 중앙선을 넘으면서까지 하는 아슬아슬한 끼어들기는 경적을 울리거나 욕을 해대는 것보다 더 잔인한 정신적인 위협이다.

그래서 우리같이 남 눈치나 보면서 분위기 맞춰가며 사는 데 익숙한 사람들은 영국에 있는 햇수가 늘어날수록 운전 속도가 점점 더 빨라질 수밖에 없다. 빨리 달려줘야 하기 때문이다.

위. 뉴멀든 라운더바웃(roundabout)을 돌고 있는 차량들. 한국의 로터리와 비슷한 구조이지만, 원활한 교통순환이 이루어지고 있다. 라운더바웃을 보면 영국인들이 교통질서를 얼마나 잘 지키는지를 알 수 있다. 물론 도로가 한산하니까 가능한 일이다.

아래. 런던 블랙캡은 친절하고 믿을 수 있는 택시로 유명하다. 다른 색 택시도 있지만 전통적으로 검은색 택시여서 블랙캡(black cab)이라고 불린다. 요즘 들어서는 저렴한 가격의 미니캡이 많아졌지만, 미니캡은 안전성에서는 블랙캡과 상대가 안 된다.

자동차 위에 'L' 자를 붙인 차는 자동차 운전 연습용 차다. 영국에서는 자동차 면허 따기가 쉽지 않다.

영국인과 한번 붙으면 죽음

런던에서는 한국처럼 도로 한가운데에서 차 문을 열고 싸우는 사람을 좀처럼 보기 힘들다. 간혹 사고를 내고 길가에 서 있는 차를 보아도, 경찰과 피해자와 가해자들이 마치 한담이라도 나누듯이 미소를 지으며 속닥거리는 모습을 보게 된다. 부럽기 짝이 없는 모습이다. 우리도 언제 저렇게 웃으면서 사고 처리를 할 날이 오려나 싶다.

그러나 그게 아니었다. 원래 말 없는 사람이 화가 나면 더 무섭다고. 조용하고 신사다운 영국인도 한번 화나면 무섭다. 영국에서는 운전 시비로 인한 살인사건이 빈번하게 일어난다. 그들의 시비는 우리의 사소한 다툼과는 질이 다르다. 우리는 소리나 지르고, 심해야 전치 몇 주의 주먹질이나 오갈 뿐이다. 그러나 그들 선진국에서는 그런 수준 낮은 싸움은 없다. 미소로 해결되지 못할 문제는 수준 높고(?) 조용한 방법인 잔인한 살인과 폭행으로 해결한다. 점잖다는 영국인이 흥분한 얼굴로 차 문을 박차고 차에서 내렸다 하면, 그것은 죽음으로 가는 결투의 신청쯤으로 받아들이고 마음의 준비를 단단히 해야 할 것이다.

그래서 영국의 도로규범에는 운전 중 초래될 시비에 대비한 갖가지 요령을 명시하고 있다. 예를 들면, "운전 중 절대로 다른 차량의 운전자들과 눈을 마주치지 말라.", "분노가 오르면 갓길에 차를 세워두고 분을 가라앉히고 다시 운전해라.", "시비가 벌어지면 절대 차에서 내리지 마라." 들이다. 괜히 눈을 잘못 마주치고 웃다가 비웃었다는 오해를 사면 세상을 하직하게 되므로 운전 중에는 쓸데없이 옆 차량을 쳐다보지 말라는 것이다. 실제로 그런 일로 살인사건이 벌어졌기 때문이다. 한국에서는 쳐다보는 눈빛이 기분 나쁘다고 해서 치고 박고 싸운다고 흉을 보지만, 영국인도 마찬가지다. 그들은 쳐다보는 눈빛이 기분 나쁘다고 차에서 내려서 총을 쏴 죽였으니, 우리보다 더했으면 더했지, 덜하다고 할 수 없다.

그런 살인사건은 신문지상에서 얼마든지 볼 수 있다.

난폭한 성격의 운전자들이 사소한 이유로 서로 폭행하고 살인하는 일이 비일비재하게 일어나고 있다. 뿐만 아니라. 여왕의 근위병, 심지어는 경찰관까지도 상대편 운전자에게 폭행을 휘두르다 검거되는 일도 있다. 영국의 도로 폭행은 상상하기 힘들 정도로 심하다.

신문에 종종 오르는 보고서(Lex report)에 의하면, 운전 도중에 자동차가 도로 밖으로 강제로 세워진 경우가 180만 건이 되며, 그중 50만 건이 고의적인 충돌사고를 당했고, 80만 명의 운전자가 신체적인 위협을 받았고, 25만여 명의 운전자는 실제로 육체적인 공격을 받기도 했다. 영국의 자동차 협회(Automobile Association)의 통계도 열 명 중에 아홉 명의 운전자가 도로 폭행을 당했다는 경악할 만한 수치가 나왔다. 게다가 열 명 중에 여섯 명의 운전자가 운전 중에 스스로 컨트롤할 수 없을 만큼 심한 분노를 품은 적이 있다고 고백했다.

운전을 할 줄 아는 대다수 영국 국민이 이런 범죄에 노출되어 있을 뿐만 아니라, 언제 이런 범죄자로 돌변할지 모르는 헐크 2세들이다.

괴상한 취미활동인 트레인 스포팅

클래펌 정선 역에서 살다시피 하는 트레인 스포터들

런던을 방문할 때 꼭 찾아봐야 할 곳이 있다. 바로 기차역이다. 물론 《해리포터》에서 마법의 세계로 가는 출입구인 킹스크로스 역의 9와 3/4 플랫폼도 볼만하지만, 내가 런던을 방문하면 꼭 찾아가는 역은 런던 시내의 워터루 역에서 서남쪽으로 두 정거장만 가면 되는 기차역, 클래펌 정선 역(Clapham Junction Station) 9번 플랫폼이다. 언제 가든지 그곳에선 좀 괴상한 사람들이 서성거리고 있기 때문에 해리포터의 플랫폼보다 더 내 흥미를 끈다.

기차 여행이라~ 저 멀리 꼬리를 감추며 사라지는 기차의 뒷모습과 불타는 선로, 아련해지는 기적 소리. 이런 로맨틱한 장면 앞에서 무덤덤할 수 있는 가슴을 지닌 사람이 우리 중 몇이나 될까? 바쁘게 살다보면, 가끔은 할 일 없이 멍하니 서 있고 싶은 마음이 불쑥불쑥 들 때가 있다. 낯선 이름의 시골역 대합실에 앉아 오가는 여행객들의 뒷모습을

위 왼쪽. 특별한 의미를 알 수 없는 숫자만 빼곡히 들어 있는 수첩이 많으면 많을수록 베테랑 트레인 스포터다.
위 오른쪽. 트레인 스포터들은 하루 종일 기차역에서 오고 가는 기차를 보는 일을 하느라고 샌드위치와 물 등을 싸가지고 와서 먹는다. 혹시 추워질지도 모르는 변덕스러운 날씨를 대비해 두툼한 담요도 준비한다.
아래. 런던 워터루 역에서 서남쪽으로 가는 기차를 타고 두 정거장만 가면 클래펌 정션 역이다. 클래펌 정션은 정션의 의미 그대로 영국 각 지역에서 오는 기차들이 지나치는 환승역이므로 특히 많은 기차를 볼 수 있다. 그래서 클래펌 정션 역에서는 이런 트레인 스포터들을 늘 만날 수 있다. 그들은 해외에서 오는 취재진에 익숙한 듯 사진 찍기나 자기소개, 소지품 공개까지 전혀 망설이지 않고 한다. 영국인답지 않게 아주 우호적이다. 런던 근처에서 추천할 만한 트레인 스포팅 장소로는 클래펌 정션 역, 런던 브리지 역, 워터루 역이 있다. 그러나 좀 한적한 곳을 원하면 에든버러, 요크지방을 비롯한 영국 각처의 역에서 트레인 스포팅을 즐길 수 있다.

보면서, 사라지는 기차 꼬리를 멍하니 바라보는 여유가 그리워질 날도 있으리라.

어쩌다가 한번쯤은 그렇게 망가지는 것쯤이야 애교로 넘어갈 만하지만, 허구한 날 눈만 뜨면 나가서 그렇게 멍하니 하늘만 바라보고 서 있다면 아마 인생 낙오자나 폐인으로 취급할 것이다. 그런데 그렇게 살아도 될 좋은 장소가 바로 클래펌 정션 역 9번 플랫폼이다. 클래펌 정션 역에는 그런 사람들이 많은데, 그들을 트레인 스포터(Train Spotter)라고 부른다. '기차를 구경하는 사람'을 일컫는 말이다.

영국 내의 기차가 가는 곳이라면 어디서든 트레인 스포터를 만날 수 있다. 그런데도 굳이 런던의 클래펌 정션 역 9번 플랫폼을 찾은 것은 비가 오나 눈이 오나 세상이 무너져도 상관없이, 언제든지 그들을 만날 수 있기 때문이다. 클래펌 정션 역의 9번 플랫폼에는 언제나 고물 같은 망원경과 카메라를 목에 건 차림새가 비슷비슷한 영국인 몇 명이 무리 지어 있다. 그들은 기차가 지나갈 때마다, 황급하게 일어나서 심각한 표정으로 노트에 무언가를 열심히 쓴다. 그들이 기록하는 것은 그날 들어온 기차의 일련번호이다.

스티븐슨이 기차를 발명할 당시만 해도 기차는 획기적인 신 발명품이었다. 당시에는 애 어른 할 것 없이 기적 소리만 나면 기찻길 가에 몰려들어, 기차 구경을 하면서 너도나도 한마디씩 하는 일이 자연스러웠다. 그렇게 해서 트레인 스포팅이라는 취미활동이 생겼다.

그러나 이제는 자동차, 비행기 등 새로운 운송수단 때문에, 기차가 새롭기는커녕 잊힌 존재이고. 잊히다 못해 요즘 아이들에게 신기한 존재가 될 정도로 뒤로 밀려난 운송수단이다.

그러니 기차를 보는 일은 더 이상 새로울 것도, 의미도 없는 일이 되었다. 그런데도 영국인들은 아직까지도 역으로 들어오는 기차를 보면서 기차의 번호를 일일이 노트에 기록하는 일을 즐겨 한다. 재미있는 사실은 그들이 열심히 기록하는 기차 번호는 아무런 의미가 없다는 것이다. 기차종착역에서 내보내는 기차가 순서대로 떠나는 것도 아니고, 기차 일련번호는 아무런 함수 관계도 없다. 수학적인 조합이나 과학적인 결론도 내릴 수 없는 정말 무의미하기 짝이 없는 일이다. 정말 할 일 없는 백수들의 시간 때우기에 지나지 않는다.

그런데 그 백수들이 참 당당하다. 그들이 앉아 있는 벤치에 올려놓은 가방 틈으로는 스웨터와 샌드위치 팩, 물, 열차시각표와 기차노선표 같은 자질구레한 포켓북까지 보인다. 그들의 표정과 차림새는 정말 진지하고 심각하다. 모르는 사람들이 보면, 기차역의 직원이거나 조사 나온 공무원으로 착각할 정도다.

잡지사에 원고를 보내기 위해 클래펌 정선 역에 갔을 때 더비(Derby)에서 온 모스데일 씨를 만났다. 나의 취재 요청에 그는 영국인답지 않게 자신의 신상에 대해 술술 불었다. 그는 롤스로이스에 근무하는 직장인으로 이미 수십 년째 트레인 스포팅을 해온 골수 트레인 스포터였다. 일 년에 5주 있는 휴가와 주말을 트레인 스포팅을 하는 데 쓰고, 틈만 나면 트레인 스포팅을 하러 기차역을 찾아 돌아다니는 게

클래펌 정션 역의 트레인 스포터들.

취미였다. 기차를 "it"이라고 부르지 않고 "she"라고 하는 그에게 기차는 사물이 아니라 사람이고 애인이었다.

"그녀들의 옆구리에 써 있는 넘버를 보지 않아도, 먼발치에서 역으로 달려 들어오는 자태만으로도 그녀들의 일련번호를 맞힐 수 있다."고 허풍을 떠는 모스데일 씨. 그는 기차 보기에 흠뻑 빠진 '그녀들의 전문가'였다. 멀리 더비에서 클래펌 정션 역까지 오는 것만 봐도 그렇다.

"전국 각지에서 몰려오는 기차들이 이 환승역에서 다시 길을 떠나듯 인간들도 이렇게 모였다 흩어진다는 것을 배우기 때문에 자주 찾는다." 그렇게 철학적인 정의를 내리다가도 어떻게 들었는지 희미한 기차 소리를 알아채고 벤치에서 벌떡 일어나서, 기차를 본다. 얼굴에 망원경을 붙이고 지나가버린 기차의 꼬리를 하염없이 바라보다가 벤치에 다시 주저앉는 그는, 기차의 일련번호를 빼곡히 적은 노트가 30여 권이나 되는 트레인 스포팅계의 베테랑이었다. 아무런 의미 없이 기차의 일련번호만 쭉 적어놓은 노트. 이 노트야말로 트레인 스포터들의 훈장 같은 거다. 경력이 오랠수록 노트 수가 늘어나기 때문이다.

"멀리 남쪽 해안가에서 바다 냄새를 가득 싣고 들어오는 기차를 보면서 낭만과 설렘을 느끼지 못하는 사람이야말로 정말 불쌍한 인간이

죠. 트레인 스포팅은 낚시보다 더 매력적인 취미 활동입니다."라던 한 트레인 스포터의 열변이 뇌리를 스친다.

미친 짓인 줄 알고 하는 미친 짓

트레인 스포터들이 정상이 아니라는 것은 영국인들이 다 아는 사실이다. 바람이 불든, 비가 오든 상관없이 낡은 망원경을 목에 걸고, 헐렁한 아노락 점퍼를 입고 손으로 짠 털모자를 눌러쓰고 기찻길 가에 멍하니 서 있는 모습이 정상으로 보일 리가 없다. 영국에서도 기찻길 옆에서 하루 종일 할 일 없이 서 있는 것을 미친 짓이라고 한다. 그래서 그들을 아노락(Anorak)이라며 놀린다.

아노락은 트레인 스포터들이 즐겨 입는 점퍼다. 등산가들이 즐겨 입는 이 아노락 점퍼는 안팎으로 크고 작은 주머니가 많이 달려 있어, 트레인 스포팅을 하는 데 필요한 연필이나 노트 등의 잡동사니를 넣어 두기에 딱 알맞다. 점퍼 이름을 따서 트레인 스포터들을 아노락이라고 부르며 놀리는 것이다. 아노락이라는 단어는 좀 덜떨어진 아이들을 놀릴 때 쓰는 은어이다.

그러나 트레인 스포터들은 그런 말에 분개한다.

"골프를 치거나 비 오는 날 강가에서 낚시를 하는 것이 무슨 의미가 있으며 무슨 소득이 있습니까? 그런 것은 정상적인 취미로 인정하면서 기차를 보는 우리들은 왜 비정상인으로 치부하는지 알 수가 없군요."

영국에서는 낚시를 할 때 잡은 고기를 다시 놓아준다. 고기를 잡아 매운탕을 끓여 먹는 일은 하지 않는다. 오직 잡는 순간의 짜릿한 손맛을 느끼기 위해 낚시를 한다. 그들 말대로 낚시를 하거나 골프를 치거나 트레인 스포팅을 하는 것의 차이점을 알 수 없다.

미친 짓인 줄은 알지만, 그런 미친 짓을 하던 사람들이 이루어놓은 '발견과 발명의 혜택'을 많이 보아온 영국인들이라서일까? 영국에서는 트레인 스포팅에 대한 지지가 대단하다.

트레인 스포터들의 주장에 의하면, 영국에만도 200만이 넘는 트레인 스포터들이 있다.

1996년에는 "수영이나 축구가 유니폼이 있듯이 트레인 스포팅도 유니폼이 있어야 한다."는 여론에 의해 오렌지색의 산뜻한 유니폼까지 디자인했다. 유니폼을 입고 기찻길 옆에 서 있으면, 역무원으로 오해하기도 한다. 트레인 스포팅도 골프와 같은 스포츠 대열에 넣어야 한다며 조직 위원장과 대표를 뽑는 등 법석을 떨었다.

웃어넘길 일이 아니다. 그대를 위해서라면 기꺼이 함께 미친 짓을 할 수 있는 국민들이다. 영국인들이 죄다 미치기로 작정을 했나보다.

뿐만 아니다. 그들은 서로 더 멍청한 스포팅을 한다고 싸우기까지 한다. 기차 마니아와 트레인 스포팅은 질적으로 다르다고 주장한다. 기차 마니아들은 기차의 모습이나 기차의 모델명과 구조 등을 꿰고 있지만, 트레인 스포터들은 기차에 관한 그런 지식을 쌓지 않기 때문에 트레인 스포팅이야말로 정말 '의미 없는' 취미생활이라 주장한다.

그들의 화두는 '의미가 없음'에 있다.

'의미가 없을수록 의미를 지니는 것'이 그들 스포팅의 핵심이기 때문이다. 그래서 어떤 트레인 스포터는 굳이 의미를 부여하려는 유명 디자이너가 제작한 오렌지색의 유니폼마저도 거부한다.

트레인 스포팅이라는 취미활동은 영국에만 있는 것이 아니라. 미국이나 캐나다에도 있다. 그러나 영국인들은 자기네 트레인 스포팅만이 진정한 '의미 없는' 트레인 스포팅이라고 우기고 있다.

마약과 타락에 물든 스코틀랜드 젊은이들의 이야기를 주제로 한 영화 '트레인 스포팅'을 기억할 것이다. 원작자 어빈 헬시가 지도에 표시된 기찻길이 헤로인 주삿바늘 자국임을 상징하기 위해 트레인 스포팅이라는 제목을 붙였다고 한다. 그 제목은 주인공들의 타락과 방탕을 무의미한 취미활동인 트레인 스포팅에 빗댄 표현임이 틀림없다.

그런데 영국인들의 스포팅 취미에는 트레인 스포팅만 있는 것이 아니다. 다양한 모양의 지붕 위 굴뚝을 구경하는 포트(굴뚝) 스포팅, 비행기를 보는 에어플레인 스포팅, 게다가 메이처럼 동양인이 절하는 모습을 훔쳐보는 바우잉 스포팅 등등 다양하다. 커튼 트위처들까지. 영국 신사들만큼 보는 것을 즐기는 부류도 없는 듯하다. 포트 스포팅의 경우는 서로 원조라고 싸우다가 결국은 권총 살인사건까지 일으켰다.

요즘 들어서는 에어플레인 스포팅도 유행하고 있다.

2001년에는 그리스의 군 비행장에서 영국인들이 무더기로 에어플레인 스포팅을 하다가 스파이로 몰려 그리스 군 당국에 잡혀서 양국의 외교 문제로까지 번진 사건이 있었다. 영국 측에서는 선량한 영국 국민인 에어플레인 스포터들을 풀어주라고 요구했다. "이런 일은 미친 개와 정신 나간 벨기에인과 정상적인 영국인만이 할 수 있으며 다른 나라 사람들은 이해도 못할 것"이라고 그리스 정부를 비웃었다. 그리스 측에서는 영국 정부의 압력과 여론을 이기지 못하고 그들을 풀어줬으나, 그들이 스파이라는 의심을 떨치지 못했을 것이다.

실제로 제1·2차 세계대전 때 영국은 이런 취미활동을 이용해서 영국인들에게 스파이 짓을 시킨 전력이 있기 때문이다. 또 세계를 떠돌며 도피 행각을 하다가, 죽음을 앞둔 노인이 되어서야 영국으로 돌아온 영국의 유명한 철도강도의 회고를 통해 트레인 스포팅의 문제점이 드러났다. "기차를 털기 위해 며칠간 선로 근처에서 기차 다니는 시간과 동태를 파악했으나 아무도 의심하지 않아서 마음 놓고 사전 답사를 했다"고 털어놓았다.

혹 아랫마을의 김 서방네 큰아들놈이 늘 멍한 눈빛으로 기차역에 서서 하루 종일 지나가는 기차만 쳐다보고 있다면, 십수 년 지은 자식 농사 다 망했다고 수군댈 것이다. '멀리 기적이 우네.' '기차는 8시에 떠나네…' 등등 기차에 얽힌 낭만적인 감정이 담긴 노래를 즐겨 부르지만, 기찻길 옆에 종일 서 있는 것은 미친 짓거리일 뿐이다.

유교를 오해한 탓일까? 한국에서는, 아무리 국가 이념이 자유 민주주의일지라도, 정상 궤도를 벗어난 자유로운 기행은 몇몇 특이한 예술가들의 몫이었다. 직장과 학교라는 주어진 궤도만 맴돌면서, 남과 다

영국에는 다양한 스포팅 취미활동이 있다. 그중에서 포트 스포팅은 다양한 굴뚝 모양을 관찰하는 취미활동이다. 영국의 굴뚝 모양은 아주 다양해서, 영국 지붕의 굴뚝을 구경하는 것만으로도 영국 관광의 의미를 찾을 수 있다.

른 상상력을 조용히 가슴에 묻는 평범함을 미덕으로 여기는 나라에서 사는 것만큼 서글픈 일이 있을까?

그러나 한국인의 눈에는 아무 짝에도 쓸모없는 시간 때우기 같은 행동을 아름다운 취미로 인정하는 나라가 지구 저쪽에 있었다. 영국인들이 비신사적인 이유를 대라면 수십 개는 댈 수 있다. 그러나 나는 그들의 또 다른 모습, 트레인 스포팅이라는 취미활동을 지키는 모습 앞에서 오늘날의 영국을 인정할 수밖에 없다.

의미 없는 취미활동까지도 존중해주는 영국인들. 한국 아이들이 명석해서 우리나라가 수많은 미래의 스티븐슨을 배출한다 하더라도, 영국을 따라잡기에 버거울 것 같아서 불안하다.

미국과는 완전히 다른 문화의 나라, 영국

루이스 살인사건으로 본 영국과 미국의 문화 싸움

영국인들이 나를 보고 "일본인이세요?"라며 존경하는 눈빛을 보낼 때가 있다. 그럴 때마다 감정이 복잡해지는 것은 어쩔 수 없다. 영국인들이 얼마나 일본을 좋아하는지, 그리고 한국이라는 나라에 대해서는 얼마나 관심이 없는지 알기 때문에 더 마음이 착잡해진다. 그러나 나는 그들이 무시하거나 관심 없는 눈빛을 할 것을 알지만, 나는 "아뇨. 한국인입니다."라고 당당하게 밝힌다. 일본인이냐고 물었을 때 그저 미적거리기만 해도 귀빈 대접을 받지만 나뿐만 아니라 모든 한국인은 한국인임을 밝히는 데 주저하지 않는다. 그만큼 일본인과 구별되고 싶은 마음이 크기 때문이다. 일본에 대한 한국인의 감정이 너무 유별난가 싶을 때도 있다. 그런데 내가 일본인과 구별되고 싶어 하는 것 이상으로 영국인이 미국인과 구별되고 싶어 하는 것을 보면 안도의 숨이 나온다.

특히 내가 미국에서 살다 왔다는 것을 아는 순간 "어 그래? 미국하고 영국이 많이 다르지? 너는 어떤 점이 다르다고 보니?" 하면서 묻곤 한다. 처음에는 멋모르고 "뭐 비슷하지."라고 대답했는데 그들의 실망이 얼마나 큰지. 실망뿐이면 다행이다. 미국과 영국의 다른 점을 설명하느라고 장시간 나를 괴롭힌다. 다 알아듣지도 못하는 사람을 붙잡고 길게도 설명한다. "미국과 영국은 별개의 나라잖아."라고 말해도 별로 달라지는 것이 없다. 까무러칠 정도로 좋아하는 것 빼고는 이런저런 양국의 역사를 장황하게 읊어댄다.

확실히 영국과 미국은 다르다. 우리가 생각하는 자유국가로서의 의미도 철저하게 다르다. 꽤 오래전 이야기이지만, 1997년에 영국 소녀 루이스의 살인사건 재판 과정에서 일어난 일은 두 나라의 문화가 얼마나 다른지 잘 보여주었다.

영국 소녀 루이스는 고등학교를 졸업한 후 미국으로 건너갔다. 다른 유럽의 소녀들처럼 세상 경험을 하기 위해 오페어(Au pair)로 미국에 갔다. 오페어는 보모를 일컫는 말이다. 미국이나 유럽에서는 파출부나 식모를 구하기가 힘들다. 그래서 고등학교를 졸업하고 대학 준비를 하거나 대학에 다니는 여학생들이 입주하여 그 집의 아이들을 돌보는 직업이 생겼다. 아이를 돌보면서 공부도 봐주고 설거지나 청소 등 집안일을 하는 대신에 용돈과 학비, 숙식을 해결한다. 주로 다른 나라에서 유학 온 학생들이 숙식 해결을 위해서 오페어 일을 하는데, 자기 나라보다는 다른 나라에 가서 오페어 일을 많이 한다. 영국 여학생은 미국으로, 미국 여학생은 영국으로, 유럽의 각 나라에서도 다른 나라의 경험을 쌓기 위해 오페어를 한다. 요즘은 세계를 다니면서 경험을 쌓기 위해 오페어를 지원하는 학생들이 많다. 남자 오페어도 있으나 여학생이 더 많다. 고 다이애나 왕세자비도 결혼하기 전에 오페어 일을 했었다. 왕세자비가 된 후에도 보모였던 사실을 숨기지 않고 그 가족을 왕실에 초대하기도 했었다. 언론에서 다이애나비의 솔직한 태도를 높이 칭찬한 것을 보면, 오페어 일이 왕세자비 후보자가 할 만한 직업은 아님을 알 수 있다.

그러나 문제는 어린 10대의 소녀들이 집안일을 하면 얼마나 잘할 것이며 남의 갓난쟁이를 돌보면 얼마나 잘 돌보겠는가? 남자 친구도 사귀어야 하고 클럽에도 다녀야 하고, 갓 배운 술·담배와 마약은 얼마나 좋은가? 그런 오페어들이 크고 작은 사고를 쳐서 문제가 되었다. 자스민의 엄마는 유럽에서 온 오페어를 영국 집에 소개해주는 아르바이트를 하고 있었는데. 사고를 치는 오페어들 때문에 하루도 조용히 지나가는 날이 없다고 불평하곤 했다.

오페어 일을 하러 미국에 간 영국인 보모 루이스도 마찬가지였다. 그녀는 미국인 가정에서 매튜라는 갓난쟁이를 돌보았는데, 아이를 제대로 돌보지도 못하고, 귀가 시간에 자주 늦어서 매튜 부모의 경고를 몇 차례 받았다. 그러던 중 루이스가 우는 매튜를 달래다가 홧김에 그만 아이를 집어 던지고 말았다. 매튜는 응급실에 실려갔지만, 죽고 말았다. 루이스는 담당 경찰에게 처음에는 매튜를 내동댕이쳤다고 했지만, 법정에 섰을 때는 던진 것이 아니라 심하게 흔들었을 뿐이라고 번복했다. 그러나 흔들기만 했다고 하기에는 매튜의 몸의 상처가 심했기 때문에 그녀가 악의적으로 해를 가했을 것이라고 짐작이 되었지만 증인이 없어서 그 상황을 알 수가 없었다.

연일 그녀에 대한 재판 소식이 매스컴을 탔고, 결국 그녀의 재판은 영국와 미국 두 나라의 재판이 되어버렸다. 특히 자국민이 외국에서 일으킨 사고라서 영국에서는 루이스의 재판에 관심이 많았다.

재미있는 것은 재판의 내용이 점차 문화 싸움으로 번진 것이다. 재판이 논리적인 추론에 의한 판결이 아니라, 감정적이고 문화적인 대립으로 바뀌어갔다. 매튜의 부모와 미국 측에서는 루이스의 냉정한 태도에 비난을 퍼부었고, 루이스와 영국 측에서는 감정적인 매튜 부모의 쇼맨십에 비난을 퍼부었다.

매튜 부모와 미국인들을 놀라게 한 것은 루이스의 태도였다. 사건 직후 매튜의 집을 방문한 이웃의 증언에 의하면 루이스는 매튜가 응급실에 실려간 뒤에 아무 일도 없었다는 듯이 매튜의 세 살 위의 형을 데리고 텔레비전을 보고 있었다는 것이다. 자기가 돌보던 아이가 응급실에 실려갔는데 어떻게 아무렇지 않을 수 있는지, 루이스의 심리상태가 도무지 이해가 되지 않았던 것이다.

법정에 선 루이스의 태도도 그랬다. 영국 소녀 루이스는 너무나 담담한 표정으로 법정에 서 있었다. 또 루이스는 사건 현장에 제일 먼저 도착한 미국인 윌리엄 바이른 경감이 그녀의 영어를 제대로 이해하지 못하고 잘못 증언하자 쓴웃음을 지으며 차분히 설명을 했다. 그 모습에 전 미국이 흥분했다.

"십대밖에 안 된 어린 소녀가 어떻게 저렇게 담담한 표정으로 무서운 법정 앞에 서 있단 말인가!!"

"잔혹한 짓을 할 만한 냉정한 소녀다!"

재판정에 선 어린 소녀 루이스의 태도는 모든 미국인을 흥분시켰다. 결국 그녀의 냉담한 표정을 가리기 위해 그 이후의 재판에서는 긴 머리카락으로 얼굴을 가렸으나, 여전히 냉담함이 느껴져 미국인들을 더더욱 흥분시켰다.

반면에 영국인들은 매튜 부모의 태도를 비난했다. 자식의 죽음 앞에 부모가 이성적으로 대처하지 않고 눈물을 내보이며 감정적으로 대처한다고 분노했다. 그러고는 재판정에서 침착하고 사리가 분명하게 진술한 루이스의 태도를 격려했다. 그것은 단지 자국민을 보호하려는 억지 주장이 아니었다. 영국은 감정 표현을 함부로 하는 것을 별로 좋아하지 않는다. 그 사건은 루이스의 무죄로 끝났지만, 같은 언어를 사용하는 나라이지만 미국조차도 영국의 문화를 제대로 이해하지 못한다는 것을 보여준 증거가 되었다. 그러니 우리가 영국을 진심으로 이해하기란 쉽지 않은 일일 것이다.

침묵의 모습으로

엄마 자존심 구긴 날

"무서워~"

"아니 애~가~ 뭐가 무섭다고 그래."

"몬스터가 있어~."

"아니… 애가… 애가…. 안 그랬었는데…."

황당한 소리를 하면서 딸아이는 수영장에서 자꾸 뛰쳐나온다. 목을 길게 빼고 수영장 안의 애들을 찾고 있던 모든 학부모의 눈이 내 쪽으로 쏠렸다. 오리털 점퍼가 거추장스러울 정도로 무거워 진땀이 났다.

영국의 이야기가 아니라 한국에서의 이야기다. 이른 새벽부터 스포츠 센터에 줄까지 서가면서 등록한 아기 스포츠단인데, 첫날부터 적응을 못하고 난리다. 외동딸 하나 달랑 데리고 다니면서 잘난 체 꽤나 하던 나에게는 정말 자존심 상하는 사연이다.

친지가 지어준 딸애 이름이 수영선수의 이름과 같다. 그래서 수영선수를 만들자는 농담이 오고 가게 되어 딸에게 만 1살 때부터 수영 레슨을 시켰다. 미국 수영장에서 미국 아이들과 함께 물 적응하기를 배울 때부터 무섭다고 떼쓴 적도, 하기 싫다고 찔찔댄 적도 없다. 미국의 노랑머리들하고도 우는 소리 한 번 안 내고 유치원 생활을 멀쩡히 하던 아이다. 그런데 한국에 와서 말도 잘 통하는 비슷한 아이들과 어울려 하는 수영 교습 첫날부터 아이가 스트레스를 받은 채 뛰어나온 것이다. 외동이라 버릇이 없어질까봐 계모라는 소리까지 들어가면서도 내놓아 키웠는데. 이건 난데없는 물벼락이었다.

자식일이라면 물불을 가리지 않는 미련한 엄마처럼, 첫날부터 이렇게 밀려날 순 없다고 비지땀을 흘리면서 아이를 안고 수영장 문을 밀고 들어갔다. 수영장의 육중한 유리문을 열어젖히자 뭔가 앞을 '턱' 가로막았다. 오리털 점퍼 안으로 확 밀려드는 수영장 안의 더운 공기도 대단했지만, 그보다도 굉장한 소음이 나를 뒷걸음질 치게 했다.

아이들의 떠드는 소리와 물소리, 첨벙대는 물장구 소리, 호각 소리… 거기다 선생님의 구령 소리가 한데 어울려, 그곳은 수영장이 아니라 이상한 소리로 울부짖는 괴물들의 소굴이었다. '이걸 두고 몬스터라고 했구나….'

이런 일은 외국 생활을 하고 한국에 돌아올 때마다 겪었다. 딸아이가 조금 더 자라서 영국에서 초등학교에 다니다가 한국으로 돌아왔을 때도 마찬가지였다. 딸아이가 가장 적응하기 힘들어한 것은 수업 중의 소음이었다. 수업 중에 급우들이 너무 떠들어서 머리가 아플 지경이라는 게 딸아이의 유일한 불평이었다. 심지어는 수업 중에 교사의 설명을 농담으로 받아치는 아이들이 제재를 받기는커녕 오히려 귀여움을 받는 것을 이해할 수 없다고 했다. 우리말이 익숙지 않아서 수업 중에 다른 아이들이 떠드는 소리가 더 신경에 거슬렸을 것이라고만 추측했었다.

그러나 너무 시끄러워서 식순조차 알아들을 수 없는 딸아이의 초등학교 졸업식장에서야, 딸아이가 말한 '머리가 띵해지는 소음'의 정체를 보았다. 지금도 한국에 돌아갔을 때 가장 걱정되는 것이 바로 그 소음이다. 거리의 경적과 말소리들. 조잘조잘 수다스런 5자매로 자란 내가 한국인이 시끄러우니 어쩌니 할 자격도 사실은 없다. 그럼에도 불구하고 나는 한국에만 돌아가면 거리나 공공장소에서 들리는 소음공해 때문에 정말 많이 시달린다.

그만큼 조용한 영국 생활에 길들어 있기 때문이다. 아이들도 조용하고 거리도 조용하고 학교는 더 조용하다. 소리만 조용한 것이 아니라 행동도 색깔도 사는 모습도 다 조용하다. 조용한 나라는 영국인데, 어떤 사연으로 한국이 조용한 아침의 나라가 되었는지 그게 의문이다.

조용한 수영장

이왕에 수영장 사건으로 시작했으니, 영국의 실내 수영장 이야기 좀 더 하자.

한국의 스포츠 센터에서의 일이다. 영국에서 배운 개구리헤엄을 하니, 수영을 배우러 온 다른 아줌마들이 뒤에서 수군거렸다. 수영하는 모습이 우습다고. 그러자 다른 아줌마가 속삭인다.

"영국에 사는 딸네 갔더니, 영국 사람들이 저렇게 수영하데."

물론 그날 이후 나는 다시는 개구리헤엄을 하지 않았다.

나도 자유형, 평영, 배영, 접영 등 속도는 남들만큼 하지 못해도 다 한 번씩 배워서 하는 법은 안다. 그런데 그런 내가 영국에서 굳이 이상한 개구리헤엄을 배운 데는 이유가 있었다.

영국의 실내 수영장에서 한국에서 하듯 자유형과 배영을 신나게 하던 어느 날, 주변에서 수영을 즐기던 영국인들이 하나둘씩 경멸하는 눈빛을 티도 안 나게 보내며 소리 없이 다른 레인으로 사라져버리곤 한다는 것을 알게 되었다. 문둥이 보듯 옆을 피하는 영국인들에게서 진한 인종 차별을 느꼈고, 그런 날은 어김없이 영국놈들이 사람을 차별한다며 남편에게 투정을 부리며 질질 짰었다.

그러나 그것은 인종 차별이 아니었다.

워낙 조용하고 남에게 피해 주는 것을 싫어하는 영국인은 수영장에서도 조용하다. 물을 첨벙거리거나 물을 튀기면서 수영을 하는 사람이 없다. 영국인에게 수영은 혼신을 다해 첨벙거리거나 더러운 락스 물을 마셔가면서 치르는 고생의 개념이 아니다. 가벼운 유영을 하면서 옆 사람과 속닥속닥 잡담을 나누는 시간이다. 날씨이야기부터 시작하여 사소한 대화를 나누는 시간이다. 혹은 운동 삼아 수영을 하러 온 사람들도 개구리헤엄으로 수영장을 한 열 바퀴쯤 돈다.

한국의 수영장이 철썩대는 물소리와 사람들의 흥분된 말소리로 소란스럽다면, 영국의 수영장은 조용한 카페 같다.

물론 영국 수영장에서도 자유형이든 접영이든 할 수 있다. 그러나 자유형을 하고 싶은 사람들은 한쪽 구석에 정해진 라인에서, 되도록 물이 튀지 않도록 얌전하게 한다. 또 방학이나 휴일은 '스플래시 데이(물장구를 치고 노는 날)'로 정해, 물놀이 기구도 설치하는 등 물놀이를 마음껏 즐기게 한다. 정 마음껏 소리를 지르며 수영을 하고 싶으면, 놀이를 겸한 수영장이 따로 있다.

그런데 난데없이 나타난 누런 불청객이 자유형을 한답시고 수영장 한가운데 들어가서 물을 흔들어놓으니, 좋을 리가 없다. 개구리헤엄조차도 평영이라고 하며 물 안팎을 들락거리면서 사방으로 물을 튀기며 요란을 떨고 있으니.

외국의 실내 수영장에서는 비키니 차림을 하면 안 된다는 기본적인 수영장 에티켓 정도는 알고 있었지만, 그런 수준을 넘어선 미묘한 수영 문화까지 눈치 채지 못한 내 탓이었다.

배우고 보니 영국식 개구리헤엄은 머리를 물에 적실 필요가 없어서 좋았다. 얼굴과 코에 수영장의 락스 물이 닿지 않아서, 비염을 걱정 안 해도 되고 많은 면에서 편리했다. 그래서 나도 모르게 그런 영국식 수영을 즐겼던 것이다.

수영장이나 학교에서만 조용한 것이 아니다. 수영을 하면서도 타인을 배려하는 영국인들이니 그들의 다른 생활에서의 조용함은 얼마나 심각할 것인가!

노래 소리까지 조용하다.

초등학교 학생들이 학예회 때 부르는 합창 소리가 염불 외는 것 같아서 놀란 적이 있다. 처음에는 '영국 애들이 노래를 너무 못 부른다.'든지 '영국인들이 너무 위축되어 있다.'고 착각을 했다. 아무리 공공질서도 좋지만 합창까지 저렇게 작은 목소리로 할 필요가 있을까 의아해했다. 그러나 그게 영국식 노래였다.

나는 성악이란 배에서 나오는 우렁찬 목소리로 부르는 것인 줄 알았다. 그러나 영국으로 성악을 공부하러 온 한국 학생에 의하면, 우렁찬 목소리는 이탈리아 쪽에서 시작된 성악이고, 영국의 성악은 배에서 나오는 음이지만, 마치 입에서 나오는 작은 목소리의 감미로운 노래란다. 런던에서 공연하는 뮤지컬도 보면 배우가 조용조용하게 노래를 부른다. 영국 뮤지컬의 대부인 앤드루 로이드 웨버의 '메모리'를 비롯한 대부분의 곡이 선율이 곱고 아름답다.

죽을 각오가 되어 있지 않다면, 그냥 조용히 있어라

영국 사람들은 참 조용하다.

그들이 따지기 좋아한다고 해서 매사 떠들고 항의한다고 생각하면 오해이다. 평상시 그들 성품을 봐서는 따지고 항의할 상황인데도 찍소리 없는 경우가 많다. 영국인들이 어떤 상황에서는 따지고 항의하고, 어떤 상황에서는 조용히 있는지 대충 짐작할 뿐. 솔직히 나는 아직도 그 상황의 미묘한 차이를 구별하지 못한다.

우체국이나 가게 같은 공공장소에서 보면, 영국인들이 얼마나 조용하고 참을성이 많은지 알 수 있다. 납기 기한 마지막 날인 것을 깜빡 잊고 있다가 늦게야 생각해내고 허겁지겁 우체국에 간 적이 있다. 연금을 타러 오는 노인들이 많아서 그런지 우체국에서는 일이 느렸다. 문 닫을 시간이 다 되어가는데도 줄이 줄어들지 않는다. 저러다가 근

즐거운 표정의 상인과 손님. 영국 신사들은 엄격하고 따지기를 좋아하는 성품이 있다. 그러나 공공장소에서는 굉장히 방어적이고 순종적인 모습을 보여준다. 이유 없이 따지거나 항의하는 일은 없다.

무시간 지났다고 창구 문을 닫아버릴까봐, 불안함 마음으로 줄 밖으로 고개를 빼서 기웃거렸다.

줄을 선 사람들은 하나같이 자기 차례가 되어도 그리 서두르지 않고 꾸물대며 빈 창구로 간다. 창구에서 일하는 직원들도 마찬가지이다. 전혀 급한 게 없다. 줄이 그렇게 긴데도 딴청을 부리는 직원도 있다. 줄을 선 영국인들도 전혀 개의치 않고 머리를 푹 숙이고만 있다. 앞의 사람이 엉뚱한 질문으로 혹은 느릿느릿한 행동으로 시간을 끌든 말든 전혀 개의치 않는다.

뒤통수라도 한 대씩 갈겨주며 정신들 차리라고 소리치고 싶을 정도다. 아무 말 없이 아무런 불평도 없이 그냥 머리를 숙이고 서 있는 영국인을 보니, 나치 정권하의 수용소에 있던 유태인들의 모습이 떠올랐다. 유태인 영화 '쉰들러 리스트'에서, 유태인 수용소의 유태인들이 독일 병사를 감히 쳐다보지 못하고 복종의 표시로 눈을 내리깔고 다닌 그 장면.

그들의 그런 무덤덤함 때문에 속 터지는 느낌을 받은 건 나뿐만이 아니었다. 다른 외국인들도 마찬가지였다.

"왜 영국인들은 그렇게 조용한 거야? 병원이나 가게에서 담당자가 딴 짓을 하거나, 사적인 전화를 걸면서 시간을 끌고 있어도, 아무 말도 못하고 가만히들 있는 거야? 그런 직원들은 해고당하게 해야지 그렇게 두고 보니 더 느려지고 딴 짓만 하지."

영국인들의 그런 성격은 영국과 같은 유럽권에서 온 젊은 여학생들도 납득이 안 되나 보다. 영어 수업 중에 한 여학생이 영어 교사에게 따지듯이 물었다. 한 여학생이 말을 꺼내자, 여기저기서 야단들이다. 다들 한 번씩은 항의를 했다가 당해본 경험이 있는 것이다.

"나도 몰라! 우리가 왜 그래야 하는지. 나도 가만히 있어야 하는 우리 자신의 모습에 화가 나기도 해. 병원에서 간호사가 전화로 오래 수다를 떨거나, 사무실에서 업무에 익숙지 않은 비서가 시간을 끌어도 아무 말도 없이 줄만 서 있어야 하는가? 하고 분개도 하지만 방법이 없다는 게 우리의 결론이야!"

라고 영어 교사 마리아는 대답했다.

"그렇게 깐깐한 영국인이? 매사에 따지기를 그렇게 좋아하는 영국인이 말야?"

"그래. 그러니 너희들도 조심해! 그리고 잊지 마! 뭔가 불평을 하면 간호사가 '오케이' 하며 미소를 짓는 것 같지만, 너의 차트는 맨 밑으로 내려지고 말 거야. 다시 몇 시간을 기다려야 한다는 뜻이지. 싸우려면 증거를 가지고 크게 한판 붙든지 아니면 참고 기다려야 해. 싸울 의사가 없을 때는 철저히 눈을 내리떠야 해!"

라며 영어 교사 마리아는 영국 생활의 요령을 말해주었다.

그러나 그런 문화에 적응하려면 시간이 필요했다.

손가락이 부러져 응급 수술을 받은 날 이야기다. 내가 간호사에게 어떻게 항의했고 그 결과가 어땠는지를 들려주겠다.

그날따라 응급실에 앰뷸런스가 얼마나 많이 들어오는지. 벌써 두 시간 정도 기다렸는데도, 의사가 코빼기를 보이기는커녕 접수실에서 계속 기다리고 있어야 했다. 피가 너무 많이 나니까 지혈을 위해서 붕대를 성의 없이 친친 감아주고는 그대로 접수실에서 기다리란다. 이제나 저제나 하면서 순서를 기다리는데, 또 앰뷸런스다.

응급실처럼 다급한 곳에 올 정도이니까, 참을성 많은 영국인들도 슬슬 엉덩이를 들썩거리며 조급해했다. 팔이 빠졌는지 어깨걸이를 멘 사람도 있었고, 나처럼 붕대를 감고 있는 사람도 몇 되었다. 그러나 영국인들은 차마 간호원 앞에서 대놓고 순서까지 챙기지는 못하고 있었다.

나도 처음 한 시간쯤은 다른 영국인들처럼 머리를 숙이고 땅만 바라보며, '그래 영국인들도 가만히 있는데, 이방인인 내가 나서서 될 일인가? 좀 더 기다리자.' 속으로 다짐 다짐하고 있었다. 한 시간이 지나자 엉덩이가 들썩거렸고, 그렇게 두 시간째 접어들자, 여기가 영국이든 어디든 상관없어졌다. 이렇게 시간을 흘려보내는 동안 부러진 손가락이 저희들끼리 이상하게 붙어버렸을까봐 걱정되었다. 피가 철철 나며 삼분의 일이 떨어져 나간 손가락을 생각하니 아찔했다.

게다가 이번 앰뷸런스에 실려온 환자들은 보아하니 심하게 다친 게 아닌지 저벅저벅 걸어 들어온다. 그렇다고 내가 다시 나가서 앰뷸런스를 타고 들어올 수도 없는 일. 벌떡 일어나서, 접수처에서 수다를 떨고 있는 간호사에게로 갔다.

"언제나 의사 만날 수 있냐?"

"봤잖아. 또 앰뷸런스가 왔는데. 기다려."

"야~ 여기 응급실 맞냐? 벌써 두 시간째 기다리고 있어."

"할 수 없어. 앉아서 기다려."

그렇게 옥신각신하는데도 다른 영국인들은 죄라도 지은 사람들처럼 찍소리가 없다.

"이것 봐. 붕대 밖으로 피까지 흘러나오잖아. 아까 손가락 덜렁거리는 거 너 봤지. 만약에 내 손에 무슨 일이 나면 니가 책임져야 한다!"

이렇게 하면 안 되는 것을 알면서도 쪼잘거리기 시작했다. 이제 와 생각하니 간땡이가 부어도 한참 부었던 것 같다. 그러나 워낙 피만 보면 벌벌 떠는 겁쟁이라, 앞이 안 보였다.

그러자 저희들끼리 숙덕거리더니 기다리라고 한다. 잠시 후 간호사가 나오더니, 나와 세 명의 다른 환자를 더 불러서, 응급실이 아닌 병실에 딸린 검사실로 보내준다. 여전히 고개를 숙이고 조용히 내 뒤를 따라오던 세 명의 영국인 중 한 여자가 나를 보면서 계면쩍게 웃으면서 속삭인다.

"그래, 가끔은 큰소리 칠 필요도 있어, 그지."

다른 영국 여자도 조그마한 말소리로 수긍한다.

"맞아. 우리 영국인은 너무 조용한 게 탈이야."

'그래 임마, 다 사람 사는 덴데. 소리 질러야 할 때는 소리 질러야지.'

트라팔가 광장에 착륙한 구급 헬리콥터. 누군가의 신고로 런던 시내에 착륙한 헬리콥터가 되돌아가고 있다. 그 뒤로는 물러서 있는 관광객들과 유명한 내셔널 갤러리가 보인다.

나는 으쓱한 기분이 되어 앞장을 섰다. 그날 나는 운이 좋았던 것일까? 소리 지르고 화를 냈는데도 서걱서걱 잘 받아주는 간호사를 만났으니 말이다.

그러나 우연인지 고의인지, 그날 응급실에서 받아온 약을 먹고 나는 심장마비에 걸려 비명횡사할 뻔했다. 약을 먹을 때마다 강철 같던 내 심장에 이상한 통증이 왔다. 손가락을 다쳐서 꿰맸는데 웬 가슴 통증이냐고 가족들은 엄살도 다양하게 피운다고 웃었다. 좀 멍청해 보이던 응급실의 의사 얼굴도 떠오르고, 짚이는 것도 있고 해서, 응급실에서 지어온 약을 동네 약사에게 보였다.

"나 왜 이거만 먹으면 가슴이 쪼개질 듯 아프지?"

약사가 말했다.

"이거~ 같은 종류의 약을 중복해서 조제했네. 흠~ 이렇게 먹으면 안 되는데."

"설마~"

그러더니 난처한 듯 덧붙인다.

"뭐~ 같이 먹을 수도 있고~ 쩝!"

영국 사람 같았으면, 약 봉지 들고 응급실로 쫓아갔겠지만, 영어 실력도 부족하고 귀찮아서라도 그건 못하는 게 한국인이다. "나쁜 놈들" 하고선, 약사의 도움을 받아 중복되는 알약 몇 개 빼놓고 위기를 넘겼다. 죽을 각오가 되어 있지 않다면, 조용히 줄이나 서 있고 절대 흥분하지 맙시다.

눈에 띄지 않는 게 최고인 사람들

영국인들은 자신에게 크게 중요한 일이 아니면, 별로 눈에 띄거나 튀고 싶어 하지 않는다. 영국인들은 성품이 조용하다기보다는 남의 눈에 띄기를 두려워하는 폐쇄적인 사람들이다.

런던 거리에는 예쁜 간판이 걸려 있는 고풍스러운 상점과 예술적인 풍경이 많다. 벽돌 하나하나에도 독특한 문양이 있고, 문에 박은 못마저도 제각기 이름이 있는 문양으로 치장한 화려한 거리이다. 세계적으로 유명한 웨지우드, 민튼, 로열덜튼 등 화려한 도자기 상점이 즐비하고, 세계적인 브랜드인 버버리, 닥스, 로라 애슐리 등의 매장이 있는 패션의 중심지이기도 하다.

그런데도 런던에서 느낄 수 있는 유일한 화려함은 시내를 활보하는 빨간색 이층버스와 빨간색 우체통, 빨간색 공중전화 부스, 그리고 여행객들의 웃음뿐이라는 느낌을 지울 수가 없다.

영국인을 색으로 표현하라면, 얼룩이 있는 빛바랜 그림자라고 말하고 싶다.

여자들의 옷매무새와 화장법이 그랬다. 잿빛의 입기 편한 레깅스와 바랜 군청색 혹은 낡은 브라운 색상의 가벼운 스웨터. 비가 와도 끄떡없을 사계절용 앵클부츠. 좀 멋을 부려봤자 아무렇게나 동여맨 듯 머리를 묶은 브라운 색상의 끈까지 모두 다 칙칙한 색으로 치장한다.

그런데도 종종 한국 아이들의 예쁜 머리핀이나 화려한 옷을 보면,

"OH, beautiful!" 하고 감탄을 금치 못할 정도로 좋아하는 영국 부모들을 많이 볼 수 있다. 말투나 눈빛을 보면 경탄을 하다못해 정말 좋아한다는 느낌을 준다. 영국인들이 한국 물건에 완전히 넘어간다는 농담을 할 정도다.

그러나 우리가 한국에서 건너온 예쁜 헤어밴드나 깜찍한 아이들 옷을 선물하거나 자선 바자회에 기증을 해보면, 영국 학부모들이 예쁘고 깜찍한 한국 옷을 그다지 좋아하지 않는다는 것을 알 수 있다. 설사 학교 바자회날 충동적으로 구입하더라도, 마치 여행 기념품이나 골동품을 구입한 듯 집 안 장식용일 뿐, 걸치고 나타나는 것을 본 적이 없다. 선물한 사람을 위해서 한두 번 체면치레로 걸치고 나오거나, 아니면 파티가 있는 특별한 날만 걸친다.

그들에게 튀어도 될 자유가 있는 날은 파티 때뿐인 것 같다. 여자아이들은 초등학생 때부터 학교에서 주최하는 댄스파티에 갈 때 가벼운 화장을 한다. 중등학생은 화장을 안 하고 다니는 아이가 없을 정도이다. 그런데도 사람들은 영국인이 화장을 하지 않는 검소한 국민으로 착각한다. 눈에 띄지 않는 피부색의 화장이기 때문이다.

내가 진달래빛의 분홍색 스웨터를 입고 간 날, 영국인 선생의 호들갑은 지금도 잊히지 않는다.

"어머! 어머! 네 분홍색 스웨터! 너무 아름다워! 나도 바로 그 짙은 분홍색을 제일 좋아해. 너도 분홍색 좋아하니?"

"예뻐? 고마워. 근데 내가 좋아하는 색은 노란색이야! 근데 노란색

공중전화 부스와 이층버스는 런던에서 유일하게 볼 수 있는 빨간색일지도 모른다.

옷이 어울리지 않아서 못 입어. 좋아하는 색과 즐겨 입는 옷 색은 다른 것 같아."

그녀는 나의 말에 눈을 반짝이며 동의를 한다.

"맞아! 맞아! 사실 나도 분홍색을 그렇게 좋아하면서도 분홍색 옷을 입어본 기억이 없어."

분홍색 옷을 입어본 적이 없다니…. 지금 막 그녀가 내 진한 분홍색 스웨터를 호들갑을 떨어가면서 감격한 것은 무엇이란 말인가? 그 정도의 호들갑이라면 분홍색 옷이 몇 벌은 되어야 할 텐데.

실상은 영국인들은 화려함을 꿈꾸고, 톡톡 튀는 성품임에도 불구하고, 많은 면에서 특별히 튀기를 두려워한다.

그래서 어떤 때는 굉장히 격정적이고 자기 주장이 확실한 사람들 같다가도, 어떤 때는 전혀 주장도 없는 소극적인 사람처럼 보인다. 창의성과 독창적인 생각을 중시하면서도, 고정관념에서 벗어나지 못한 모습으로 살고 있다.

외국인으로서는 그런 영국인들의 다면적인 성품을 구별하기 힘들다.

키이츠의 집 일 년에 개인은 41파운드, 가족은 81파운드를 내고 히스토릭하우스(HHA, historic houses association)의 회원가입을 하면 영국 전역에 있는 300여 개의 캐슬이나 가든을 무료로 구경할 수 있다. 히스토릭하우스와 비슷한 내셔널 트러스트(National Trust)도 일 년에 개인은 18파운드 75센트, 가족은 70.12파운드의 가격으로 300여 개의 캐슬이나 가든을 무료로 구경할 수 있다. 특히 내셔널 트러스트의 경우는 한국에도 지부가 있어서 한국의 고택이나 정원들을 보호하고 있다. 영국에 한 달 이상 장기체류하는 방문객은 관광지의 입장권을 일일이 사기보다는 여기 가입하면 된다.

2부

영국 신사들의 생활

아름다운 울타리 뒤 복잡한 담장 싸움

무너진 담은 누가 고치나

그렇게 커튼 트위처 놀이를 하면서 오순도순 마을을 꾸며나가는 영국 신사 같지만, 이웃 간에 내 울타리를 지키기 위한 전쟁은 치열하다. 그러니까 영국에 온 지 몇 달이 채 되지 않은 어느 날이었다. 밤새 심한 바람이 불더니 아침에 울타리가 무너졌다. 아니, 정확하게 말하면, 비바람은 간밤에 쳤는데, 비바람이 그친 다음 날, 맑은 아침에 '쿵' 하는 소리에 놀라서 뛰어나가 보니 울타리가 우리 집 쪽으로 넘어져 있었다.

언제 나왔는지 울타리 곁에는 옆집의 폴라 부부가 서 있었다. 나를 보자마자 계면쩍은 표정으로 말했다.

"울타리가 넘어졌어. 너희가 수리해야겠네…."

"이 울타리는 양쪽 집 사이에 있었으니까 함께 돈을 내서 수리하는 거 아냐?"

"아니야. 불행히도 울타리가 너희 집 마당 쪽으로 넘어졌으니 너희가 수리해야 해…. 그리고 너흰 돈을 들일 필요가 없어. 그런 수리는 랜드로드(집주인) 책임이고. 부동산에 연락만 하면 돼."

우리가 세를 들어온 것을 아는 폴라 부부가 울타리를 수리하는 요령까지 자세하게 알려주었다. 여느 영국인과 달리 친절한 부부였지만, 담장을 고치는 데 드는 돈 몇 십 파운드가 아까워서 아침 일찍 나와서 넘어진 울타리를 우리 쪽으로 몰래 밀어놓은 듯했으나 증거가 없었다.

그땐 '영국에는 두 집 사이에 있는 울타리가 넘어지면, 울타리가 넘어온 쪽이 수리해야 하는 재미있는 규칙이 있구나.' 하며 잊고 지냈다.

일 년 후 이사를 했다. 울타리를 든든하게 지탱한 버팀목이 첫눈에 띄었다. 문득 그때 생각이 나서 군데군데 버팀목을 세운 든든한 울타리를 흔들어보며 속으로 만족했다. '그래, 이번에는 그깟 폭풍이 몰아쳐도 우리 쪽으로 넘어질 염려는 없으니 다행이야!'

드디어 변함없이 성질 사나운 영국의 비바람이 한 차례 난리를 피우고 지나간 다음 날 아침, 옆집으로 쓰러진 울타리를 발견한 나는 회심의 미소를 지으면서 마침 정원을 손질하러 나온 옆집의 에밀리 아빠를 불렀다. 그와 나는 그즈음 개 때문에 한밤중에 다툰 적이 있어서 사이가 좋지 않았다. 영국에서는 주로 남자가 정원 일을 하고, 집 안팎을 책임지므로 그와 나는 정원의 사소한 일이나 가정사로 의기투합하기도 하고 싸우기도 했었다.

"불행하게도 너희 쪽으로 넘어갔으니 네가 고쳐!"

그런데 콧방귀 소리와 함께 울타리를 넘어온 그의 대답은 충격적이었다.

"쿵~ 뭐야~! 버팀목을 한 사람이 울타리의 주인이니까, 네 쪽에서 고치는 거야! 집주인에게 물어봐!"

부동산의 연락을 받고 온 수리공은 웃으면서 자세히 설명해주었다. 울타리가 무너질까봐 미리 버팀목을 세워 지탱해놓으면 오히려 손해다. 그 버팀목을 만든 쪽이 스스로 그 울타리의 책임자가 되겠다고 나선 꼴이 되므로, 어느 쪽으로 넘어지든 상관없이 버팀목을 세운 당사자가 쓰러진 울타리를 수리해야 한다고.

아… 즐겁게 시작된 나의 영국식 전원주택 생활이 생각지도 못한 곳에서 불쑥불쑥 튀어나오는 정원과 관련한 규칙들로 슬슬 불쾌해지기 시작했다.

그러잖아도 영국의 빗물에는 키 크는 약이라도 섞여 있는지, 자고 일어나면 잔디가 한 뼘씩 커 있어서, 취미로 시작한 잔디깎기가 고달픈 노동이 되어가고 있던 차였다. 또 우리 뜰로만 낙엽을 수북이 떨어뜨리는 옆집 나뭇가지를 쳐내려면 옆집 에밀리 아빠의 양해를 구해야 한다는 말에도 맘이 약간 상해 있었다.

나는 그렇게 마음 한 귀퉁이에 약간의 울분을 품고 영국인들의 정원과 울타리 관련 법을 독학하기 시작했다.

영국인들끼리도 이웃 간에 아름다운 정원을 두고 참으로 기괴한 다툼과 긴장이 있었고, 심지어는 법정에서 시비를 가리기도 했다. 그래서인지 울타리 때문에 이웃 간에 일어날 만한 다양하고 사소한 상황에 따른 정답이 철저하게 준비되어 있었고, 울타리와 정원에 얽힌 규칙과 시비가 상세히 설명되어 있었다.

화려한 복수를 꿈꾸며 "남는 게 시간인데. 어디 울타리 관련 책이나 한번 읽어볼까!" 하며 도서실과 서점을 떠돌며 울타리 관련 책자를 들춰보다가 그 방대함과 치밀함에 그만 기가 질리고 말았다. '가드닝 (gardening)' 관련 책자가 한 서가를 채우고도 남을 정도로 원예와 조경에는 세계적인 권위를 지닌 나라라는 것은 알고 있었지만, 가든 룰 (garden rule)까지 그렇게 많을 줄이야.

상상을 초월하는 엽기적인 울타리 싸움을 하는 영국인들.

어쩌면 그만큼 치열하게 싸우지 않았다면, 영국이 그만큼 아름다운 정원을 갖지 못했을 것이고, 정원이 아름다운 나라로 소문이 나지도 않았을 것이다. 그것은 신사이기 위한 치열한 투쟁일지도 모른다. 어깨를 끼고 사이좋게 사는 것처럼 보였던 그 아름다운 테라스 하우스의 거리는 '오지의 나라'처럼 낯선 이야기로 가득했다.

테라스 하우스, 보이지 않는 울타리의 철저함

런던 시내 근처의 주택가로 접어들면, 도로변에 일렬로 쭉 연결된 고풍스러운 주택이 갖가지 색상의 페인트로 칠해진 동화 속 같은 모습을 쉽게 마주칠 것이다. 창가나 정원에 핀 깜찍한 데이지나 노란 수선화 등과 가지런한 잔디… 이것이 바로 테라스 하우스의 모습이다. 세 가구 이상의 집이 나란히 붙어 있는 2~3층 주택을 '테라스 하우스 (terrace house)' 라고 하는데, 이름만 들어도 이국적인 분위기가 물씬 풍긴다. 그러나 영국인은 그 아름다운 주택의 로맨틱함 뒤에서 엽기적인 울타리 싸움을 벌인다.

대부분의 테라스 하우스는 빅토리아 여왕 시대에 들어 갑자기 산업이 발달하면서 형성된 중산층을 위해 런던 등 대도시의 교외 지역에 만든 서민용 주택이다. 지하에 부엌이 있고, 거실만 있는 1층. 그리고 좁은 계단으로 이어진 2~3층에는 침실이 있는 각 세대를 서로 연결하여 난방과 냉방의 효율성을 높이고 건축비를 절감한 절약형 주택이다. 비록 소규모의 주택이지만, 이층집에 사는 것은 꿈도 꿀 수 없었던 서민들에게 층을 올려 지은 집에서 귀족처럼 한두 명의 하녀를 고용하고 살 수 있는 주택의 등장은 당시로는 획기적인 변혁이었다.

사람도 너무 가까워지면 시비가 잦듯이, 어깨를 끼고 붙어 사는, 절약형으로 지은 테라스 하우스에서는 가족끼리 소리를 높여 말하거나 라디오 볼륨을 조금이라도 높이면 소리가 벽면을 통해 흘러가서, 마치 귀에다 대고 말하는 것처럼 가까이 들리므로 이웃 간에 다툼이 끊이지 않는다. 저녁에는 발걸음도 조심하고, TV 소리도 낮추고, 화장실 물소리까지 조심해야 하는 등 입주자들 간의 규칙이 많아서 생활에 불편함이 많다.

그중에서도 가장 심각한 문제가 정원이다. 대지를 줄여 집을 올려

짓다보니 세대별 정원이 너무 작아서 울타리를 세울 수가 없거나, 혹은 정원에 피해가 안 될 만큼 울타리를 낮게 만든다. 어떤 테라스 하우스는 아예 정원을 공동으로 관리하지만, 그렇지 못한 대다수 테라스 하우스의 작은 정원은 늘 골칫거리이다. 물론 영국에는 테라스 하우스뿐만 아니라 타운 하우스, 디태치트 하우스(detached house), 방갈로 등 다양한 형태의 주택이 있고 그들도 정원 문제로 골치를 썩고 있지만, 유독 테라스 하우스는 좁은 대지 때문에 문제가 더 많이 발생한다.

그래서 테라스 하우스의 정원 잔디를 자세히 보면, 제각기 다른 주인이 손질했음을 한눈에 알 수 있는 미묘한 경계선이 있다. 줄자로 경계를 그은 듯이 반듯하고 정확하게 깎인 잔디의 경계선이 바로 남의 정원을 한 치라도 넘어가지 않으려 애쓴 '보이지 않는 울타리' 인 셈이다.

하나의 잔디 정원 같아 보여도, 오른쪽의 잔디는 막 머리를 밀어낸 남학생 머리통처럼 말끔히 깎여 있는가 하면, 그 옆의 잔디는 2~3일 전에 깎은 듯 약간 키가 있어 보이고, 다른 쪽의 잔디는 너무 웃자라서 토끼풀까지 삐죽 올라와 있는 우스꽝스러운 모습을 하고 있다. 혹은 잔디 깎는 기계의 칼날 종류나 깎는 방향에 따라서, 한쪽은 가로 줄무늬, 다른 쪽은 세로 줄무늬가 그려졌거나 줄무늬의 굵기가 제각기 다른 물결 모양의 잔디를 이루는 정원도 있다.

'겨우 3~4평도 되지 않는 작은 정원을… 내 뜰의 잔디를 깎다가 한 번만 넘어가서 쓱 밀어주면 그만인 것을.' 하는 안타까움도 있다. 그러

런던 근교의 테라스 하우스 테라스 하우스는 이름과 달리 좁고 작은 집들이 일렬로 붙어 있는 집이다. 다닥다닥 붙어 있기 때문에 이웃 간에 신경을 써야 한다. 바스 지방의 유명한 테라스 하우스인 로열 크레산트와는 수준이 다르다.

나 그럴 수가 없는 것은 영국인은 내 정원에 함부로 침범해오는 호의를 그다지 달가워하지 않기 때문이다.

뿐만 아니라 테라스 하우스의 벽과 창틀, 문설주에 칠한 페인트 색은 마치 예술 작품이라도 되듯 제각각이다. 같은 건물이지만 재질과 색상이 다른 지붕을 이고 있는 집도 허다하다. 그런 모든 것이 바로 각자 성격과 취향이 다른 사람이 사는 집임을 나타내는 매정한 경계선일 뿐이다. 옆집의 리처드 씨는 이달에 돈을 들여 흰색 페인트로 새로 벽을 칠할 수 있고, 그 건너 미세스 존슨은 그 다음 날 노란 페인트를 고를 권리가 있다.

영국의 주택이 각 세대별 주인의 취향에 따라 온갖 촌스러운 색깔로 제멋대로 꾸미고 있다고 해서 영국에 주택에 관한 규제가 없다고 생각하면 오해이다. 고층 건물의 높이에 이르기까지 제한을 두는 것은 이미 너무나도 잘 알려진 사실이며, 지붕과 벽, 굴뚝, 창틀의 모양과 크기… 심지어는 울타리의 높이까지도 간섭을 하는 나라가 영국이다.

사모님, 일 파운드(2000원)짜리 캐슬 안 사실래요

아무리 작은 주택이라도 뒷마당의 경계는 울타리를 많이 쓴다. 울타리는 지역의 특성이나 경제적인 여유에 따라 돌담이나 키 작은 관목으로 대신하기도 하지만, 넓적한 나무로 된 실용적인 펜스(fence, 판자울타리)를 가장 많이 사용한다.

그 좁은 뒷마당을 철저하게 나누어 목재 울타리를 세우고, 좁은 뜰을 다 차지하는 살이 넓은 빨래 건조대와 고무수영장이나 모래 놀이터, 정원에 어울리지 않게 큰 꽃나무, 심지어는 창고까지 지어 이웃과 완전히 구별된 사적인 공간을 만들어보려고 애를 쓰는 가운데 울타리에는 이웃 간의 팽팽한 긴장이 흐른다. 양쪽 세대가 공동으로 사용하는 울타리인 만큼 이웃 간에 다툼이 일어날 여지가 많기 때문이다.

양쪽 집 주인의 취향에 따라 그 얇은 울타리의 앞뒤가 서로 다른 색의 페인트로 칠해지기도 한다. 그래서 양쪽의 이웃을 잘못 만난 가운데 집은 좌우 울타리의 소재와 바깥쪽 페인트 색이 다른 우스꽝스러운 정원을 갖기도 한다.

울타리 때문에 그 밖에 여러 다른 문제도 발생한다. 내가 겪은 것처럼 변덕스러운 영국의 날씨 때문에 울타리가 무너지기도 하고, 잠시라도 방심하면 나뭇가지나 억센 잡초가 울타리 사이로 파고들어가 종종 울타리를 망가트리기도 한다.

수명이 길지 못한 목재 울타리는 썩어 넘어지려 해도 손을 대선 안 된다. 옆집과 의논을 해서 수리해야 한다. 돈 좀 있다고 그 울타리를 마음대로 수리했다간 앞으로 그 울타리에 드는 모든 경비를 지불해야 한다. 울타리를 새로 세운 사람은 자기 돈을 들여가면서 '혹을 붙이는' 불행의 길로 접어드는 것이다.

또한 내 정원에 만든 울타리라도 길 건너편 집에서 "조망을 해친다." 고 소송을 걸어 뽑아내고야 마는 사회이니, 아무리 내 정원이라도 옆집에 피해를 주지 않기 위해 신경을 곤두세우고 살 수밖에 없는 노릇이다.

그래서 이웃 간에 일어난 울타리 소송을 상담해주는 전문 변호사가 있고, 울타리 관련 법규인 '정원에 관한 법률(gardening law)'까지 세세하게 만들어져 있다.

"울타리에 버팀대를 세운 쪽이 그 울타리의 책임자이므로 그 울타리의 개보수를 다 관리해야 한다. 버팀대가 없는 경우는 누가 그 울타리의 주인인지를 건축도면이나 관청에 가서 확인할 수 있다. 각 지방마다 법이 조금씩 다르지만 대체로 울타리의 높이는 이웃 간에는 2m를, 도로와는 1m가 넘지 않아야 한다…." 심지어는 법률상 잔디를 잘다듬으라고 직접적으로 명시하지는 않았지만, "집 가장자리의 잔디가 15cm(6인치)가 넘으면 병해충이 발생하여 이웃집에 피해가 되므로…."라는 사실상의 잔디 길이에 대한 규제까지 있다.

좀스럽게 느껴질 정도로 정원에 관련된 법이 세세하게 만들어졌는데도, 울타리 문제로 발생하는 이웃 간의 시비는 끝이 없다.

오죽하면 주택을 구입하려는 사람에게 하는 충고가 'Don't buy a

problem(사서 고생하지 말라!)'이겠는가! 이는 "Don't buy a house with a boundary problem(경계선에 문제가 있는 집을 사지 말라)"을 줄인 숙어로, 애당초 울타리가 문제 될 만한 집은 사지 않는 게 최선이라는 뜻이다. 이웃 간의 울타리 시비는 영국인들 사이에도 감당하기 힘든 일이다. 그래서 일 파운드짜리 저택이라도 문제가 있는 집은 사지 않는 게 문제 해결의 지름길이라는 것이 영국인들의 충고이다.

정말로 1990년대에 한 고성(古城)이 1파운드(단돈 2000원)에 팔려 영국의 신문지상을 떠들썩하게 한 적이 있다. '아무리 낡은 성이라 해도 1파운드라니….' 아마 이 사실을 알면, 당장이라도 비행기에 올라탈 복부인이 많을 것이다. 나도 영국에 있을 때, 어떻게 해서든지 집을 한 채 장만해보려고 많은 궁리를 했을 정도로 영국의 집값은 유혹적이다. 그러나 욕심을 부릴 수 없었다. 울타리 문제 하나만 봐도 영국에서 집을 소유하는 것이 아주 귀찮은 일이라는 것을 알 수 있기 때문이다.

고성의 경우, 웬만한 공원보다 더 넓은 정원의 관리비가 만만찮을 뿐만 아니라, 문화재급인 건물 내외의 보수비용은 상상을 초월한다. 성을 물려받은 영국의 귀족 2세들조차 '히스토리 하우스'나 '내셔널 트러스트'와 같은 운영 단체에 모든 경영권을 떠넘기고, 대신 콘도 회원처럼 연간 며칠간의 숙박을 택한다.

영국인들끼리도 해결하기 힘든 것이 이웃과의 울타리 전쟁인데… 하물며 동양인이 그 전쟁의 대열에서 어떻게 생존할 수 있겠는가! 외국인이 영국에서 주택을 사는 것은 'Buy a big problem'이다.

위. **세미-디태치트 하우스(Semi-Detached House)** 세미-디태치트 하우스는 지붕 하나에 두 집이 붙어 있는 구조이다. 옆집과 정원도 나눠 쓰고 벽이 붙어 있으므로 서로 주의해야 한다.

아래. **디태치트 하우스(Detached House)** 독채로 떨어져 있는 집이지만 정원은 이웃과 붙어 있어서 여전히 이웃 간에 정원 문제가 발생할 수 있다. 현관 입구에도 정원이 있지만, 진짜 정원은 집 뒤쪽에 있어서 길에서나 밖에서 볼 수 없다.

영국에 장기 체류할 경우는 히스토릭 하우스(HHA, historic houses association)나 내셔널 트러스트(National Trust)에 가입하는 것이 경제적이다. 히스토릭 하우스나 내셔널 트러스트에 가입하면, 고성과 가든을 무료로 구경할 수 있으므로 경비가 절약된다. 음악회와 가장행렬 등 볼거리와 각종 이벤트가 있다. 히스토릭 하우스는 개인은 연회비 41파운드, 가족은 87파운드이고, 내셔널 트러스트는 개인은 연회비 18파운드 75센트, 가족은 70.12파운드로, 300여 개의 고성이나 가든을 무료로 구경할 수 있다. 한국의 고택이나 정원도 한국 내셔널 트러스트가 운영한다.

개만도 못한 대접을 받는 영국 신사

동물병원에서

영국인은 사회복지제도를 지키기 위해서 정말 고달프게 살고 있고, 그걸 보는 사람은 '과연 이 사회복지제도가 맞는지' 회의를 느끼지 않을 수 없다.

그들의 사회복지제도의 모순에 처음으로 울분을 느낀 것은 강아지의 예방접종을 위해 동물병원을 찾은 때였다.

"글쎄, 파운틴 라운더바웃(뉴멀든에 있는 커다란 사거리 이름이다) 근처에서 동물병원이라곤 본 적이 없는데요…."

"어쨌든 그쪽 주차장에 차를 세우고, 왼쪽으로 나오면 됩니다. 찰칵…."

간호원은 더 이상 말하기 싫다는 듯이 빠르게 전화를 끊어버렸다. 훤히 꿰고 있는 자주 다니던 사거리라서 동물병원을 본 적이 없는 게 확실한데. 아무래도 의사소통이 제대로 안 됐다고 생각했다.

그래도 혹시나 하는 마음으로 파운틴 라운더바웃 쪽으로 무작정 나갔다. 정말 'David & Hops' 동물병원이 그 사거리에 있었다. 병원 근처는 늘 다니는 길이었지만, 번듯한 외관 때문에 변호사 사무실 정도로 생각했지 동물병원일 거라고는 생각도 못했다. 우중충하거나 고색창연한 낡은 건물이 있는 영국 거리에서 보기 드문 깔끔한 건물이었기 때문이다.

참고로 영국의 가게 간판은 우리나라처럼 그렇게 크지 않으므로 주의해서 관찰하지 않으면, 가게를 찾기가 쉽지 않다. 세이브 웨이나 웨이트 로즈와 같은 대형 식품점이나, 이탤리언 레스토랑, 로이즈 뱅크 같은 몇몇 특정 건물에만 간판이 있다. 특히 병원은 손바닥만 한 크기의 간판에 암호같이 간결한 이름을 써 붙일 뿐이다. 영국의 병원이나 학교는 일반 주택을 개조하여 사용하기 때문에 주의하지 않으면 주택과 구별할 수 없다. 그래서 병원에 처음 찾아갈 때, 우리 온 가족이 병원을 몇 번이나 뱅뱅 돌면서도 찾지 못해 안달을 했다. 그러니 동물병원인들 쉽게 찾을 수 있겠나.

동물병원 실내가 얼마나 깨끗한지, 새로운 냄새에 흥분하여 껑충대는 개 때문에 미끄러질 정도였다. 동물 특유의 분비물 냄새도 없고, 대기실, 접수처, 수술실, 젊고 아름다운 영국인 간호사와 핸섬한 영국인 수의사에 이르기까지 막 출고한 고급 승용차처럼 반들거렸다. 동물병원이 너무 깔끔해서 화가 났다. 영국인들이 아무리 동물을 사랑해도 정도가 있지 '이건 아니다'는 분노가 치밀었다.

동물병원이 깔끔해서 화가 난 것이 아니고, 상대적으로 열악한 영국 병원에 대한 기억 때문에 화가 치밀었던 것이다. 그 열악한 병원에서 천대를 받던 경험들이 주마등처럼 머릿속을 스쳐 지나갔다. 영국이니까 남의 나라이니까 그러려니 하면서 참아왔었는데….

겨우 몇 달 전, 나는 낡고 열악한 수술대 위에 누워서 부러진 손가락을 봉합했다. 킹스턴 지역의 유명한 큰 대학병원 응급실이었는데 수술대 위의 낡은 조명등은 금방이라도 떨어져 내릴 듯 흔들거렸고, 조명등 사이와 천장 구석구석에는 그 유명한 영국의 거미줄이 얼기설기 쳐 있었다.

아, 그날이 그 대학병원의 대청소날쯤일 거라고 믿고 싶었다. 수술을 하는 동안 아픔보다는 언제 떨어질지 모를 부실한 조명등과 어디선가 나타날지 모르는 커다란 영국 거미 때문에 불안에 떨었다.

차라리 마취라도 하고 콱 잠들었으면….

더더욱 놀란 것은 비록 손가락 끝의 작은 뼈지만, 뼈가 부러졌고 5~6바늘을 꿰맸는데도, 초보 의사가 엉터리 처방전 한 장에 일회용 밴드 하나 달랑 붙여주고 '빠이빠이' 였다. 그 일회용 밴드의 크기는 손가락을 다쳤을 때 한번 돌려 감을 수 있는 정도였다.

좀 억울한 마음에 그 일회용 밴드를 붙인 수술 자리를 보여주었을 때, 영국 친구도 한국 친구도 별일 아니라는 표정으로 "나도 그랬었어…. 그게 영국식 치료법이야." 라고 했기 때문에 참았다.

이후로도 영국에서 간단한 수술을 받았을 때, 입원은커녕 수술 직후 혼자 차를 몰고 집으로 돌아와야 했다. "아주 심각하지 않으면, 영국에서는 입원도 안 시키고, 수술을 해도 밴드 정도만 붙여준다."는 소문은 알았지만, 수술 후 혼자 운전하고 돌아가는 길은 서러움 그 자체였다.

아이가 학교에서 넘어져 무릎에 피를 줄줄 흘리며 양호실에 가도, 밴드는커녕 그 흔한 빨간 약이라는 소독약도 안 발라준다. 약을 자주 바르면, 피부에 저항력이 떨어진다나. 말은 맞지만 정말 그런 의도뿐일까 싶어 항의를 하려다가 참았다.

그런데 영국 땅에는 24시간 앰뷸런스가 대기하는 동물병원이 수두룩했다. 그리고 내가 키우던 강아지의 예방접종이나, 애견 잡지사 원고를 쓰기 위해 취재차 동물병원을 드나들면서 보니, 그들은 동물에게 조금만 열이 있어도 입원을 시키려고 했다.

만약 개나 고양이가 수술을 받았으면, 당장 입원을 시켰을 것이다. 그러니 내가 분하지 않겠는가!

사회보장제도 때문에 구겨진 영국 신사들의 처지

그것이 바로 영국의 사회보장제도가 낳은 문제점이며, 자본주의에서나 볼 수 있는 돈의 위력이었다. 다 같이 잘살아보자는 노력의 맹점, NHS(National Health Service)라는 국가 의료 시스템의 허점이었다.

영국에서는 이미 1940년대부터 한국처럼 제1 진료를 받은 뒤에 대학병원 같은 곳에서 제2 진료를 받게 하는 시스템을 만들었다. 모든 국민이 최소한 의료 혜택은 공짜로 받게 하려는 목표였다. 물론 그런 절차를 지키지 않고, 직접 대학병원으로 가거나 개인 병원으로 가는 사람은 비싼 병원비를 지불해야 한다. 영국 국민들은 겉으로 보기에는 탄탄한 사회보장제도 덕분에 병원 진료를 공짜로 받는 남부러운 혜택을 누리고 있는 것 같았다.

그러나 제1 진료소인 한국의 동네 병원 수준의 GP에서부터 그 허점이 드러난다. GP는 General Practitioners(GPs)를 줄여서 부르는 말로, 지역주민을 위한 기본적인 치료를 해주는 일종의 가정의이다. GP는 정부가 보조하는 비용으로 운영된다. 진료는 무조건 무료이고 어린아이는 약값도 무료이다.

바로 이 공짜 제도가 문제를 야기했다. 국민들의 세금, 의료보험비 등으로 충당된 보조금이었지만, 정부의 지원이라서 GP의 수입이 만족스럽지가 못하다. 결국 대다수 능력 있는 영국인 의사들은 사설 병원이나 다른 나라로 빠져나가고, 정작 영국의 기초의료기관인 GP에는 실력이 좀 떨어지는 의사가 가득하다. 의사들이 병원을 수리할 돈도 의욕도 없어 보였다. 동네 병원 GP는 변변한 간판도 없이, 삐걱거리는 대기실용 긴 의자와 찢어지고 지저분한 잡지책 몇 권만 갖춰두어 내부가 초라하고 불결하다.

그나마도 예약을 하기가 쉽지 않다. 항상 예약이 꽉 차 있어서 감기라도 한번 걸리면, 예약 날짜 기다리다가 감기가 다 나을 정도다. 어른이라면 상관없지만 유달리 편도가 잘 붓는 아이를 둔 부모는 알 것이

동물병원과 애완용품 가게 동물병원은 사람들의 병원보다 더 깨끗한 것은 물론이고, 병원 앞에는 24시간 출동할 수 있는 앰뷸런스까지 대기하고 있다. 동물병원이 사람 병원보다 더 좋은 것은 동물병원은 국가의 지원이 없이 개인이 치료비를 지불해야 하기 때문이다.

주택과 구별이 안 되는 치과 이 주택은 개인 집이 아니고 치과다. 학교나 치과, 병원 심지어 동물병원까지, 주택을 그대로 사용하는 데다가 간판까지 작아서 일반 주택과 전혀 구별이 안 된다. 마치 새로운 모든 것을 두려워하는 영국인들이 낯선 손님을 사절한다고 말하는 것 같다.

다. 열이 40도까지 오를 때는 무슨 조치라도 취해야 하는데 예약이 꽉 차 있으면 얼마나 답답한지. 애가 열이 올라 얼굴이 까매지는데, 문명이 발달된 선진국에서 약 한 번 못 써보고 애를 태워야 하니, 얼마나 분하겠는가! 의사의 처방 없이는 항생제를 살 수 없다.

영국의 유명한 큰 병원에서 수술을 받으려면 몇 년씩 기다려야 한다. 그래서 수술 날짜 기다리다가 의사도 못 만나보고 죽는 사람이 있다는 소문도 있다. 그나마 능력이 되는 사람들은 제3국으로 치료를 받으러 간다. 치료 시기를 놓쳐 병이 악화된 사람들은 법정 투쟁을 한다. NHS의 경영 목표 중의 하나가 "No one waiting longer than 18 months for hospital treatment.(병원치료를 18개월 이상씩 기다리게 하지 말자.)"라고 공언하는 것은 18개월이 넘게 기다리는 환자가 수두룩하다는 소문이 사실임을 스스로 인정하는 셈이다.

그동안 영국의 복지 혜택도 좀 나아졌다. NHS에 소속된 한 병원은 "2010년도까지는 18주 이상을 기다리는 환자가 없도록 할 것입니다."라는 바뀐 내용을 소개했다. 의사를 만나는 시간이 19개월에서 18주로 줄어들었으니 획기적으로 개선된 듯하다. 그러나 제1 진료에서 병이 의심되어 제2 진료처인 대학병원의 의사를 만나는 데만 18주가 걸린다면, 여전히 심각한 문제일 것이다.

"영국에서 점잖게 예약받아서 병원 가면, 하늘나라에서나 의사 만날 수 있다."

영국 친구의 말이 딱 맞았다. 그래서 아예 감기라도 걸리면, 영국 친구들이 알려준 대로 예약 없이 가서 죽치고 앉아서 버텼다.

"미리 날 잡아놓고 감기 걸리는 사람도 있니!"

영국 친구에게 들은 요령대로 하는 것도 한두 번이지. 장시간 눈총을 받으면서 기다려야 했고, 불편하기는 마찬가지였다. 그래서 찾아낸 GP가 한인들 사이에서 명성이 자자한 인도인 의사였다. 그는 한국 사람의 정서에 맞게, 언제든지 진료 사이사이에 급한 환자를 봐주고, 주사나 항생제도 척척 처방해주는 의사라는 속 시원한 소문이 있어서, 이사를 핑계 삼아 담당 의사를 그로 바꿨다.

얼마나 빨리 간단하게 원하는 대로 진료를 해주는지, 하루 종일 진료하는 환자가 셀 수도 없이 많았다. 그렇게 많은 환자를 받아도 수입이 부족한지, 그는 늘 빗질도 제대로 안 한 부스스한 머리와 세탁한 지 오래되어 때가 줄줄 흐르는 가운을 입고 있었다. 사람은 좋았지만, 마치 귀곡산장의 늙은 주인 같은 모습 때문에 지금도 그가 돌팔이일 거라는 의심을 떨쳐버릴 수가 없다.

지저분한 병원, 지저분한 의사, 지저분한 간호원. 그것이 바로 영국 GP에 대한 내 기억의 전부이다.

외동딸은 그렇게 열악한 병원에 데리고 가는데, 아무리 사랑한들 개를 고급 호텔 같은 병원으로 데리고 가는 일이 즐거울 리가 없다. 동물병원이 호텔처럼 시설이 잘 된 것은 영국인이 동물을 극진히 사랑해서가 절대 아니라고 본다. 단순 명료한 이유가 있다. 동물병원은 공짜가 아니기 때문이다! 진료를 받을 때마다 30~50파운드라는 거금의 진료비를 내야 한다. 물론 동물병원도 나름대로 보험제도는 있다. 그러나 보험비도 병원으로 직접 들어오는 수입이니 나쁠 게 없다. 동물병원에서는 현금을 물고 오는 동물 고객을 한 분이라도 더 모시기 위해 온갖 서비스와 친절로 동물 고객을 대하고 시설도 잘 갖출 수밖에 없다.

그것을 아는지 모르는지 몇 년 전에는 전 영국 수상 토니 블레어가 더 나은 서비스를 위해 국민들에게 병원비를 조금씩 받겠다고 한 말에 발끈하는 영국인도 있었다. 그러고 보면 영국은 모든 국민을 위한 최소한의 의료 복지 정책을 마련하려다가 개만도 못한 치료를 받게 된 나라가 아닌가 싶다. 개가 사람보다 더 대접을 받는 이상한 나라가 되어버린 것이다.

더 나은 선진 복지 국가로의 도약을 위한 일보 후퇴이겠지. 추측할 뿐이다.

TIP 간판 구경

영국의 간판을 보면 영국의 이중적인 성격을 알 수 있다. 영국 간판은 너무 화려하거나 너무 초라한 양면성을 가지고 있다.

어떤 간판은 화려하면서도 다양한 이야기가 있다. 왕실의 이야기나 가문의 상징부터 그 지역의 역사, 전통, 특산물에 관한 이야기까지 다양하다. 영국 여행을 할 때 그 간판 사진만 찍어도 좋은 이야깃거리나 자료가 될 것이다. 상점이나 펍의 주인에게 간판의 이야기를 듣고 정리하는 노력만 덧붙인다면, 다양한 이야기와 아기자기한 디자인을 모은 영국 간판 이야기책도 만들 수 있을 것이다.

또 어떤 영국 간판은 너무 작아서 병원, 학교, 가게를 찾기가 쉽지 않다. 마치 간판이 "우리 가

게는 낯선 사람을 사절합니다!'라고 말하는 것 같다. 낯선 손님이라도 찾아 들어올까봐 겁을 먹은 가게처럼 작고 암호 같은 간판을 걸고 있는 집도 많다. 가게의 간판에서조차 새 것을 두려워하는 영국인의 성품이 보인다.

1700년대부터 거리 간판의 위험성을 깨닫고, 간판을 제거하거나 크기와 설치를 제한하는 법을 정했기 때문에 작으면서도 예술적인 간판이 생겼다.

'아들의 여자친구' 라는 단어의 비밀

결혼하지 않는 자녀들

커튼 트위처인 메이가 외아들로부터 '이번 방학엔 여자친구를 데리고 집에 가도 되냐' 는 전화를 받았다며 푸념을 시작할 때, 은근한 자식 자랑인 줄 알고 추임새를 넣어주었다.

"어머나, 여자친구를 부모에게 인사시키다니. 정말 아들을 잘 키우셨네요." 그러나 그게 아니었다. 룸메이트라는 것이다.

'드디어 방을 같이 쓸 룸메이트를 찾았음.' 이라고 룸메이트를 구하지 못해 팔방으로 애쓰던 아들이 흥분된 억양으로 전화했을 때만 해도 '이젠 생활비를 좀 줄이려나?' 하며 좋아했던 메이. 그러나 반가움도 잠시, 이제 갓 대학에 입학한 애송이가 찾아낸 룸메이트가 그새 사귄 여자친구라는 것을 알았을 땐 거의 기절할 뻔했단다. 뭐 그깟 일로 개방된 나라의 영국인이 쇼크를 받나 싶었지만, 부모 심정은 어느 나라든 별반 다를 게 없는 듯하다.

며칠을 머리를 싸매고 고민한 끝에 '세상이 다 그런 것을' 하며 불평해봤자 달라질 것이 없다고 결론을 지었단다. 보이 프렌드 룸메이트 때문에 에이즈에 걸려 명을 재촉하는 것보다는 백 배 나은 일이라고 마음을 바꾸니 오히려 그녀가 고맙더라나. 사실 영국에서는 너무 어릴 때부터 엄격한 기숙학교에 다니는 아이가 많기 때문에, 룸메이트와 사고를 저지르는 일이 가끔 발생했고, 그것이 영국의 동성연애자의 수를 늘리는 데 한몫해서 문제가 되고 있다.

그런데 문제는 대학에 다니는 자녀가 귀향하는 방학이다. 방학만 다가오면, 영국 어머니들은 메이처럼 남모르게 노이로제에 시달린다. 여자친구를 집에 데리고 오면 집에서 며칠 묵을 것이고, 룸메이트였기 때문에 방 하나를 마련해주어야 한다는 것이다. 아무리 개방된 나라라 할지라도 결혼도 안 한 아들과 그 여자친구를 위해 잠자리를 마련해주는 일이 즐거울 리가 없다. 아직 애송이 같은 아들놈이 며느리가 아닌 여자친구를 데리고 들어와서 자는 것을 눈뜨고 보는 것도 미칠 지경이지만, 어린아이로만 여겨지는 아들과 그런 대화를 시작할 일이 더 아득하다는 것이다.

"그런 꼴 못 본다."며 예고도 없이 방을 따로 두 개 준비했다가는 여생을 자식 없는 노인으로 살아야 한다니. 그나마도 방학이라고 부모를 찾아와주는 것을 고마운 일로 여기고 받아들여야 한다는 것이다.

남과 의논하기도 자존심 상하는 일. 가까운 친구들과 극비로 만든 모범 답안이, "방을 몇 개 준비할까?"라든지 "네 방만 치워놓으면 되니"라고 전화로 되묻는 것이라며 씩 웃는 불쌍한 메이.

그것이 바로 시어머니가 될 영국 엄마들이 거쳐야 할 일종의 고달픈 통과의례였고, 페미니스트들이 남녀평등을 통해 얻은 첫 번째 상처였다.

페미니스트인 그들이 어느 날 갑자기 결혼식을 마치고 나타나서 부모를 실망시켰듯이, 이번에는 그들의 자녀가 결혼 대신 동거를 택하여 그들을 난처하게 한다. 딸은 구속이 싫어서 동거를 하고. 아들은 여성 위주로 된 법 때문에 이혼의 불이익을 피하기 위해 동거를 시작한다.

결혼하지 않는 자녀들 때문에, 영국 부모들이 그렇게 고달파 한다.

나랑 결혼해줘

GMTV에서 뉴스를 끝내고, 이어서 오늘의 날씨를 방영했다. 평상시와 다를 바 없이, 여성 기상 캐스터인 데비 린들리가 오늘의 날씨를 전하던 중 갑자기 좀 끈적끈적한 목소리로 다음과 같이 말을 맺었다.

"It's the leap year day before the end of the millennium. … it's special day when women are supposed to ask their men to merry them. SO STEVE WRIGHT, I KNOW YOU ARE WATCHING, WILL YOU MARRY ME ?"

대충 번역하면 다음과 같다.

"오늘은 천 년의 마지막 윤년입니다. … 여자가 남자친구에게 청혼을 해도 좋은 특별한 날이기도 합니다. 음, 그래서 말이죠…. 스티브 라이트! 나는 네가 지금 나를 보고 있다는 것을 알고 있어. 나랑 결혼해 줄래…?"

기상 캐스터인 데비 양이 난데없이 프로듀서 스티브에게 프러포즈를 하는 것이었다. 나는 잘못 들었거나, 일종의 영국식 농담인 줄 알았다. 그날의 날씨에 맞춰 의상을 바꾸기도 한다더니, 요즘 영국의 일기 예보도 날이 갈수록 특이해진다고 생각했다.

알고 보니 데비 양이 공개적으로 남자친구인 스티브에게 청혼을 한 것이었다. 청혼과 동시에 방송 사고를 친 것이다. 한 차례 법석 끝에 그날의 방송 사고는 다행히 귀여운 애교로 수습이 되었다.

이제 프러포즈는 남자들만의 전유물이 아니라 여자들이 할 수 있음을 공개적으로 보여준 순간이기도 하지만, 아직까지 영국에 만연해 있는 남녀 불평등 앞에 그게 무슨 의미가 있을까 싶었다.

나로서는 난생처음 여자가 프러포즈를 하는 현장을 목격한 셈이다. 요즘에야 젊은 사람들이 남녀 구분 없이 청혼을 한다지만, 나에게는 무척 충격적인 일이었다.

촌스런 한국 아줌마의 험담일 수도 있지만, 언뜻 듣기에는 대담한 말투에서 초조함과 다소 비굴함이 느껴졌다. 나는 데비의 그런 모습을 바라보면서 한국의 숫기 없는 딸애들도 저렇게 진땀을 흘려가면서 계면쩍은 프러포즈를 해야 짝을 찾을 수 있는 날도 머지않았다는 생각에 걱정이 되었다.

그녀가 불쌍해 보인 더 큰 이유가 있었다. 그 기상 캐스터 데비 양은 그 당시 스티브와 동거를 하고 있었다. 처음에야 동거가 좋았을지 모르지만, 동거만 하면서 식을 올리지 못한 노처녀의 심정은 서양이라고 좀 다를까? 남의 가정사이니까 누가 동거를 고집했는지는 알 수 없지만, 굳이 그런 식으로 청혼을 해야 하는지 그들의 삶이 자못 고달파 보였다.

자유 방종한 유럽뿐만 아니라 영국에는 결혼을 안 하고 동거를 하는 젊은 연인이 많다.

앞집의 페인 부부는 아들의 여자친구가 오는 날이면 난리를 친다. 아들의 여자친구가 가끔씩 손자라도 데리고 오면, 정신 나간 사람처럼 싱글벙글하며 다녔다. 아들의 여자친구를 공주님 대하듯이 모시고 다녔다. 그 부부는 며느리가 손자까지 낳았지만 정식 결혼을 하지 않았으므로, 며느리를 '아들의 여자친구'라고 불렀다. 그렇게 가끔씩 찾아와주는 아들의 여자친구를 신주단지 모시듯 하는 것만 보아도 동거는 여성을 위한 문화인 것 같다.

그러나 문제는 나이를 먹어가면서 생긴다. 나이가 들면서 결혼을 원하는 쪽(그것은 남자든 여자든 상관없다.)이 생기기 마련이다.

이미 동거에 익숙해진 남자는 결혼이나 자식이라는 이름하에 구속된 삶을 살기를 거부하기도 한다. 여성에게 너무나 유리하게 만들어진 법 때문에, 결혼 한번 잘못해서 이혼을 당하는 날에는 전 재산 압수는 물론 앞으로의 월급까지 차압을 당하므로 사랑에 눈이 완전히 멀기 전에는 쉽게 결혼을 결심하지 못한다.

글로스터셔(Gloucestershire)에 사는 돌링은 18년을 같이 산 아내와 이혼 수속 중, 자신의 구좌에 있는 돈을 미리 빼돌렸다가 감옥에 갔다. 이혼 이야기가 오가는 순간부터는 자기가 벌어들이는 돈마저도 마음대로 쓸 수 없는 것이 영국 남자들이다. 그러니 누가 결혼을 쉽게 결심하겠는가?

영국의 홈리스(집 없는 떠돌이) 중에는 전직 사장이나 전문직 종사자가 많다. 그들은 이혼 후 좌절 따위의 후유증으로 부랑자가 된 것이 아니었다. 애써 번 돈을 그 얄미운 마누라에게 고스란히 갖다 바치느니, 차라리 파산 선언을 하고 부랑자가 되겠다는 심사로 모든 것을 내동댕이치고 홈리스가 된 것이다.

마흔이 되도록 정식 호적에 오르기는커녕 동거녀로 살아야 하는 영국 여자들의 한숨. 웨딩드레스를 입어보는 게 꿈이 되어버린 성공한 사업가의 동거녀는 아내라는 지위를 너무나도 부러워했다.

또 옥스퍼드의 셔틀버스 운전사는 앞가슴 주머니에 딸아이 사진을 넣어두고 있다가 사람들에게 자랑을 하곤 했다. 셔틀버스 앞자리에 몇 번 탄 것 외에는 별 연관도 없는 나에게조차 딸의 이야기를 하면서 즐거워했다. 마흔이 넘도록 결혼은 못했지만, 딸아이 사진이나마 가슴에 품고 살 수 있어서 너무 기쁘단다.

서로의 이익을 챙기다 보니 결혼이 힘들어진 영국. 그들이 외친 남녀평등이 어째 길을 잘못 든 것 같아 보인다.

실력으로 남녀평등을 가립니다

그나마 페미니스트들이 외친 남녀평등조차 그다지 완전하지도 않았다. 내가 살던 마을의 영국 주부들은 여성운동주의자니 뭐니 하는 개념 없이, 우리처럼 부엌의 주인으로 살고 있었다. 등·하굣길에는 영화의 한 장면처럼 큰 아이들은 길가의 나무와 돌을 발로 차기도 하며 잔디밭 위에서 뒹굴고, 유모차를 끌거나 작은 아이를 손에 잡은 엄마는 계속 조심하라고 주의를 주면서 야단을 치는 가족적인 냄새가 물씬 나는 광경을 심심찮게 볼 수 있다.

독신이거나 아이를 낳지 않는다는 소문 속의 영국인들은 다 어디 숨었는지, 우리가 살던 멀든 매너 프라이머리 스쿨(초등학교) 근처의 주택가에서는 내가 딸 하나만 달랑 데리고 다니기가 쑥스러울 만큼, 두셋의 자녀를 두고 파트타임 일을 하며 살아가는 평범한 주부가 수두룩했다.

물론 그들의 자녀가 많은 것은 이혼과 재혼의 범벅 때문이기도 하다. 엄마 딸. 아빠 딸. 그리고 엄마 아빠 딸. 그래서 일이라도 터지면 "당신 딸과 내 딸이 싸우는 것을 말리다가 우리 딸이 다쳤어요!" 라는 상황 설명을 하다가 날 샌다는 것이다.

오히려 영국 어머니들은 여성의 권리를 지키기 위해 한국 여성보다 좀 더 힘든 길을 가고 있다. 그녀들은 부엌일을 조금 덜어낸 대신에, 스스로 선택한 사회인으로서의 위치에서 주어진 임무를 완수해야 하고,

영국 여자들은 우리가 알던 것만큼 자유롭지도 않고, 선구적이지도 못했다. 물론 남자들이 자녀양육을 돕고 부엌일을 도와주기는 하지만, 그래도 여전히 여자로서의 의무, 어머니로서의 모성애 때문에 힘든 삶을 살고 있다. 그들의 삶을 보면 남녀평등과 여성성은 별개의 문제라는 것을 알 수 있다.

살아남기 위해 남자와 평등하게 싸워야 한다.

　차 한 대를 구입해도 부부가 반씩 부담해서 계약을 하는 나라에서, 그나마 변변한 직장을 못 가진 주부들이나, 파트타임으로 적은 액수의 돈을 버는 주부들은 벌지 못하는 만큼의 집안일을 하며 생활비를 타기 위해 남편의 눈치를 보아야 한다. 혹시 직장생활에 성공했다고 하더라도, 어린 자녀와 함께 있지 못하는 죄책감 때문에 스트레스가 남자의 배가 된다. 살림을 남편과 분담해도 해결할 수 없는 모성애적인 본능으로 인해 스스로 느끼는 자괴감을 어찌할 거나!

　사우스햄턴 대학교의 콜린 교수는, '영국 여성들의 자살률은 줄어드는 데 비해, 유독 젊은 여성 특히 어린 자녀를 둔 젊은 여성의 스트레스가 높고 자살률이 높아지는 이유가 바로 영국 여성이 받아야 하는 이중고통 때문'이라는 의미 있는 논문을 발표했다.

　이름을 밝힐 수 없는 한 영국 주부는, 남편이 기업체의 고위 간부였다. 그녀가 시어머니 흉을 보기 시작하면 도무지 멈추게 할 수가 없었다. 그녀의 길고 긴 스토리를 요약하면, 그녀 시어머니는 가진 것도 없이, 대영제국 시대에 하녀를 부리고 살던 기세만 남아 있는 깐깐한 영국 노인으로, 아들 며느리를 '오라, 가라' 호령하는 못 말리는 시어머니였다. 그녀는 "굳이 여자의 벌이가 필요 없는 상류 계층의 여성과, 확실한 수입원이 없는 영국 여성들은 한국 여성과 다를 바 없는 시집살이와 남편 시중을 한다."고 토로했다. 내가 듣기에도 그녀의 스토리는 한국의 고부 간 갈등과 비슷했다.

또 "이젠 늙어서 더 이상 아르바이트 거리도 없고, 남편에게 생활비와 사소한 용돈을 타 쓰기 위해 애쓰는 구차한 인생"이라며 자조하며 사는 친구 앤은, 달랑 딸 하나 낳고 빈둥거리며 놀면서도 남편의 월급과 통장을 맡은 나를 너무나도 부러워했다. 그녀는 자기 남편이 그 말을 믿지 않는다고 하면서 남편 앞에서 한국 주부들의 삶에 대해 이야기해달라고 하더니 기어이 나를 저녁 식사에 초대했다. 그 남편은 나를 위해 한국식 볶음밥을 직접 만들어 주었다. '내 돈을 아내에게 줄 수는 없지만, 나는 가정적이다. 네 남편은 이런 거 할 줄 아냐?'는 식으로 그들의 남녀평등을 알리고 싶어 했지만, 나는 그런 식의 사고가 무서울 뿐이었다.

비정상적인 평등만 있을 뿐 사랑이 실종된 나라. 가정에서까지도 실력과 돈으로 우열이 가려지는 나라. 영국에서는 돈 못 버는 여자 팔자가 한국보다 더 처량했다. 요즘 한국의 젊은이들의 동향을 보아도 그건 남의 일이 아닌 듯하다.

남녀평등도 복고풍으로?

그래서일까? 요즘 영국 아이들의 성적 취향이 그들 할머니 세대의 구시대로 돌아가고 있다.

영국의 〈타임〉지에서 "요즘 영국 아이들 사이에 복고풍이 일고 있다."는 우려의 기사를 읽은 적이 있다. 영국 초등학교 여자아이들이 긴 머리에 드레스를 입고 공주놀이를 즐길 뿐만 아니라, 새하얀 웨딩드레스를 입고 결혼하기를 꿈꾼다는 통계가 영국 어머니들을 실망시켰다.

영국의 유명한 신발회사인 클락의 설문조사에 응한 초등학생들은 정치가나 언론인과 같은 사회적이고 활동적인 직업보다는 수의사나 간호사, 교사와 같은 안정적이고 여성적인 직업을 선호한다고 답변했고, 대통령이나 소방관과 같은 남성적인 직업보다는 어머니로서의 역할을 더 원했다. 여권신장주의자(post-feminist)인 영국 엄마들은 자살로까지 간 무거운 고통을 감수해가면서까지 지켜온 여권을 자녀들이 기피하는 것 때문에 새로운 고민에 빠진 것이다.

딸아이가 다니던 영국 초등학교에서도 그런 현상이 역력했다. 겨우 8살 난 아이들인데 여학생들의 머리카락은 치렁치렁한 금발이었다. 처음에는 영국 부모들이 50파운드 정도 되는 미용비를 아끼는 구두쇠들인 줄 알았다. 싫다는 딸에게 거금을 들여 깔끔한 단발머리를 해주고 단정해진 딸아이의 머리를 보고 흐뭇해했다. 그 며칠 후, 딸아이의 단짝 친구인 자스민이 아쉬운 눈빛으로 "윤정은 왜 헤어 커트를 했나요? 윤이 흐르는 기다란 검은 머리가 매력적이었는데…." 했다. 겨우 8살인데 윤정이의 머리를 논하는 말투는 여성이었다.

헉, 그러고 보니 그 교실에서 내 딸만 단발머리였다. 딸아이가 '조'랑 누가 사귀고, '프란체스카'를 누구누구가 좋아한다며 학급 소식을 조잘거릴 때마다 섭섭했다. '아무리 동양인이라 해도 이만하면 인물인데.' 하면서 안타까운 마음으로 딸의 얼굴만 들여다보았는데, 알고 보니 나는 딸아이를 선머슴처럼 키우고 있었다.

영국의 초등학교 여학생들은 긴 머리를 내려뜨리고, 굽 높은 구두에 귀고리를 하고 있다. 아이들이 귀고리를 잡아당기는 장난을 치다가 귀를 찢는 사고가 자주 발생하여 착용을 금지하는데도, 교사의 눈을 피해가며 귀고리와 굽 있는 신을 신고 등교한다. 일 년에 두어 번 있는 학교 디스코 파티 때는 한결같이 머리를 길게 늘어뜨리고 능숙한 화장 솜씨에 예쁜 드레스로 한껏 멋을 부리고 나타난다. 이 아이들이 내가 알던 그 초등학생들이 맞나 싶을 정도로 섹시하게 차려입고 나온다.

아~ 선머슴 내 딸은 영국 아이들이 긴 금발을 흔들며 섹시한 춤을 추고 있는 사이로 술래잡기를 하느라 철꺽철꺽 뛰어다니고 있었다.

그 아이들은 더 여성적으로 변해가고 있어서, 과거 우리가 들은 여성운동가가 될 기질은 조금도 엿보이지 않았다. 〈타임〉지는 신데렐라와 같은 만화영화나 성을 상품화한 매스컴 때문에 여자아이들의 성향이 더욱 여성적으로 되었을 뿐만 아니라, 그녀 어머니들이 남녀평등을 통해 얻은 여권이 오히려 고통스러워 차라리 과거로 돌아가고 싶어 한다는 잠정적인 결론을 내렸다.

여권에 관해서는 우리보다 앞선 그녀들이 지금, 여성의 자유를 얻은 대가를 치르는 것인지… 자유를 완성하기 위한 마지막 몸부림을 하고 있는지… 스스로의 꾀에 빠진 것인지… 적잖은 갈등을 안겨주었다. 주어지지 않는 무언가를 갖는다는 것은 그만큼의 희생이 따른다는 것일까?

썩은 웨딩케이크를 먹는 신사들

썩은 웨딩케이크

멋진 케이크가 어떻게 맛이 없을 수 있을까 싶겠지만 영국의 케이크는 대체로 멋은 있지만 맛이 없다. 런던의 케이크 장식법이나 슈거 크래프트(sugar craft) 학교와 학원은 세계적으로 명성이 높지만, 정작 영국 케이크의 맛은 진한 향신료와 설탕 때문에 끔찍해서 먹기 힘들 정도다. 케이크에 비하면 영국의 음식 맛은 오히려 괜찮은 편에 속한다. 이걸 사람이 먹나싶을 정도이다. 그런 이상한 케이크를 먹는 영국인들이 정상으로 보일 리가 없다.

물론 영국 사람의 입도 입인데, 그걸 모를 리가 있을까. 알고 보면 그런 케이크를 먹게 된 데에는 나름의 이유가 있다. 영국의 웨딩케이크의 유래를 보면 알 수 있다.

영국의 웨딩케이크라~ 영국에 왔으니, 예술적인 장식과 형편없는 맛이라는 부조화가 어우러진 웨딩케이크를 한번쯤 맛보는 것도 좋은 경험이리라. 그러나 영국에 있는 처음 몇 년 동안, 웨딩케이크를 맛보는 것은 고사하고, 영화의 한 장면처럼 화창한 어느 토요일 오후에 눈부시게 하얀 웨딩드레스와 화려한 부케를 들고 사진촬영을 하는 신부와, 신부만큼이나 아름다운 드레스를 입고 꽃다발을 든 들러리, 결혼식에 참석한 하객들로 북적이는 결혼 예식 팀은 한 번도 만난 적이 없다.

그것은 엘리자베스 여왕의 행차와 마주치는 것보다 더 어려운 일이었다.

독신주의자가 많아지고 결혼보다는 동거를 택하는 젊은 커플이 늘어났기 때문일까? 간혹 결혼식이 있다 해도 교외의 한적한 교회나 성당에서 몇몇의 가족만 모아놓고 간소하게 치르기 때문에, 한국의 주말 식장에서 보는 화려하고 복잡한 결혼식을 구경하기란 더더욱 쉽지 않다.

그렇게 결혼식이라는 단어를 잊고 몇 년간 살던 어느 날, 우연히 나를 티타임에 초대한 영국 친구가 내온 낡은(?) 웨딩케이크는 색다른 충격이었다.

"특별히 외국 친구들에게 보여주고 싶어서 사촌에게서 간신히 한 조각 얻어 왔어."

큰 선심이라도 쓰듯이 그녀 사촌이 내주었다는 일 년 된 웨딩케이크를 한 조각 자랑스레 내놓았을 때는 너무 황당하여 말문이 막혔다.

'일 년이 지난 상한 케이크를 먹으라니…'

그것도 달랑 한 조각을 6~7명에게 내놓았으니.

영국인은 간단하게 비벼 낸 야채샐러드나 슈퍼에서 사 온 치즈 몇 조각, 잘해야 샌드위치 정도의 초라한 음식을 장만해놓고서는 온갖 자랑을 하느라고 진을 다 뺀다는 것은 진작에 알아 모시고 있었지만 이건 좀 너무하지 않나 싶었다.

일 년이나 묵은 웨딩케이크라! 선뜻 손이 가지 않았지만 먼저 맛본 친구들이 괜찮다고 권하는 바람에 억지로 먹어본 케이크는 예상 외로 촉촉하며, 보통 케이크의 맛을 그대로 간직하고 있었다. 물론 뒤탈도 전혀 없었다. 게다가 한 티스푼 정도만 먹으니 케이크의 단맛과 이상한 향신료 냄새가 별 거부감을 주지 않았다.

영국의 웨딩케이크에 얽힌 재미난 전통을 알게 되었다. 영국에서는 웨딩케이크를 일 년이나 묵혀서 먹는 전통이 있었다.

일 년 이상 묵혀서 먹는 웨딩케이크의 비밀

웨딩케이크는 주로 삼 층짜리가 많다. 그 유래는 런던의 루드게이트힐(Ludgate Hill)의 한 파이 제조업자가 플리트 교도소 근처에서 몰래 행해지던 수많은 불법결혼을 위해서 케이크를 만들었는데, 삼 층짜리 케이크는 근처에 있는 성 브라이드 교회의 특이한 첨탑을 본떠 만든 데서 시작되었다. 삼층 케이크의 모티브가 된, 런던 시내의 플리트 거리(Fleet street)에 있는 '성 브라이드 교회(St. Bride's Church)'의 특이한 모양의 첨탑은 런던 구경의 재미난 볼거리가 될 것이다.

삼층 케이크는 각 층마다 용도가 다르다. 1층은 결혼식의 피로연에서 하객들을 접대하는 데 사용되고, 2층은 하객들에게 답례용으로 싸주는 것이다. 그리고 맨 위인 3층의 가장 작은 케이크가 바로 새로 탄생한 커플을 위해 일 년 동안 보관하는 것이다.

이 케이크는 주로 첫아이의 세례식 날이나 첫 번째 결혼기념일에 사용한다. 첫 자녀의 세례식 때 쓰인다고 해서, 이것을 크리스닝 케이크(christening cake, 세례 케이크)라고도 부른다. 자손을 중히 여기던 과거에는 첫아이의 세례식 날에 기념으로 사용할 케이크의 보관에 특별히 신경을 썼다.

그러나 곧 부부 위주의 사고방식이 팽배한 사회 분위기 덕분에 신혼을 오래 즐기고 자녀를 늦게 가지는 커플이 늘어나면서, 웨딩케이크의 맨 위층은 커플의 첫 번째 결혼기념일의 축하용으로 쓰이고 있다.

케이크를 일 년씩이나 보관했다가 먹다니. 일반인으로서는 상상도 할 수 없는 일이다. 그러나 과거 음식이 귀한 시절에 영국에서는 빵과 케이크를 한 번 구워서 몇 달씩 두고 먹었던 것을 보면, 뜻깊은 웨딩케이크를 오래 보관해두고 먹는 것은 당연한 일이었다.

그러나 가장 중요한 문제가 보관이다. 당시는 요즘처럼 냉장고가 있는 것도 아니고, 냉장고가 있다고 하더라도 케이크를 1년씩이나 보관한다는 것은 쉽지 않은 일이다.

보관엔 감춰진 비법이 있다. 영국의 전통 웨딩케이크에 많이 사용된 마른 과일과 럼주, 와인의 알코올 성분이 케이크가 상하지 않게 해주었다. 오랜 기간 보관해야 하니, 설탕이나 알코올 성분을 많이 넣었을 것이고, 그것이 오늘날의 이상한 맛없는 영국 케이크로 탄생한 듯싶다. 방부제를 사용하지 않고 술과 설탕, 밀가루의 성질을 잘 이용했다고 하지만, 냉장고도 없는 시대에 일 년씩이나 케이크를 상하지 않게 보관하는 것은 쉬운 일이 아니었으리라. 그래서인지 과거 영국인들은 웨딩케이크 보관의 성공 여부에 따라 그 커플의 운세나 자녀의 안녕을 점쳐보기도 했다. 그러나 정성을 다해 케이크를 보관하는 것과는 상관없이 급증하는 이혼율과 출산기피 현상은 누구도 막을 수 없는 영국 사회의 문제다.

두 부부가 신혼의 단꿈에서 헤어나고, 지지고 볶으며 살면서 조금씩 서로 식상함을 느낄 즈음인 결혼 1주년 기념일에, 은은한 촛불 아래서 케이크와 와인을 마시면서 첫출발의 신선함을 기억하고 앞날을 계획하는 일도 꽤 로맨틱하리라.

웨딩케이크를 일 년간 보관하는 법

결혼보다는 동거가 늘어나고 결혼식이 간소화되기는 했지만, 한국에서 전통결혼식이 유행하듯이, 서양에서도 로맨틱한 결혼식을 계획하는 젊은 커플이 점점 늘어나면서 웨딩케이크를 일 년간 보관하는 방법에 관심을 갖게 되었다.

전통적인 보관 방법은, 케이크를 종이 박스(요즘은 'keep safety

box'라는 케이크 보관용 상자를 판매하는 업자도 생겨났다.)에 넣어 종이 타월로 잘 봉한 뒤, 소름이 돋을 정도로 서늘한 영국식 창고에 두는 것이다. 그러나 이렇게 보관했을 때는 실패의 가능성이 높다.

전문가들이 말하는 현대적이고 위생적인 보관 방법은 다음과 같다. 누구든지 쉽게 즐길 수 있는 방법이므로, 한번쯤 시도해보면 평생 기억에 남을 좋은 추억거리가 될 것이다.

1. 먼저 웨딩케이크를 주문할 때, 1년 동안 보관할 케이크이므로 럼주 같은 알코올 성분이 가미된 과일 케이크로 주문하는 것이 중요하다. 주의! 생크림 케이크나 생과일 케이크, 스펀지 케이크는 절대 안 됨.

2. 먼저 케이크를 그대로 3~4시간 냉동실에 넣어둔다. 케이크에 덧씌운 크림이나 장식이 단단하게 굳으면 랩에 묻어나지 않아서 보관하기가 편하므로 꼭 먼저 얼리는 것이 중요하다.

3. 냉동실에서 꺼낸 케이크를 랩으로 수차례 잘 싸서 밀봉한다.

4. 그러고는 랩으로 싼 케이크를 종이 박스에 넣고 다시 랩으로 밀봉한다. 잘 밀봉한 케이크를 냉동고에 일 년 동안 넣어둔다.

5. 먹을 때에는 냉동고에서 꺼낸 케이크를 적어도 48시간을 냉장고에 두었다가, 다시 2~3시간을 실온에 꺼내놓으면 원래의 맛을 느낄 수 있다.

그러나 케이크 전문가들은 요즘처럼 먹을 것이 흔한 시대에, 케이크를 일 년씩이나 보관하는 어리석은 짓을 하지 말라는 충고도 빠트리지 않는다.

그럼에도 불구하고 일부 영국인들과 미국인 등의 외국인들은 낭만적이라고 여겨 웨딩케이크를 일 년씩 묵혀두는 일을 하고 있다.

웨딩케이크의 쌉쌀한 유래

결혼식 분위기를 로맨틱하게 해주는 화려한 웨딩케이크와 관련해 여성들에게 그다지 유쾌하지 못한 스토리가 있다.

동양에서 신부의 머리에 쌀을 뿌리며 다복과 다산을 기원하던 풍습과 다를 바 없이, 서양에서도 다복과 다산을 기원하는 의미로 곡식을 신부의 머리에 뿌려왔다. 특히 옛 로마제국 때는 '이 결혼을 통해 신랑이 신부를 소유하고 지배한다.'는 의미로 신랑이 딱딱한 빵을 신부의 머리 위에서 부스러뜨렸다. 세월이 흘러 여권이 어느 정도 신장되자, 빵 부스러기가 신부의 잘 꾸민 머리를 엉망으로 만든다는 이유를 들어 면사포로 대신하게 되었다. 여성의 겸양의 미덕을 상징하는 면사포는 당시 가톨릭의 여신도들 사이에서 널리 쓰이고 있었다. 덕분에 여성들은 그런 굴욕적인 의식에서 해방되었지만, 그 상징은 면사포로 여전히 남아 있다. 그리고 신부의 머리 위에서 부셔졌던 빵 덩어리는 작은 케이크로 변했다.

그래서 혹자는 요즘 젊은이들이 결혼식 날, 케이크를 먹다 말고 서로 머리와 얼굴에 케이크를 던지고 노는 황당한 장난도 사실은 여성

비하의 구습이 잠재의식 속에 숨어 있는 탓이라고들 한다.

중세에 들어서는 경제적 불황으로 결혼식 주최측이 빵을 준비하는 것을 부담스러워하자 하객들이 빵을 구워 오기 시작했다. 하객들은 빵을 신랑신부의 테이블 앞에 높이 쌓아놓고 그 위로 얼굴을 내밀어 두 사람에게 키스를 하라고 시켰다. 이때 빵 무더기를 무너뜨리지 않고 무사히 키스를 하면 자녀를 많이 두게 된다고 하여 축하해주었다. 또 테이블 위에 빵이 많이 쌓일수록 축복을 받는다고 하여, 'The higher, the better'라는 말이 나왔고, 여기에서 케이크의 층이 높을수록 행운이 따른다는 말이 생겨났다. 웨딩케이크가 3층에서 4~5층까지 높아진 것도 커플들의 무의식 속에도 감춰진 이런 심리 때문인지도 모른다.

찰스 2세(King Charles 2, 재위 1666~1685년)가 영국을 다스리던 때에 프랑스의 유명한 요리사가 런던에 들렀다가 이 광경을 보고, 무너질 듯한 빵 덩어리를 모아서 뭉치고 가장자리를 설탕으로 장식한 것에서 웨딩케이크의 높이가 높아졌다는 설도 있으니, 오늘날의 웨딩케이크는 영불 합작품이라고 할 수도 있겠다.

신부의 케이크와 신랑의 케이크

과거에는 웨딩케이크를 신부의 케이크(bride's cake)라고 했는데, 그때는 하얀색이 아니었다. 하얀 케이크는 설탕이 유럽에 전파될 즈음인 빅토리아 시대에 등장했다. 하얀 케이크는 신부의 순결을 상징한다고 알려져 있지만, 사실은 당시에 아주 고가품이던 하얀 설탕을 넣어 만들어야 했기 때문에 웨딩호스트의 부와 경제력을 나타내는 과시용이었다. 일생에 한 번뿐인 결혼식을 번듯하게 치르려는 마음에서 하얀 케이크를 선호하는 가운데 '신부의 순결'이라는 의미가 덧붙었을 뿐이다.

진짜 웨딩케이크는 신랑의 케이크(groom's cake)라는, 알코올(주로 럼주) 성분이 약간 들어간 검은 초콜릿 케이크나 과일 케이크였다.

과거 영국에서는 신랑의 케이크가 결혼식장에서 주인공 역할을 했는데, 요즘 들어서는 화려한 신부의 케이크가 웨딩케이크로 자리 잡았고 신랑의 케이크는 그 명맥만 유지하고 있다. 격식을 차리던 옛날에는 결혼식 파티장의 테이블 위에 두 개의 케이크를 놓아두었다. 하나는 말 그대로 신부의 케이크이고 다른 하나는 신랑의 케이크다.

그래서인지 원조 웨딩케이크인 신랑의 케이크와 관련해 예부터 내려오는 여러 가지 속설이 있다. 신랑의 케이크를 먹으면 그해 동안 행운이 따른다고 해서 모든 하객이 꼭 한 조각씩 음미하거나, 작은 하얀 박스에 잘 포장하여 하객들이 집으로 돌아갈 때 골고루 나눠 가져가도록 현관문 앞에 두기도 했다. 또한 미혼인 처녀들이 이 신랑의 케이크를 베개 밑에 두고 자면 그날 밤 장래의 신랑을 꿈속에서 만난다는 속설이 있어, 아리따운 금발의 처녀들이 앞다투어 얻어가서 베개 밑에 묻어두고 가슴을 설레곤 했다.

신랑의 케이크는 원래는 단순한 모양이었으나 웨딩케이크 자리에서 밀려난 이후로, 점차 신랑의 취미나 특기 혹은 성격을 나타내는 장식을 하며 신랑을 상징하는 케이크로 바뀌기 시작했다. 그래서 골프를 좋아하는 신랑이라면 골프채 모양의 장식을 올리거나, 컴퓨터, 보트, 심지어는 슬럿머신 모양의 장식까지 등장하기도 했다.

TIP **성 브라이드 교회**

웨딩케이크의 유래가 된 성 브라이드 교회(St. Bride's Church)는 런던 시내의 플리트 거리 (Fleet street)에 있다. 세인트 폴 대성당(St. Paul's Cathedral)에서도 버스로 네 정류장 거리밖에 되지 않고 걸어서도 얼마 걸리지 않는다. 세인트 폴 대성당 왼쪽의 루드게이트 힐(Ludgate hill)을 따라 걸어가면 플리트 스트리트를 만나게 된다.

여우와 여우굴을 사랑한 신사들

영국 섬을 발칵 뒤집어놓는 여우 사냥의 묘미

여우 사냥철인 11월 늦가을부터 여우의 짝짓기가 끝나는 그 이듬해 3월까지 섬나라 영국은 고통과 희열이 섞인 괴이한 비명소리와 부산스러움이 가득 찬 카오스의 상태에 빠져들곤 했다.

말채찍이 허공으로 곡선을 그리고, 요란한 트럼펫 소리가 분위기를 돋우고, 주인이 "Tally -Ho!"라고 재촉하면, 개가 무리를 지어 내달리고, 말은 분주하게 말발굽을 높여 뛴다. 극도로 흥분한 사냥개들이 침을 삼킬 틈도 없이 짖어대는 소리에, 짝짓기를 하던 여우들이 비명을 지른다.

수백 년이 된 성채는 물론이고 구릉지의 썩어 넘어진 나무와 돌멩이의 흔적까지 고스란히 지니고 있어 시대의 변화를 느낄 수 없다. 거기다 붉은 재킷에 하얀 승마 바지를 깔끔하게 차려입은 귀족들과 이리저리 뛰어다니는 농부와 사냥꾼들의 거친 호흡이 더해지면 시간이 완전히 중세로 되돌아간 듯하다.

영국 땅을 아수라장으로 만드는 여우 사냥의 첫 신호탄이다.

그리고 귀족들의 영지 주변에서 사냥 반대 운동가(anti-hunt campaigner, 동물 애호가이기도 하다.)들이 울타리나 나무 위에 올라서서 여우 사냥을 반대하는 시위를 하고, 기자들이 그 장면을 촬영해 방송에 내보내면, 조용한 섬나라 영국은 또다시 여우 사냥의 찬반 토론에 휩싸이게 된다.

귀족들은 여우가 보호받을 자격이 있는 하나의 생명체인 것은 인정하지만, 그들 영지 안의 농작물을 엉망으로 만들고, 가축의 생명을 해하는 도둑이라고 생각한다. 그러고는 연약한 듯 애처로운 눈빛으로 응시하는 여우의 거짓표정에 속아 감상에 빠지지 말고, 닭이나 오리 같은 가축을 닥치는 대로 잡아먹는 교활한 여우의 참모습을 직시하자고 국민들에게 호소한다. 번식 능력이 뛰어난 여우를 사냥하지 않으면 작은 섬 영국이 온통 여우로 뒤덮이고 말 것이며, 그때 가서 후회해봤자 살아남은 가축이나 식량도 없을 것이라는 경고도 잊지 않는다. 또한 여우 사냥이 소문처럼 잔인하지 않으니, 여우 사냥 팀에 합류하여 건전한 스포츠(여우 사냥을 'country sport'라고 한다.)의 참맛을 느껴보라고 권유하기도 했다.

노동당 의원을 비롯한 일부 여우 사냥 반대론자들은 반대를 위해 여우 사냥 팀에 합류했다가 오히려 여우 사냥의 애호가로 변했으니, 여우 사냥의 묘미는 생각보다 위력이 있는 듯했다. 그러고 보면 승마를 곁들인 사냥이 주는 짜릿한 흥분과 유혹을 떨칠 수 없는 것이 여우 사냥을 즐기는 귀족들의 속마음일지도 모른다. 국민의 반감을 사지 않으려 애쓰는 영국 왕실임에도 불구하고, 국민들의 빈축을 사면서까지 찰스 황태자를 비롯한 일부 왕실 가족들이 여우 사냥을 그만두지 못하는 것을 보아도 그 묘미를 짐작할 만하다.

여우를 지키기 위해 피 터지게 싸우는 영국인들

그러나 동물 애호가들은 "수십 마리의 사냥개와 말을 이용해 몇 마리의 약한 여우를 궁지에 몰아넣고 즐기는 행위는 피의 스포츠(bloody sport)에 불과하다."고 주장한다. 여우 사냥에는 겨우 몇 마리의 여우를 잡기 위해 사람과 말, 개, 여우몰이꾼, 구경꾼에 이르기까지 수백 명이 동원된다. 여우가 가능한 한 멀리 빨리 달아날수록 사냥꾼들의 쾌감이 높아지므로, 여우들은 지칠 때까지 뛰다가 죽는 운명에 처한다. 그렇게 잡힌 여우는 숨이 붙어 있는 채로 사냥개의 날카로운 이빨에 내장이나 사지가 찢기는 극심한 고통 아래 죽거나, 혹 도망을 가더라도 상처를 입은 채로 더 큰 통증을 안고 들판을 떠돌다가 비참한 죽음을 맞이하게 된다.

고통을 당하는 것은 여우뿐만 아니다. 잘 조련된 래브라도나 코르기 같은 사냥개라고 해도 여우 사냥이 절정에 이르면 흥분이 극에 달하여, 인근 마을의 고양이나 개 같은 애완동물과 가축을 마구잡이로

여우 사냥 금지 법안 관광객이 많이 모여드는 바스에서 사회운동가가 여우 사냥을 반대하는 서명을 받고 있다. 여우 사냥을 반대하는 국민들의 노력 덕분에 드디어 2005년부터 여우 사냥이 법으로 금지되었다. 그러나 모든 여우 사냥을 불법화한 것이 아니라, 개를 이용한 잔인한 여우 사냥만 금지된 것뿐이다.

물어 죽이는 사고를 저지른다. 뿐만 아니라 흥분한 사냥개들은 이성을 잃은 채 도로로 뛰어들어 차 사고를 일으켜 죽거나 부상을 당하기도 하고, 심지어는 흥분을 가누지 못해 심장마비로 죽는 경우도 있다. 그나마 무사히 사냥을 끝낸 사냥개라도 여섯 살만 되면 더 이상 사냥에 참가할 수 없는 퇴물 취급을 받아 폐기 처분된다.

그야말로 토끼 사냥이 끝난 뒤에 사냥개를 잡아먹는 '토사구팽'의 현장이다. 영국의 여우 사냥 시즌은 추수가 끝나가는 11월에서 이듬해 봄인 4월까지이다. 사냥협회에 의하면 그즈음이 여우가 충분히 성장하였기 때문이라고 한다. 하지만 3월에는 대부분의 암 여우들의 몸속에 생명이 잉태되어 있을 때이므로, 영국의 여우 사냥꾼들은 살생유택을 파한 행동을 하는 셈이다. 사냥 반대론자들은 농부가 소유한 가축과 곡식을 지키기 위해서 필요하다고 생각되면 언제든지 사냥 팀을 부를 수 있기 때문에 사계절이 다 여우 사냥철이라고 주장한다.

매우 잔인하기로 소문난 여우 사냥은 '가을 여우 사냥(autumn fox hunting)'이다. 일명 새끼 여우 사냥(cub hunting)인데, 소리 소문도 없이 이른 새벽에 인근 주민들의 눈을 피해서 은밀하게 행해진다. 사람들의 눈에 띄어서 좋을 것이 없기 때문이다. 사냥꾼들이 인간 울타리를 만들어 도망가는 법도 제대로 배우지 못한 겨우 4~5개월 된 새끼 여우들을 포위하고, 막 사냥하는 법을 배운 어린 사냥개들에게 사냥을 시키기 때문에 표현할 수 없을 만큼 그 도가 치졸하다.

영국의 동물 애호가들은 바로 이런 비인간적이고 잔인한 사냥에 분노하고 있다. 그들은 가벼운 의사 충돌과 시위 정도가 아니라, 신사답지 않게 언성을 높이고 주먹다짐까지 한다. 실제로 워윅셔(Warwickshire) 지방에서는 복면을 한 80여 명의 여우 사냥 반대론자들이 여우 사냥을 하러 나선 사람들에게 화학약품과 쇠파이프 찜질을 퍼부어 중태에 빠트린 일도 있다.

그렇게들 싸워대더니 마침내 여우 사냥이 법으로 금지되었다. 모든 여우 사냥을 금지한 것이 아니라, 사냥개를 동원하여 여우몰이를 하는 잔인한 여우 사냥만이 금지된 것이다.

그러나 동물보호단체(League Against Cruel Sports)는 여우 사냥이 금지된 지 6여 년이 지난 2009~2010년 사냥 시즌에만 해도 100여 건이 넘는 불법 여우 사냥이 이루어진 것으로 추정했다. 또 최근 들어서는 여우 사냥 금지법을 무효화하려는 움직임까지 있는 것을 보면 영국에서 여우 사냥이 사라지기는 힘들 듯하다.

여왕도 여우 앞에서는 몸을 낮춘다

영국 여왕에게 여우는 귀찮은 존재일 수도 있다. 영국 땅에서 가장 넓은 영지를 가진 귀족은 당연히 여왕일 테니, 들판을 파헤치고 곡식과 동물을 훼손하는 여우의 피해를 가장 많이 받는 사람이 여왕일지도 모른다. 게다가 런던 시내의 버킹엄 궁의 정원도 이미 여우들이 다 차지해버렸다는 소문도 있다. 1995년에는 버킹엄 궁에 사는 여우들이 어

느 날 밤 여왕이 아끼던 아름다운 플라밍고(홍학)를 모조리 죽여버렸
지만 여왕은 이 일에 대해 아무런 언급도 하지 않았다. 또 한번은 여왕
이 에든버러에 있는 궁전에 여름휴가를 간 첫날밤, 여우들은 에든버러
궁의 경비 시스템을 쉬지 않고 건드렸다. 다음 날 아침 밤새 울려대는
경보 벨 소리 때문에 한숨도 자지 못한 여왕은 피곤한 얼굴로 웃으면
서 '그러나 즐거운 추억이었다'고 말하며 여우 앞에서 몸을 사려야 했
다. 대영제국의 여왕이 그런 억울함을 당하고도 여우 앞에서 몸을 낮
춰야 하는 이유가 무엇일까?

영국의 여우들에게는 든든한 후원자가 있다. 귀족들과 동물 애호가
들이 여우 사냥의 가부를 놓고 다투든 말든 여우와 함께 오순도순 잘
살아가는 사람들이 있었으니, 바로 영국 국민들이었다. 마치 심술궂은
귀족을 피해서 숨어든 불쌍한 여우를 숨겨주려는 듯 영국인의 집 뒷마
당의 수풀더미 속에는 여우굴이 하나씩 있다.

영국인들의 정원에 대한 집착은 이미 알지 않는가? 많은 돈과 시간
을 투자하여 가꾼 정원을 지키느라고, 날이 가물면 남몰래 정원에 물
을 대느라고, 담을 넘어온 나뭇가지와 나무뿌리 때문에 이웃과 치열하
게 다툰다. 정원을 지키기 위해 이웃과의 법정 전쟁도 불사하는 영국
인들이지만, 그런 잘 가꾼 정원의 한쪽 구석을 몰래 파헤치고 굴을 만
드는 여우를 굳이 내쫓지 않는다.

여우는 정원을 망가뜨릴 뿐만 아니라 가축이나 애완동물, 어린아이
들에게 광견병을 비롯한 유해한 병원체와 균을 퍼트리는 아주 위험한

영국에서는 여우를 만나기가 쉽다. 영국 여우는 우리가 생각하는 요물이 아니라 소중한 친구다. 영국 여우는 생각보다 앙증맞고 순하다. 그래서인지 영국인들은 목숨보다 소중하게 가꾼 정원을 파헤치고 사는 여우 가족을 싫어하기는커녕 오히려 자랑스러워한다.

동물임에도 말이다. 광견병이 없다는 것이 섬나라 영국의 유일한 장점인데 여우 때문에 광견병의 위협을 받고 있다.

여우가 정원을 심하게 훼손해서 짜증이 난다거나, 배설물의 악취가 심하다고 불평하는 영국인은 더러 있으나, 굳이 쫓아내지 않는다. 영국인들은 정원 한켠의 양지 바른 곳에 누워 일광욕을 즐기는 불청객을 매우 사랑하고 자랑스럽게 여긴다.

'정원에 여우굴이 있으면 그 집에 행운이 따른다.' 는 속설 때문에 영국 국민이 여우와 정원을 나눠 쓰는 넉넉한 마음을 갖게 되었는지도 모른다.

'가꿀 수 있는 한 뼘의 정원이라도 갖는 것' 이 평생의 소원인 영국인들, 그들에게 '집 정원에 여우굴이 둘이나 있다.' 는 따위의 푸념은 그만큼 정원이 크다는 즐거운 자랑이기도 하다.

어쩌면, 여우 사냥으로 인해 더 이상 갈 곳이 없어진 여우들이 '주택가 정원에라도 숨어야 한다.' 고 생각했는지도 모른다.

이런 영국 국민과 여우의 미묘한 관계를 알기 때문에 여왕마저도 여우에게 함부로 대하지 못한다.

여우가 영국인들의 마음을 사로잡는 비결은

런던 서남쪽에 있는 서비턴 역의 기찻길 옆에 살고 있는 여우 가족은 그 기차 노선을 이용하는 승객들의 인기를 한 몸에 받고 있다. 이 여우 가족은 단체로 일광욕이라도 나온 듯 기찻길 가에 나란히 앉아서 지나가는 기차를 구경하곤 한다. 눈을 동그랗게 뜨고 지나가는 기차를 따라 시선을 옮기며 기차 안의 사람들을 들여다보려고 애쓴다. 그 앙증맞은 모습은 지루한 기차 여행에 지친 승객들의 시선을 끌기에 충분하고, 여우 가족은 그 기차를 타고 다니는 승객들의 이야깃거리가 되고도 남는다.

이것이 일명, 여우의 '응시하기' 작전이다.

여우가 영국인의 집 정원을 점령할 때도 바로 이 '응시하기'를 이용한다.

어느 날 주택의 정원에 여우 한 마리가 쥐도 새도 모르게 스며든다. 그 여우는 정원 끝에 멀찍이 앉아서 깜찍한 모습으로 집주인을 쳐다보기도 하고, 햇볕 아래서 끄덕끄덕 졸기도 한다. 그렇게 얼굴을 익혀놓고 한동안 사라졌다가 몇 달 후 암컷을 비롯한 두서넛의 식솔을 거느리고 정원에 다시 나타난다.

정원이 있는 영국 집에서는 볕이 좋은 날 검열받는 군인들처럼 정원 끝에서 여우 일가족이 나란히 앉아 집 안을 들여다보는 모습을 꽤 자주 볼 수 있다. 집 안에 사는 사람들과 서로 낯을 익히자는 의도라고 생각된다. 함께 며칠을 지냈으니 가족 행세를 하고 싶은지도 모른다.

그런 식이다.

여우들은 사람의 일이라면 뭐든지 다 궁금하다는 표정을 짓는다.

여우는 멀리서 지켜보다가 조금씩 사람에게로 다가오는 본능적인 습성이 있단다. 영국의 여우 전문가들은 여우가 민가에 나와서 살 수 있는 것은, 사람들의 문명을 두려워하지 않고 그것을 엿보면서 조금씩 익혀가는 여우의 독특한 성질 때문이라고 말한다.

여우가 영국 국민들의 마음을 사로잡은 것도, 영국 국민들이 동물을 지극히 사랑해서가 아니라, 여우의 생태적인 특징 때문일지도 모른다.

여우의 이런 지켜보기는 프랑스의 문호 생텍쥐페리의 소설 《어린 왕자》에도 잘 나타나 있다.

"너는 나에게 세상에 하나뿐인 특별한 존재가 되는 거지!

우리가 서로 길들여지면 나의 생은 더 빛나고 즐거워질 거야."

어디선가 나타난 여우가 '조금씩 서로 멀리서 지켜보면서 정을 들여가자'는 제의를 어린 왕자에게 하는 부분이다.

소설 《어린 왕자》는 의자를 당겨가며 낙조를 보는 아름다운 장면뿐만 아니라, 교활한 여우마저도 잔잔한 아름다움으로 묘사한 프랑스 문호의 뛰어난 글 솜씨 때문에 더 극찬을 받았다.

그러나 그것은 여우에 대한 동서양의 문화적 인식 차이에서 비롯된 즐거운 오해일 뿐, 여우의 습성을 정확하게 묘사한 것에 불과하다. 영국에 살면서 여우의 습성을 이해한 덕분에, '명작의 명구절도 사물에 대한 치밀한 투시와 사실적인 표현으로부터 시작된다.' 는 단순한 논리를 재확인할 수 있었다.

여우와의 전쟁에서 졌습니다

개인적으로, 영국 생활 중 가장 아름다운 추억을 꼽으라면, '정원 싸움을 하던 여우와의 만남'이다.

백여우, 불여우, 꼬리 아홉 달린 구미호 등 무덤 근처에 살면서 사람의 혼을 빼놓는다는 악의적이고 요괴적인 소문만 듣고 자라왔기 때문에, 정원을 무단 침입한 여우와의 첫 만남은 순탄할 수가 없었다.

한국인들 중 동물을 싫어하고 겁이 많은 사람들은 자기 집 정원을 여우에게 통째로 빼앗기고 집 정원에 나가보지도 못한 채, 영국 생활을 마치고 귀국하기도 한다. 그런 한국인들끼리는 정원을 점령한 여우를 쫓아내기 위한 고민을 나누기도 한다.

여우를 사랑하는 옆집 영국인들은 안타까워했을지도 모르지만, 한국인들은 호스로 물을 뿌리고 빗자루를 휘두르며 소릴 질러 정원에 들어온 여우를 내쫓는다. 그런데 책을 읽거나 빨래를 개키다가 왠지 섬뜩한 기운을 느껴 돌아보면, 거실 창밖에서 집 안을 응시하고 있는 여우 때문에 깜짝 놀라기도 한다.

그렇게 매일 부대끼다보면, 정이 들기 마련일까? 아무런 해도 끼치지 않고 그저 정원 한쪽에서 볕만 쬐며, 나와 시선을 마주하는 일 외에는 딴 욕심이 없어 보이는 여우와 정이 들기 시작했다. 주기적으로 나타나던 여우가 어쩌다 오래 안 보이면 궁금해졌다.

"집을 옮겼나?" "다른 큰 짐승에게 잡아먹혔나?"

그래서 오랜만에 여우가 나타나면 반갑기도 하다. 영국 여우는 별로 크지 않아서 겉모습이 아이처럼 약하고 순해 보인다.

언젠가부터 작은 여우가 눈부신 햇빛을 받으며 잔디밭에 앉아서 졸고 있는 모습이 어린 왕자의 실루엣과 함께 평화로운 그림처럼 느껴졌다. 여우 같은 요상한 동물을 아끼는 영국 사람들이 참 이상하다 싶었지만, '아 이래서 그랬구나!' 하고 영국인들의 태도에 공감을 하게 된다. 그런 것들이 영국에 사는 외국인들이 '영국인들의 성격이 괴팍하긴 하지만, 1~2년만 살아보면 영국을 사랑하게 된다.'고 입을 모아 말하는 이유였다.

"정원에서 장갑이 흙투성이가 되도록, 작업복의 무릎과 팔꿈치가 닳도록 일을 한 뒤, 파김치가 되어 거실 창가에 앉아 쉬고 있는데, 정원을 자기 안방인 양 활보하는 까치 부부와 잔디 위에서 뒹구는 여우 가족을 볼 때면, 내가 오늘 손질한 정원이 누구 것인지 헷갈린다."고 우스갯소릴 하던 옆집 할머니도 외국인이 영국을 사랑하는 이유가 될 수 있을 것이다.

영국에는 그녀처럼 귀족들이 스코틀랜드나 웨일스의 어느 지방에서 여우 사냥을 하든 말든 '힘들여 가꾼 정원을 까치나 여우 등의 객식구와 나눠 쓰는 것'을 즐기는 평범한 서민들이 있다.

TIP 여우

런던 서남쪽에 있는 서비턴 역의 기찻길 가에 있는 여우 가족은 명물이다. 지금도 그 여우 가족이 있는지는 알 수 없다. 그러나 런던 교외나 시골 마을을 산책하다보면, 후미진 구석에서 훔쳐보는 이상한 눈을 마주하게 될 것이다. 작고 귀여운 영국 여우는 사람을 해치지 않으므로 두려워할 것 없다.

동물에 대한 지극한 애정

홈리스들의 친구

영국에는 예상외로 거지가 많다. 거지라기보다는 집 없는 사람, 홈리스(homeless)이다. 이 또한 영국의 복지제도가 가져온 모순이기는 하지만, 홈리스가 된 데는 다양한 이유가 있다. 이혼하고 다른 남자와 살고 있는 마누라에게 다달이 위자료 갖다 바치기 싫어서 파산선고를 한 홈리스부터, 사업에 실패한 파산자, 불량아, 집시에 이르기까지 다양한 이유로 많은 홈리스가 런던 시내와 영국을 떠돌며 살고 있다. 그들은 길거리에서 동냥을 하거나, 홈리스의 자립을 돕기 위해 발행하는 잡지 〈이슈〉를 팔면서, 근근이 살아간다.

홈리스들을 자세히 보면, 공통적인 재미있는 특징이 있다. 영국의 홈리스들은 자신들도 먹고살기 힘들 텐데, 개 한 마리를 그것도 밥값 꽤나 들어갈 아주 커다란 개 한 마리를 꼭 데리고 다닌다.

영국의 홈리스와 개는 개를 키우는 일이 여유 있는 사람들의 사치가

거지와 개 '막스앤스펜서' 쇼핑센터 앞에서 〈이슈〉라는 잡지를 팔면서 구걸을 하는 홈리스. 커다란 개 한 마리를 데리고 나와서 잡지를 팔고 있다. 개밥과 물, 개가 쉴 수 있는 개집까지 가지고 나왔다.

아님을 여실히 보여준다.

'영국 홈리스가 반드시 커다란 개와 함께 다니는 이유'라는 농담이 있다.

첫째, 길거리나 공원에서 노숙을 할 때 추위와 동사를 막는 데는 개 털이 최고다.

둘째, 동물을 유달리 사랑하는 영국인들의 동정을 받으려면 많이 먹어야 할 것 같은 커다란 개의 애처로운 눈빛이 최고다.

셋째, 괴한이나 치한과 같은 범죄자(홈리스끼리도 잘 싸우니까…) 로부터 보호받으려면 커다란 개가 좋다.

네 번째 이유를 알면 아마 코끝이 찡할 것이다. 개는 바로 홈리스들의 삶의 의미다. 가족에게 버림받았거나, 친구가 없는 외로운 홈리스에게는 개가 유일한 친구이다.

책임지고 먹여 살려야 하는 부양가족, 비록 동물일지라도 그런 존재가 있다는 것이 삶의 의미이기 때문이다. 그것은 홈리스뿐만 아니라, 우리 모두가 동물을 키우는 이유일 것이다.

홈리스조차도 개를 키우니 영국에선 개나 고양이를 키우지 않는 사람이 거의 없을 정도다. 그 수많은 애완동물의 죽음과 화장, 그것은 장차 우리가 부딪히게 될 문제이다.

길눈이 어두워졌나

한국의 애완견 잡지사에 보낼 원고를 쓰기 위해 영국의 동물묘지 취재에 나섰을 때다. 영국의 시골길쯤은 지도 없이도 찾을 수 있다는 자신감으로, 전화로 간단히 길을 묻고는 무작정 애완동물의 묘지인 윌로 해븐(willow haven)을 찾아 나선 것이 잘못이었을까? 윌로 해븐은 런던에서 몇 마일밖에 안 되는 거리에 있는 허트포드셔의 중심부에 있는데 이상하게도 쉽게 찾을 수가 없었다. 지나다니는 사람도 없는 조용한 영국의 주택가에서 길을 잃고 한곳을 계속 맴돌았다.

마침 버스정류장 앞에서 한담을 나누던 두 영국 노인에게 들은 바에 의하면, 윌로 해븐은 바로 등 뒤에 있는 작은 펍(영국식 술집) 옆길로 가면 되었다.

그 옆길로 조금 들어가자 윌로 해븐이라는 표시가 있었다. 믿을 수가 없었다. 동물들의 공동묘지가 주택가 건너편에 있다니. 인간의 묘지와 화장터 설치 때문에도 시비가 잦은 한국에서는 도무지 상상도 못할 일이었다.

길눈이 어두운 것이 아니었다.

애완동물의 묘지가 주택가와 그렇게 가까이 있을 줄은 상상도 하지 못했기 때문에, 코앞에 두고도 그렇게 길을 헤매면서 공동묘지가 있을 만한 허허벌판 끝이나 외진 숲만 찾아 다녔던 것이다.

애완동물 공동묘지의 모습

월로 해븐은 묘지라는 느낌을 전혀 주지 않는 동화 속의 작은 정원 같았다. 입구에는 파릇하게 잘 정리된 잔디 위에 하얀색의 소년 석상과 강아지 석상이 세워져 있고, 그 뒤는 아름다운 꽃과 나무들로 아기자기하게 꾸며져 있었다. 곳곳에 나무나 돌로 만든 예쁜 의자가 있어서, 묘지라기보다는 예쁜 공원에 들어온 듯했다.

외국에서 사람의 묘지가 공원의 역할을 하는 것도 바로 이런 세련된 조경과 철저한 관리 때문일 것이다. 한국에서는 개는 고사하고 사람의 묘도 이만큼 아름답지 못한 것을 생각하니 우울했다.

묘는 크고 작은 나무 아래 옹기종기 모여 있거나, 넓은 곳에 사람들의 묘처럼 일렬로 줄을 지어 있었다. 마치 아이들이 소꿉장난으로 만들어놓은 작은 마을 같았다.

경제적인 여유가 있는 견주라면 그의 애완동물을 위해 커다란 나무 그늘 아래에 400~500파운드(약 900만 원)짜리의 호화롭게 꾸민 단독묘를 장만할 수 있다. 10~20파운드를 아까워하는 영국인들의 경제 사정을 고려하면 대단한 액수다. 나무 그늘 아래 빽빽이 들어선 묘는 화장을 한 뒤 뼈만 묻은 묘로 비용이 저렴하다.

묘 앞에 세워진 아름다운 비석에 새긴 묘비에는 애완동물을 보내는 영국인들의 애절한 마음이 새겨져 있다. 고양이를 너무나 사랑했거나, 요크셔테리어 모자가 함께 묻혔다거나, 원수지간인 개와 고양이가 함

위. 공원에서 개와 함께 놀고 있는 소년이 기꺼이 개의 묘기를 보여준다고 해서 한 장 찍었다.
아래. 동물에 대한 애정이 듬뿍 들어 있는 스티커를 붙인 자가용. 뒷좌석에 보이는 철망은 개를 싣고 다니기 위한 장비인 듯하다.

께 잠들어 있다는(그들은 평소에 형제처럼 아주 다정했다고 한다.) 내용과 생년월일과 사망날짜, 그리고 주인들이 남긴 마지막 인사말에서 애틋함이 느껴졌다.

월로 해븐의 묘지에는 개나 고양이뿐만 아니라 햄스터에서 토끼에 이르기까지 인간이 키우는 모든 종류의 애완동물이 묻혀 있다. 화려한 단독 묘와 꽃나무로 치장한 햄스터의 묘. 토끼 가족이 죽을 때마다 와서 묻힌다는 토끼 가문의 묘 앞에서는 난감한 기분을 감출 수가 없었다. 현재 15마리가 넘는 토끼가 잠들어 있고 앞으로도 계속 묻힐 것이라고 하니 영국인들의 기이한 행각은 참 어쩔 수가 없어 보였다.

무엇보다도 눈길을 끈 것은 막 파놓은 듯 붉은 흙이 드러난 커다란 구덩이였다. 근처에 사는 한 부자의 애견이 오늘내일 하고 있어서 미리 준비해둔 묫자리라는 것이다. 사람도 아닌 동물의 묫자리를 미리 봐두다니… 영국에서는 개가 사람처럼 (동물)병원을 오가며 투병(?)을 하다가 죽는 경우가 많으므로 인간의 장례식처럼 개의 장례식을 미리 준비하고 기다리는 일이 다반사란다.

그렇게 정성을 들여 장례식을 치르고 나면 6개월 정도만 지나면 애완동물의 주인들은 거의 찾아오지 않고, 매년 기일에도 수백여 묘지 중에 겨우 12~13여 가족만 찾아온다고 한다.

사람 못지않은 장례식을 하는 애완동물

런던 하이드 파크에는 1880년도에 극소수 부유층의 슬픔을 위로하기 위해 설립한 애완동물의 공동묘지가 있었으나 정원이 초과되어 폐쇄했다고 한다. 그걸 보면 영국에는 오래전부터 귀족들을 위한 개인적인 애완동물 묘지가 있었을 것으로 추측된다.

현대적인 애완동물의 공동묘지는 날마다 거리의 쓰레기통에 버려진 죽은 애완동물을 치우는 일로 머리가 돌 지경이었던 옥스퍼드 시청의 한 은퇴한 청소부의 아이디어 덕분에 처음으로 생겼다고 한다.

애완동물의 묘지가 사치스러운 감상에 의해서 설립된 것이 아님을 알 수 있다. 그 후 세 사람만 모여도 클럽을 만드는 영국인답게 '영국 애완동물 화장과 묘지 협회(Association of British Private Pet Cemeteries and Crematoria)' 등 여러 협회가 설립되고 이에 가입한 애완동물의 공동묘지와 화장터만 해도 영국 전역에 100여 곳이 넘는다고 한다.

영국에는 주인과 애완동물이 함께 묻힐 수 있는 공동묘지가 있다. 물론 영국의 국교인 성공회의 교리에 의하면, 인간의 묘지에는 절대로 동물이 함께 묻힐 수 없다. 그럼에도 불구하고 영국인들 중에는 '사람이 동물들의 묘지에 묻히는 우회적 방법'이라도 선택하여 동물과 함께 잠들기를 원하는 사람들이 있다.

또한 성공회 국교는 애완동물의 장례 미사를 금지하지만 암암리에 애완동물의 죽음을 애도하는 미사를 행하고 있다. 가련한 늙은 여신도의 애완동물 장례 미사를 집전한 일로 질책을 받은 신부의 이야기는 영국의 매스컴에 오르내릴 정도로 화제였다. 신부는 "장례 미사를 드린 것이 아니라 예배 중에 슬픔에 젖은 성도를 위해 짧은 위로를 했을 뿐이다"라고 변명을 늘어놓았으나 이미 엎질러진 물이었다. 그러자 일부 애완동물의 공동묘지 주인들은 미봉책으로 은퇴한 신부를 설득하여 애완동물의 묘지에 작은 예배당을 짓고 미사를 대행하는 아이디어를 내놓기도 했다.

동물이 사람 못지않은 대접을 받는 것이다.

명성 드높은 영국 티타임의 진실

티타임과 영국인

딸아이와 친한 베키라는 영국 아이가 있었다. 슬립오버도 하면서 자주 오가던 사이였다. 내가 보기에도 영국 아이답지 않게 수학을 잘하고, 영국 아이보다 한국 아이와 성격이 맞는 편이었다. 웬만하면 그애 엄마와도 친분을 쌓아 좋은 관계를 맺으려 애써보았지만, 다른 영국 학부모에 비해서 심한 결벽증에 시달리는 사람이었다. 베키 엄마도 아이들 성격이 서로 맞아 할 수 없이 베키와 딸아이가 함께 놀게는 하지만, 탐탁지 않아 하는 듯 보였다.

그래서 처음에는 아이들만 각자의 집에 맡겨놓고 고맙다는 말만 하고 사라졌었는데 점차 문 앞에서 학교 이야기도 하고 집안 이야기도 하면서 대화를 나누게 되었다. 나의 영어 실력이 별로인데도 불구하고, 여자들끼리의 사소한 생활에 얽힌 수다를 떨 때는 이상하게도 영어가 잘 들리고 술술 나온다. 남편이나 주변 사람들을 흉보는 이야기,

물건 싸게 사는 이야기, 요리하기, 애들 키우는 이야기에 들어가면 한국 사람하고 말하듯이 말문이 열리는 것을 보면, 아줌마들의 공감대는 국가를 초월하는 세계적인 것인 듯하다.

'그래. 영국인은 처음엔 사귀기 힘들어도 한번 친해지면 영원한 친구라고 하니… 어디 한번 참고 지내볼까….' 하고 생각하던 어느 날. 베키 엄마와 문 앞에서 애들 학교 이야기를 나누다가 서로 의견이 너무 잘 통해 같이 흥분했다.

집에 들어와 잠시 이야기라도 나누고 가라고 했더니, 나중에 애를 데리러 올 때 다시 오겠다고 했다. 그때가 자기의 티타임이라나…. 이야기하고 싶은 사람과 이야기하려다가 차 마시는 거지. 차 마시는데도 무슨 시간을 정해 마시나 싶어 기분이 살짝 상했지만, 잉글리시 티타임의 명성을 익히 들은 탓에, 선선히 그러라고 했다.

베키를 데려갈 시간에 맞춰 벨을 누른 그녀는 작은 봉지 하나를 내놓았다. '흠~ 간단히 차나 마시며 이야기를 나누자고 했는데 웬 선물까지!' 생각하면서 입이 찢어지도록 미소를 지으며 받다가 그만 기절할 뻔했다. 달랑 열대 과일 티백 하나였다. 게다가 그녀의 말이 더 가관이었다.

"이거 내가 즐겨 마시는 티인데, 난 이걸로 끓여 줘."

"헉!!!"

식은땀이 났다. 선물인 줄 알고 받을 때의 미소가 수습이 안 되었다.

"영국에서는 구하기가 쉽지 않아서, 마지막 남은 하나만 가져왔어.

니 것을 가져오지 못해 미안해." 등등 여러 가지 말로 변명하는 걸 보니, 제 딴에도 좀 너무했나 싶었나 보다. 도대체 속이 어떻게 생겨먹은 인간들인지.

여왕이 다른 나라를 방문할 때도 즐겨 마시는 티를 따로 챙겨서 들고 다닌다더니만, 영국 국민들도 가끔 스스로를 여왕으로 착각하는 경향이 있는가 보다. 티백을 챙겨 다니며 마실 정도면, 이놈의 티백은 어느 정도의 뜨거운 물에 몇 분 정도 오래 우려야 할지 까다롭기 짝이 없을 거 아닌가! 맛이 어떻다느니 흉잡히기도 싫다.

"야~ 니가 끓여 먹어!"

그렇게 쏘아붙이고 싶은 것을 참고, 어느 정도 티를 우려내야 하는지 모르니, 시범을 보여달라며 그녀와 함께 티를 끓였다.

찻물 끓이라고 했다고 나중에 욕했을까?

'티타임에 초대하는 것은 친구가 되자' 는 뜻이라던데. 그렇다면? 티타임에 맞춰서 오겠다는 것도 친구가 되겠다는 의미일까? 영국인이 좋아하는 스콘이라도 준비할걸 그랬나 싶었다.

'에고 모르겠다. 지겨운 영국 놈들. 누구 성질 머릴 닮았는지, 친구 만드는 절차에서부터 차 마시는 절차까지 까다롭기 짝이 없네.'

그 이후 베키 엄마와 나는 아이들을 수영장과 동네 놀이터에 데리고 가서 놀게 하곤 함께 수다를 떠는 친구가 되었다. 후에 자스민이라는 귀엽게 생긴 여자아이와 성격 좋은 그의 엄마와 단짝이 되어 돌아다니게 된 뒤부터 만남이 뜸했지만, 그래도 좋은 친구가 되었다.

영국의 티타임에 대해서

영국의 티타임에 관한 전설은 세계적으로 모르는 이가 없을 정도이리라. 얼마나 티를 즐기는지 티타임이 되면 하던 일도 접는 영국인들.

빅토리아 여왕 때부터 시작된 영국의 티타임은 남편이 아내에게 침대에서 마시도록 갖다 바치는 얼리 모닝 티부터, 아침 식사 중에 마시는 브렉퍼스트 티, 18세기 산업혁명 이후 노동자들이 오전 11시에 마시는 일레븐지즈 티, 사교를 목적으로 마시는 오후 4시경의 애프터눈 티, 오후 6시경 퇴근 후 술과 함께 마시는 하이 티, 애프터 디너 티, 나이트 티까지 종류가 아주 다양하다. 특히 11시 티타임과 오후 4시의 티타임 때는 하던 일을 집어치우는 것으로 유명하다.

다즐링, 아삼, 실론티 등 티의 종류도 다양하다. 뿐만 아니라, 은제 주전자, 본차이나 도자기에 이르기까지 다기에서부터 예절까지 그 내용이 책 한 권 분량은 넘을 것이다.

티에 반드시 곁들여 나와야 하는 스콘(scone) 또한 별미다. 스콘은 겉은 바삭바삭하면서도 안은 보송보송하고 버터 맛이 적당히 도는 빵 같은 과자, 과자 같은 빵이다. 패스트푸드점인 KFC의 비스킷과 비슷하다. 스콘에 버터나 잼을 발라 먹으면 정말 맛있다. 스콘을 맛있게 굽는 런던 근처에 있는 가게는 유명한 웨지우드나 로열덜튼의 찻잔을 박물관처럼 전시해두고 손님을 맞이하고 있다.

하루 일과를 마치고 혹은 정원 일을 마치고 잘 가꾼 정원에서 따끈따끈한 스콘과 영국 티를 마시는 티타임은 영국인들에게는 누구도 간섭할 수 없는 가장 소중한 시간이다.

대영박물관의 수법

티 이야기 중에 난데없이 대영박물관 이야기냐 싶겠지만, 잘 알고 있는 대영박물관 이야기 좀 하겠다.

아시다시피 대영박물관의 지하에는 아직도 전시 한 번 하지 않은 유물이 수두룩하다. 그게 다 세계 각국에서 뺏고 훔쳐온 유물들이다.

남의 나라 물건을 훔쳐다 놓고도 대영박물관은 참 잘 운영되고 있다. 가끔 이집트에서 유물을 돌려달라고 할 때를 제외하고는 별다른 말썽 없이 버티고 있다. 나는 남의 것을 뺏어다 놓고도 뻔뻔하게 사는 그들의 속마음이 늘 궁금했다.

그런데 한번은 대영박물관의 입장료 때문에 정부와 박물관장 사이에 시비가 붙은 적이 있다.

그 비싼 유물을 쌓아놓고 관리하고 전시하려면 관리비가 대단할 것이다. 입장료를 받아도 현상 유지가 힘들 텐데 무료로 전시하려니 영국 정부의 부담이 많을 것이다. 그래서 속이 탄 영국 정부가 나서서 입장료를 받겠다고 하자 박물관장은 당장 신문에 성명을 냈다. "남의 나라 것을 전시하면서 무슨 돈을 받느냐… 입장료를 받겠다면 나는 사임하겠다." 결국 입장료는 계속 무료다.

그 일 이후 우리는 "역시 대단한 박물관장이야." "박물관장보다 박물관장의 말이 통하는 영국 정부가 더 대단하지." "영국인 덕분에 그 유물들이 남아 있었지. 이집트에 그대로 두었다면 다 파괴되어 없어졌

을걸." "죄다 도굴당했겠지. 경주 고분 안에 들어가 보니 남은 게 뼈밖에 없었대." 하면서 영국인을 칭송했다.

남의 것을 제 것처럼 목숨 걸고 소중히 지키는 영국의 모습 앞에서, 세계인들은 그 유물의 주인이 누구인지 깜빡 잊는다. 나는 왠지 그것을 영국 신사들의 전형적인 수법이라고 험담하고 싶다.

무엇보다도 영국을 배우는 일에 반 정신이 나가 돌아다니는 일본이 벌써 그 수법을 배워 우리에게 써먹는 것 같아서 속이 탄다.

원조 찻집을 찾아서

영국의 티타임도 마찬가지이다. 영국인들이 얼마나 감쪽같이 행동하는지 그들이 티를 마시기 시작한 것도 겨우 몇 백 년 전이라는 것을 잊곤 한다. 사람들은 티를 말할 때, 중국이 티의 '원조 찻집'인 걸 잊곤 한다. 어떤 때는 영국 티와 중국차가 서로 다르다는 생각까지 한다. 그 티 때문에 얼마나 많은 중국인이 죽어야 했고 아편에 병들어 인생을 마쳐야 했는지 등등의 뒷사정에는 전혀 관심이 없다.

티는 원래 중국인들의 기호식품이다. 그래서 중국인이 기름지고 걸진 음식을 먹어도 살이 찌지 않고 성인병도 잘 걸리지 않는다. 중국인에게 다도는 대단한 것이다. 찻잎 하나에 수천만 원짜리도 있다고 하니, 중국인들의 차에 관한 관심은 대단한 듯하다.

'티'라는 말도 중국어 '茶'에서 파생된 말임을 알 수 있다. 茶는 지역에 따라 광동어 '차(chay)'와 복건어 '떼(te)'로 발음되었다. 그래서 광동에서 차를 수입한 스페인 지역에서는 차라고 하고, 복건에서 차를 수입한 나라에서는 티라고 발음한다. 티를 마시는 방법과 티를 담아 마시는 도자기도 중국에서 전수된 것이다.

영국에 티가 소개된 것은 17세기 때 동남아를 정복한 포르투갈 왕녀인 캐더린이 영국의 찰스 2세와 결혼하면서부터였다.

그런데 영국인이 티를 알고 나서부터는 사태가 달라졌다.

늦게 배운 도둑질이 무섭다고 영국인은 티에 거의 정신이 빼앗겼고 차 때문에 극악한 짓에서부터 최고의 고상한 일까지, 그리고 예술작품까지 탄생하게 되었다.

18세기에는 동인도 회사를 세워 차 무역까지 했다. 지금도 말레이시아나 인도 등 동남아의 고산지에는 영국인들이 만든 아름다운 티 밭이 수놓여 있다. 그러다 영국의 과한 욕심으로 인해 1773년에는 미국의 독립 전쟁으로 번진 보스턴 차 사건이 일어나고, 1840년에는 중국과 영국 사이에 아편전쟁이 발발한다. 아편전쟁은 영국 국민들의 티 수요를 충족하기 위해 중국에 아편을 팔다가 벌인 싸움이다. 1869년에 완공된 거대한 수에즈 운하도, 몇 가지 경제적인 이유와 아울러 티 로드를 5000마일 단축시키기 위해 건설했다고 하니 영국인들의 티에 대한 집착이 엄청나다는 것을 알 수 있다.

티를 얻기 위해 수많은 사람이 피를 흘렸고 수많은 역사적인 사건이 일어났었다. 티를 마시기 위해 그동안의 역사를 되씹어보면 영국인은 거의 미친 사람이었다. 그러니 누가 티를 중국의 것이라고 하겠는가?
중국에서 시작되었다고 하더라도 영국인들이 더 사랑하는데, 원조가
누구인들 무슨 상관이 있겠는가?

우아한 거품 목욕의 비밀

영국인들은 어떻게 때를 밀까

팔등신 미인이 하얀 거품이 부글대는 욕조에서 미끈한 팔다리에 거품을 가득 묻히고 와인까지 한잔 마시는 영화 속 장면! 한국의 광고에도 가끔 등장하는 비누거품 속의 미녀…. 볼 때마다 부럽기도 하고 언제 저런 목욕 한번 해보나 싶었는데, 진열대에서 샴푸를 찾다가 우연히 그 거품 비누를 발견했다.

"아니, 이게 바로 그….."

주위를 둘러보고 마치 도둑질이라도 하듯 바구니에 담았다. 막상 사 들고 와보니 만만찮은 가격의 물거품 비누를 한 번에 써버리기에는 너무 아까웠다. 대중목욕탕에서는 안면부지의 사람들과도 함께 때를 밀었는데… 까짓거 가족끼리 같은 탕을 쓰면 어떻나 싶어서 한 통을 다 들이붓고 가족이 돌아가면서 몸을 씻기로 했다. 욕조에 들어가서 물을 휘젓고 저어서 거품을 만드느라 땀을 다 뺐는데… 막상 몸을 씻으려 하니 여러 가지 문제가 생겼다. 욕탕 바닥에 카펫이 깔려 있어 때를 밀 장소가 없었다. 또 몸을 헹굴 장소도 없었다.

'허~ 이 비눗물 안에서 어떻게 때를 밀고 헹구나?'

외국인들이 우리처럼 때수건을 사용해서 때를 미는 것은 아니지만, 몸 구석구석을 씻는 것은 다를 바 없으니… 그들도 때를 밀 장소가 필요할 텐데… 어떻게 해결할지 도무지 뾰족한 방안이 떠오르지 않았다.

거품비누를 하나 샀는데 말이에요~

모임에 갔다. 만난 지 얼마 되지 않은 낯선 이들에게 묻기는 좀 쑥스럽지만 이왕에 산 거 자세히 알고 써야 할 것 같아, 슬쩍 이야기를 꺼냈다. 그러자마자 한 사람이 이런저런 설명을 덧붙이며 아는 척을 한다.

"그거 생각보다 불편해요. 한 통 다 부어야 거품이 부글대니… 그 비싼 걸 혼자서 한 통 다 쓰기는 정말 아깝죠. 그렇다고 물 한 번 받아놓고 가족이 차례로 들어갈 수도 없고…."

'해외생활도 군대 짬밥처럼 밥그릇 수 차이가 있다' 며 새파랗게 젊은 이들이 늦게 온 사람에게 건방을 떤다. 그런데 살아보니, 역시 먼저 온 사람이 그 나라에 관해서는 하나라도 더 알고 있었다. 게다가 직속 고참이 낫다고, 해외생활을 오래 한 사람들은 감각이 무뎌져서 그런 차이점도 모르고 관심도 없어서 별반 도움이 못 된다. 그래서 한 두어 해 먼저 온 사람들의 경험이 제일 따끈따끈하고 쓸 만하다. 물론 피차

뾰족한 대안이 없지만, 그래도 의논하면서 발전이 있다고나 할까?

'그래 그건 영화야. 영화와 현실은 다른 거지.' 그렇게 잊고 살았다. 그러나 거기에서 나의 실수가 시작되었다.

와인잔을 들고 거품이 가득한 욕조에서 목욕을 하는 장면. 전화가 오거나 갑작스런 불청객이 나타나서 주인공들이 비누거품을 뚝뚝 떨어뜨리면서 욕조에서 나와 수건을 두른다. 그 순간 '에구머니나, 저 비누를 뚝뚝 흘리다니…' 하는 불안감이 들었을 것이다. 그때 감을 잡았어야 한다. 그네들은 비누거품으로 목욕을 하고서는 물로 몸을 헹구지 않는다는 사실을 눈치 챘어야 했다.

알고 보니, 영국인들은 비눗물에 들어앉아서 그대로 때를 민 뒤에, 물로 헹구지 않았다. 요즘 들어 미국이나 영국에서는 욕실 바닥을 타일로 바꾼 집이 많고, 목욕하는 문화가 많이 바뀌었다. 그러나 아직도 영국의 많은 집은 욕탕 바닥을 거실이나 방의 바닥처럼 카펫을 깔아놓았다. 그러니 욕조 밖에 나와서 때를 밀고 바가지로 물을 끼얹는 일은 불가능이다.

외국인들의 목욕법은 이랬다. 비누거품을 풀어놓고… 그 안에서 뭉그적거리며 발가락의 때도 씻고 구석구석 쌓인 때를 닦아낸 뒤 그 물로 몸을 씻고 나오는 것이다. 더럽기 짝이 없는 모습이다.

그게 목욕뿐이라면 다행인데, 설거지도 마찬가지이다. 그릇을 비눗물에 한 번씩 담갔다가 꺼내는 것으로 끝이다. 깨끗한 물로 헹구지 않는다. 우연히 랭귀지 센터의 주방 아주머니가 커피잔을 그렇게 비눗물에 담갔다가 꺼내는 장면을 목격한 나는 기겁을 하며 흥분했었다. 그러나 옆에 있던 교사나 다른 이들은 아무렇지도 않다는 듯이 말했다.

"물이 하얗다고 깨끗하다고 생각하면 안 된다. 저 비눗물보다 더 균이 많이 있을 수도 있다."

'허~ 참~ 그 수돗물을 탑워터(수도꼭지 물)라고 부르며 끓이지 않고 그냥 마셔도 된다고 우길 때는 언제고… 쯧.'

알고 보니 영국인은 목욕하는 법에 있어서는 자타가 공인하는 미개인들이었다.

과거에는 영국도 미개한 나라였기에 그런 목욕을 했고 그 방법이 계속 전수돼온 것이다. 공해 때문에 수돗물을 아껴 써야 했고, 그러다보니 물을 아껴 쓰는 버릇이 들었다는 이야기도 있다.

문제는 그 이상으로 번져갔다. 영국 아이들에게서 쉽게 볼 수 있는 머릿니였다.

영국이 신사의 나라니 미국이 선진국이니 하는데 과거 한국전쟁 직후의 우리나라처럼 그 나라 아이들의 머리에 이가 득실거리는 것이다. 물론 일종의 선진국병이기도 하지만, 나로서는 놀라운 일이었다.

문을 잡고 있는 손과 기다림. 박물관 견학을 하다가 박물관 입구에 앉아서 쉬는 동안, 우연히 모든 입장객이 뒤에 들어오는 사람을 위해 문을 잡아주며 들어오기를 기다리고 있는 모습을 보았다. 이런 모습 때문에 그들을 영국 신사라고 하는 것일까?

3부

영국 신사 만들기

영국 신사라고 부르는 이유

영국 교육의 진수

세상이 영국 사람을 신사라고 하는 데는 이유가 있다. 그들은 무엇보다도 교육에 있어서는 정말 신사답게 아이를 키운다.

딸아이에게 바이올린을 가르치려고 바이올린 교사를 찾았을 때다. 수소문 끝에 뉴멀든 지역에서 꽤 유명한 바이올린 교사를 소개받았다. 일 년에 한 번씩 어린이용 오케스트라 발표회도 갖고 가능성 있는 학생은 음악 스쿨에 추천도 해주는 꽤 능력 있는 교사였다.

몇 차례의 전화 끝에 학부모를 위한 설명회에서 만나기로 했다. 늦은 밤 방문한 그의 초라한 교실에는 바이올린보다는 각종 타악기와 장난감이 많았고 영국 학부모와 영국 아이들이 10여 명 있었다. 그들은 바이올린을 처음 배우는 초보였다. 그가 나를 우스트파크에 사는 미세스 최와 혼동하는 바람에 실수로 초보들의 모임에 초대한 것이다. 그러나 덕분에 나는 영국 아이들의 음악교육이 어떻게 시작되는지 보게 되었다.

그는 우선 모든 학부모에게 아이들을 위해 바이올린을 사 주지 말라고 했다. 대신 매주 한 시간씩 각종 타악기를 두드려보게 하면서 기타든 뭐든 좋아하는 악기를 찾게 하자고 했다. 아이가 트럼펫을 좋아한다면 트럼펫 교사를 소개해줄 것이고, 아이가 아무것에도 취미가 없으면 음악을 배우지 않는 것이 낫다고 했다. 모든 학부모는 그의 말에 동의하며 좋아했다.

나는 무척 부끄러웠다. 우리는 아이가 어떤 악기를 좋아하는지 경험하게 하지 않는다. 딸애에게 바이올린을 배우게 한 것은 우리 부부가 지독한 음치이기 때문에 음치유전자를 치료하기 위해서였지, 딸애가 바이올린을 배우고 싶어 해서가 아니다. 나는 바이올린 선생에게 "우리 딸은 음악적인 재주가 없으니 진도를 나가려고 애쓰거나 잘하도록 애쓰지 마시고 그냥 재미 삼아 가르치세요." 하는 정도로 내가 다른 부모와 좀 다르다는 것을 과시했다.

그들은 아이들이 무엇을 먼저 해야 하는지를 알고 있었다.

자유롭게 바닥에 누워서 견학하는 영국 어린이들 런던을 여행하는 사람이 꼭 방문해야 하는 곳은 박물관이다. 브리티시 뮤지엄이나 내셔널 갤러리, 사이언스 뮤지엄, 내추럴 히스토리 뮤지엄 등을 추천하고 싶다. 박물관에서 꼭 봐야 할 것은 고흐의 그림이나 로제타 스톤, 미라 같은 전시품이 아니라 박물관에 견학 온 영국 아이들이다. 특히 영국 교육제도를 견학하고자 하는 교육관계자들은 영국의 학교에 갈 것이 아니라 박물관에 가야 한다. 박물관을 견학하는 영국 아이들과 교사를 따라 다녀보면, 아이들이 어떤 교육을 받는지 교사가 어떻게 교육을 하는지 알 수 있다. 그들 뒤에서 영국의 아이들이 하는 그림 감상평을 듣다보면, 영국의 학교를 방문하지 않아도, 영국 교육의 놀라운 실체를 알게 될 것이다. 또한 교사가 설명을 쉽고 천천히 하므로 작품에 대한 영국식 해석을 들을 수 있고 영어 공부까지 되니 일거양득일 것이다.

영국 학교의 비밀

고자질쟁이들을 키우는 나라

학교에서 웬만큼 영어가 되기 시작한 즈음부터 딸아이는 학교 다니는 것을 즐거워하며 조잘거리며 학교 이야기를 전해줬다. 그런데 그 내용들이 나를 기겁하게 했다.

"오늘 매튜가 연필로 찔러 미스터 캐슬 선생님께 일렀더니, 미스터 캐슬이 매튜를 야단치고 팀 포인트까지 빼앗아버렸어요."

"르베카가 한국 아이들을 욕해서 미스터 캐슬께 일러서 혼내줬어요."

오늘은 어떤 4학년 언니가 먼저 괴롭히고는 선생님께 이르다가 들통이 나서 야단을 맞았다는 등 아이의 학교생활 대부분이 선생님에게 고자질을 하는 것인 듯했다.

영국 학교를 다니면서부터 딸아이는 조금씩 고자질쟁이가 되어가고 있었고, 그런 딸아이를 볼 때마다 애를 더 버리기 전에 어서 이 영국 땅을 떠야겠다는 불안이 몰려왔다.

딸아이만 그런 게 아니었다. 다른 영국 아이들끼리도 잘잘못을 가리기 위해 선생님에게 고자질을 하는 일이 허다했다. 그래서 영국 아이들은 행패를 부리다가도 "선생님께 이를 거야!"라는 한마디만 하면, 금세 미안하다며 옷깃을 붙잡고 사정을 한다.

그것은 미국에서도 마찬가지였다. 미국에서 유치원에 다닐 때 매사에 활동적이고 남 앞에서 절대 울지 않고 당차던 딸아이가 갑자기 얌전해지며 작은 일에도 눈물을 흘렸다. 그리고 이러쿵저러쿵하면서 고자질을 했다. 물론 처음에는 남의 나라 학교에 다니는 스트레스 때문에 부리는 응석이거니 했다. 미국에서 한국으로 간 뒤에 싹 없어졌던 버릇이 영국에 오니 또다시 생긴 것이다.

고자질은 그네들의 교육 방식이었다. 그걸 이해하지 못하면 우린 절대로 미국인이나 영국인과 교감도 교역도 할 수 없을 것이다.

'미국이나 영국의 학교에서는 주먹이 먼저 나가는 아이는 용납하지 않는다. 주먹보다는 고자질이 더 효과적이다.'

그들은 오랫동안 민주주의를 실험한 결과, 사태를 올바르게 해결하려면 폭력을 쓰거나 언쟁을 하는 것이 아니라, 믿을 만한 타인에게 사건의 전말을 고하고 객관적인 결론을 얻는 것이 가장 합리적이라는 것을 깨닫고 있었다. 그래서 영국에서는 아이들끼리의 싸움은 허용하지 않고, 시비가 있을 때는 선생님이 양쪽의 설명을 듣고 잘잘못을 가려 준다. 물론 선생님이 정확하게 판단하지 못할 수도 있지만, 그들은 단체생활에서 문제가 생기면 대화를 통해 해결하는 방법을 선택한다.

한국인이 법보다 주먹이 가까운 사람들이라면 영국인은 주먹보다는 법이 가까운 사람들이다. 이렇게 두 민족이 서로 상반되니 서로를 이해하기가 쉽지 않을 것이다.

영국인은 법이라면 무서워서 벌벌 떤다. 영국 신사들은 조목조목 상황을 따져가며, 절대 흥분하지 않고 싸운다. 또한 영국인만큼 재판을 즐기는 사람도 없을 것이다. 영국인이 '쑤(고발)한다'는 말 한마디에 벌벌 떠는 것도 다 그런 이유 때문이다. 영국인들이 재판을 즐기는 습성도 하루아침에 생긴 것이 아니라 어릴 때 학교 교육에서부터 비롯된 것이다.

커튼 트위처들도 그렇다. 커튼 뒤에 숨어서 이웃을 엿보고 있다가 사고라도 나면 득달같이 경찰에 고발하는 것도 사실은 어려서부터 알게 모르게 교육되어온 것이다.

법과 질서를 잘 지키는 것은 천성이 선하고 준법정신이 드높아서이겠지만, 그것보다는 훈련에 의해 형성된 고자질 정신의 영향이 더 클 것이다.

시험 중에 커닝을 하는 것을 아이들에게 들키면 익명으로 선생님에게 좌르르 보고될 것을 알기 때문에 커닝 자체를 포기한다.

아이들은 주먹이나 싸움보다는 교사의 중재를 통해 문제를 해결한다. 그래서 아이들은 어떤 일이 벌어지면 교사에게 즉각적으로 보고한다. 이런 교육을 받은 아이는 한국문화에서 고자질쟁이로 불릴 수 있다.

그리고 자신의 부정행위를 고자질한 아이가 누구인지 의심 따위는 하지 않는다. 대다수의 친구가 다 고자질을 했을 테니까…. 영국의 아이들은 고자질한 아이를 고자질쟁이라고 손가락질하기보다는 정의 실현을 위해 용기를 낸 용감한 아이라고 생각한다.

이런 문화의 차이는 귀국한 주재원들의 자녀들을 괴롭힌다. 아이들은 규칙이나 논리보다 다수의 힘과 행동이 앞서는 한국 친구들과 융화되지 못했고, 비겁한 놈 취급을 받는 것을 힘들어했다. 뿐만 아니라, 자신의 말을 도무지 들어주지 않고 오히려 비겁한 고자질쟁이로 여기는 한국 선생님에게서조차 문화적인 좌절을 느껴야 했다.

영국의 왕따

왕따가 일본 이지메의 영향이니 어쩌니 법석을 떨면서 요즘 한국은 왕따 문제로 고민이 많은 것으로 알고 있다. 그러나 한 가지 다행인 것은 왕따 문제가 한국이나 일본의 특수한 문화 때문에 생긴 게 아니라는 것이다. 미국에도 영국에도 왕따가 있기 때문이다.

그런데 나는 벌써 몇 명의 한국 어머니가 왕따를 당해 정신적으로 육체적으로 상한 아이를 데리고 미국이나, 다른 선진국으로 이민을 갔다는 이야기를 들었다. 9시 뉴스에 나와서 왕따가 없는 나라로 가기 위해 비행기를 탄다는 그들을 텔레비전으로 보면서 나는 깜짝 놀랐다.

나는 외국에서 아이를 키워본 부모의 입장에서 그 아이들의 앞길이 새삼 걱정이 된다. 영국의 학교생활이 한국보다 긍정적인 면이 많은 것은 사실이다. 그러나 영국에 있는 한인 아이들 중에 영국 아이들에게 왕따를 당하거나, 몇 안 되는 한국 아이들 사이에서도 왕따를 당해 병이 들거나 심지어는 정신적인 충격을 받은 아이를 많이 보아왔다. 게다가 거리나 가게에서 우연히 마주치는 영국 아이들은 한국인을 비롯한 동양인을 이상한 눈길로 볼 뿐만 아니라, 놀려대기도 한다.

영국 아이들 사이에서도 왕따 문제는 정도가 매우 심각하다. 왜냐하면 영국에서는 한번 이상한 아이로 찍히면 벗어날 길이 없기 때문이다. 영국에서는 초등학교에 입학하는 날부터 졸업 때까지 6~7년간 교사만 바뀔 뿐 학급 친구는 변하지 않고 그대로 지속된다. 학생 수가 적은 사립학교는 학년별로 한 학급씩만 있어서 학교를 옮기기 전에는 반을 바꾸고 싶어도 바꿀 수가 없다. 또 학년별로 2~3개 학급이 있는 공립학교도 학년이 바뀌어도 그대로 같은 반으로 배정된다. 그래서 한번 어떤 아이라고 인식되면 영원히 그런 아이로 남는다. 즉 한번 따돌림을 당하면 졸업할 때까지 따돌림을 당할 확률이 높은 것이다.

영국에서는 왕따를 불링(bullying)이라고 한다. 교내에서 바보 취급을 하는 가벼운 왕따도 있지만, 간혹 소녀소년 갱들과 연관된 심각한 왕따도 있다. 영국의 한 모범생이 강도짓을 하다가 경찰에 붙잡힌 사건이 있었는데 사연을 알고 보니, 한 동네에 사는 십대 갱들이 빈 빌딩에 끌고 가서 협박을 해서 그런 짓을 한 사실이 밝혀져 영국 사회를 놀라게 했다. 통계에 의하면, 영국의 십대 소년들의 20%가 왕따를 당하는 불이익을 막기 위해 호신용 칼이나 무기를 소지한다고 한다.

아이들의 왕따뿐만 아니라, 직장 내에서나 사회 일각에서 일어나는 어른들 사이의 왕따까지 그 정도가 우리나라 못지않다. 그래서 영국에는 왕따들의 모임도 있고 왕따에 대한 체계적인 연구까지 마친 상태이다. 런던 서남부에 위치한 엑시터 지역의 대학에서 실시한 설문조사 결과 십대 여학생의 3분의 1과 남학생의 4분의 1이 왕따를 당할까봐 학교에 가기를 두려워하는 것으로 나타났다. 또한 왕따를 당해 자살하는 어린이가 매년 10여 명에 달한다. 유럽에서 제일 자살률이 높은 영국에서는 24세 미만의 젊은이가 매일 두 명이 자살하며, 연 5000명의 영국인이 자살한다는 통계가 있다. 영국의 왕따 방지 협회(UK

National Workplace Bullying Advice)는 젊은이들의 자살이 모두 왕따 때문에 발생한다고 주장한다.

"선생님께 몇 번이나 도움을 요청했지만, 아무 소용이 없었어요. 아이들이 손으로 때리고 발로 차고 욕설을 퍼부었어요. 선생님이 아무 도움이 되지 못했어요."

이렇게 왕따를 당한 학생들은 자신을 잘 보호해주지 못한 학교와 교사를 상대로 고소를 하기도 한다.

한 영국인 부모는 이제 20살 된 아들이 어릴 때 다니던 초등학교를 상대로 고소를 해 3만 파운드의 보상금을 받아냈다. 왕따를 당해 수없이 매를 맞고 놀림을 당하고 있었는데도, 교사는 급우들과 잘 어울린다는 엉뚱한 코멘트를 성적표에 기록하는 바람에 부모가 아들의 왕따를 오랫동안 방치하게 한 죄를 물은 것이다. 많은 부모가 학교를 상대로 고소를 해서 많은 보상금을 받아내고 있으니 이제는 학교로서도 그냥 지나칠 수 없어 대비책을 마련하고 있다.

수업시간 중에 왕따가 되지 않는 법을 아예 가르치기도 하고 가정통신문을 통해 아이들이 어떻게 행동해야 되는지까지 자세히 설명하며 적극적인 해결 방안을 모색하고 있다.

대꾸를 하지 말라, 무시하라, 너무 튀는 행동을 하지 말 것, 그리고 가장 중요한 부분이 선생님이나 부모 등의 어른에게 반드시 알리라는 것 등이다.

그렇지만 가정통신문 역시 기껏해야 무시하고 피하는 것 외에는 별

다른 방법을 제시하지 못하고 있다. 영국의 왕따 문제는 더 극심해지고 있으며, 특히 동양인이나 새로 전학 온 아이들이 왕따를 당하기가 쉽다.

한 왕따 협회에서 제시한 왕따 해결 방법을 보면, 우선 왕따를 주도하는 아이를 설득하고 친절하게 대해준다. 그래도 그 아이가 계속 왕따를 주도하면 그 아이를 제외한 다른 아이들과 그 부모들까지도 집에 초대하는 방식으로 그 아이가 왕따가 되도록 부모가 유도하라는 것이다. 참으로 영국사람 다운 해결책이었다.

교육의 평등이 없는 나라

암울하고 칙칙한 색조의 나라 영국. 영국을 칙칙한 그림자 색의 나라로 만든 원인 중의 하나가 바로 이 학교 교육이다. 영국인들은 눈에 띄는 붉은색에 천성적으로 알레르기가 있기도 하겠지만, 어쩌면 교육에 의해 크리스마스를 제외하면 여왕을 상징하는 붉은색 옷은 함부로 입으면 안된다는 생각이 잠재해 있지 않나 의심이 될 정도이다.

특히 영국의 학교 교육은 민주주의와는 거리가 멀다. 귀족은 귀족으로, 서민은 확실히 서민으로 서로 다른 커리큘럼으로 교육을 받으니 말이다. 귀족은 귀족으로서의 품위를 지키도록 교육하고, 서민은 서민의 몫을 하도록 교육하고 있다.

자유선진 국가이긴 하지만, 영국에서 너무 큰 자유를 기대해선 안 된다. 그 나라는 한국보다 구속을 더 많이 한다. 자유국가들 어디서든 볼 수 있는 구속이다. 한국 사람들은 가끔 무제한의 자유를 요구하지만, 정작 자유국가 외국인들은 우리가 생각하는 만큼 그렇게 무제한의 자유도 무제한의 남녀평등도 누리지 않고 있다. 외국에서 살면서 그들과 어울려보면 자유를 누리기 위해 그들이 얼마나 구속을 받으며, 얼마나 절제하며, 얼마나 통제를 받는지 실감하게 될 것이다.

교육에 있어서도 마찬가지이다. 동등한 교육 따위를 주장해서는 안 된다. 한국에서는 외국식으로 고교 평준화니 교육의 평준화를 해야 한다고 주장하지만, 그 외국에 영국은 포함되지 않는다. 영국은 철저하게 불평등한 교육을 하기 때문이다.

사회민주주의 국가인 영국에서는 초등학교 때부터 돈이 있는 자와 없는 자, 실력이 있는 자와 없는 자가 확실히 구분된다.

학생이 20명 내외인 초등학교 교실에서도 수업을 능력별로 진행한다. 학생들은 원탁에 팀별로 둘러앉아서 자유롭게 수업을 받는 것 같지만, 실력별로 팀이 짜여 있다. 또한 각자 공부하는 교재의 레벨이 다르다. 주로 레드 팀, 옐로 팀, 블루 팀 등의 명칭이 붙어 있고 수준도 다르다. 능력차가 있는 영어와 수학이 그렇다.

실력이 우수한 팀의 아이들은 5단계를 공부한다면 나쁜 아이들은 1~2단계의 교재로 공부하고, 아주 엉망인 아이들은 따로 지진아 수업을 받는다. 그리고 누가 그런 수업을 받는지 굳이 감추지 않는다.

또한 한국에서는 초등학생들이 스트레스를 받는다고 등수를 매기지 않는다고 하지만 영국 초등학교에서는 이렇게 등급을 나누기 때문에 한 학급에서도 수학은 누가 일등이고, 영어는 누가 일등인지 아이들끼리도 잘 알고 있다. 개별 성적표가 나오지 않을 뿐, 부모들은 학부모와의 상담시간에 자기 아이의 등수를 알 수 있다.

한 책상에 앉아서 함께 공부하는 아이들끼리, 공부하는 교재가 다른 것만큼 아이들을 기죽이는 일이 있을까? 한국의 초등학생이 그런 불평등한 일을 당한다면, 학부모들이 난리를 칠 것이다. 그러나 영국은 그렇다.

중등학교부터는 시험에 의해 선발한다. 실력이 좋은 아이들은 각 지역의 그래머 스쿨이라는 공립학교에 뽑혀간다. 그러나 영국은 실력 있는 학생들이 들어가는 일부 그래머 스쿨보다 사립학교가 더 대접을 받는 나라다.

뿐만 아니라, 유명한 퍼블릭 스쿨(public school, 영국에서는 사립학교를 퍼블릭 스쿨이라고 한다.)들은 영국 사회의 계급의 차이를 한마디로 증명해준다. 사립과 공립학교는 교육 커리큘럼 자체가 다르며 사용하는 영어가 다르다.

그리고 유명한 사립학교는 돈이 있다고 해서 들어갈 수 있는 곳이 아니다. 어렵게 입학을 했다 하더라도 부모의 지위가 따라주지 못하면 아이만 괴로울 뿐이다. 사립학교의 학비는 연 4000~5000파운드 정도로, 교재 및 식대를 포함해서 1000만 원 이내라서 한국에서의 학원비까지 생각하면 별것 아닐 수도 있다. 하지만 아이의 품위를 유지할 비용이 더 문제이다. 예를 들어 부모들의 모임이 있는 날 그 수준에 맞는 비싼 차를 끌고 가야 하고, 생일 파티를 비롯해서 심심하면 열리는 파티를 치러줄 경제적, 사교적 능력이 있어야 한다.

선생님들의 수난

영국의 코벤트리 힐필드(Coventry Hillfields)의 프레더릭 버드 스쿨 (Fredrick Bird school)에서 48세의 하젤 스펜스(Hazel Spence) 선생이 학생에게 맞아서 반신불구가 되는 일이 일어났다. 늘 말썽을 부려서 체육시간에 참여하지 못하게 한 것에 앙심을 품은 10살 된 학생에게 맞아서 오른쪽 몸이 불구가 된 것이다. 이 일로 그녀는 약 8만 파운드 의 보상을 받았지만 분노를 가라앉히지는 못했을 것이다. 토니 블레어 수상은 이 사건을 계기로 체벌을 다시 인정해야 한다는 견해를 피력하 기도 했다.

영국의 교사들이 당하는 곤란은 이뿐만이 아니다. 교사들은 쉼없이 자질을 점검받는다. 또한 아이들의 전국시험 성적과 우수중학교 입학 성적에 따라 학교와 교사의 질을 판가름하자는 법안을 들고 나온 정치 인 때문에 선생님들이 흥분한 일도 있었다.

영국 어머니들에 옮겨붙은 치맛바람

영국의 학부모는 부활절이나 성탄절과 같은 명절에 교사에게 와인이나 초콜릿, 화장품이나 목욕비누 등 5파운드 내외의 작은 선물을 한다. 물론 교사도 답례로 캔디나 초콜릿을 준비했다가 아이들에게 나눠준다. 학부모들이 그리 극성맞지 않은 나라이다.

한국 어머니들의 극성이 영국 어머니들의 치맛바람을 부추긴 작은 사건이 있었다.

한국의 초등학생용 학습지인 '구몬'은 영국이나 미국에도 있다. 물론 이 구몬 학습지가 일본에서 만들어지긴 했지만 한국교포가 많이 사는 지역에서는 한국인이 운영하고 있다.

옥스퍼드 지역의 구몬학원. 일본에서 시작된 일본식 수학 학원이다. 조기 수학 공부의 효과 때문인지 영국인들도 아이들을 구몬학원에 보내고 있다.

한인 밀집지역인 뉴멀든의 문화센터인 멀든센터 한 강의실에서는 매일 밤 구몬교실이 열렸다. 주로 20~30명의 한국 아이들이 수학 문제지를 풀고 있었고, 가끔 보이는 노랑머리의 아이들은 주로 한국인이나 동양인의 혼혈이었다.

멀든센터는 그림이나 수영 등의 취미활동을 배우는 문화센터여서 많은 영국인이 드나들었는데, 그들은 이상한 방법으로 공부를 하는 동양인을 신기하다는 듯이 바라보곤 했다.

나는 처음에는 암기와 반복 위주의 교육을 반대하는 데다 괜한 수치심마저 들어, 딸아이를 절대 구몬교실에 보내지 않기로 마음먹었다. 그리고 딸아이는 따로 수학 공부를 시키지 않아도, 언제나 상위그룹에 속했다.

그러나 한국에 돌아갈 날이 되어오자 조금씩 불안했다. 영국 아이들처럼 빈둥거렸다가는 한국에 돌아가서 꼴찌를 할 게 뻔했다. 그래서 할 수 없이 한국으로 귀국할 즈음에 아이를 구몬교실에 보내기로 결정했다. 그런데 시작한 지 두어 달도 못 되어, 갑작스러운 한국의 경제 위기로 한국에서 송금되던 월급이 줄어들자 구몬교실이 비기 시작했다. 20~30여 명의 한국인 학생이 부모를 따라 귀국했다.

"윤정이도 귀국하는가요?"

"그래야겠지요."

한국에서 초등학교 선생님을 10년도 넘게 하셨다는 마음 좋아 보이는 원장선생님이 막막해진 한국경제와 더불어 학생 수가 급속도로 줄어들었다고 걱정을 하셨다.

그러던 어느 날,

"하느님의 도우심이에요, 보세요…."

원장선생님이 교실에 가득 찬 영국 아이들을 가리키며 기뻐했다. 이제는 우리 딸을 포함한 2~3명만이 한국인이고 나머지 20여 명이 다 영국 아이들이었다. 언제부턴가 교실 밖의 휴게실 테이블에는 3~4살 된 아이들에게 간식을 사 먹이면서 큰아이를 기다리던 한국 엄마들 대신 영국 엄마와 영국 꼬마 아이들이 음료수를 사 먹으면서 놀고 있었다.

문득 자스민 엄마의 말이 떠올랐다.

"구몬교실은 어떤 곳인가요? 두 딸아이를 다 가르치기에는 회비가 너무 벅차고, 우선 자스민부터라도 가르쳐보려는데…."

한국의 초등학생들은 수학경시 대회에 나가서 세계를 휩쓸지만, 고교생만 돼도 그렇게 못한다는 결과를 본 기억이 있다. 그때는 고등학생을 대상으로 한 세계 수학경시 대회에서 한국 학생들이 하위권에 머물렀다는 기사가 영국에서 났을 때였다. 고등학교 정도로 올라가면 한국 학생들의 암기 위주의 수학실력이 얕은 바닥을 드러내지만 초등학생의 경우는 한국 학생들의 암기와 반복 위주의 교육 효과가 눈에 띄게 나타나는 것이다. 그래도 당장 눈앞에 보이는 수학 실력이 좋은 한국 아이들을 부러워하던 자스민 엄마가 어디선가 구몬교실에 대한 소문을 들었던 것 같다. 어느 나라든 부모 마음은 같은 것이고, 억지로라도 해서 공부를 잘하는 것이 부러웠던 것이다.

아직도 그 구몬교실이 영국 아이들로 꽉 차 있는지는 모르겠다. 당시에는 한국이 경제 위기를 맞자 영국 경제가 풀린 듯 영국인의 씀씀이가 커져 아이들에게 과외를 시키게 되었는지도 모른다. 또 한국 아이들의 산수 실력을 이미 알고 있는 영국 부모들이 호기심으로 아이들을 구몬교실에 보냈을지도 모른다.

그것은 한국 부모들의 극성이 영국 어머니들의 치마폭까지 들썩거리게 만든 모습의 한 단편이었다.

집 근처의 공원에서 우연히 사귄, 리치몬드 언덕에 있는 유명한 사립초등학교인 록비 스쿨의 한 여교사는 한국 학생들 예찬론자이다.

마침 공원에 보슬비가 내려서 얼른 자리를 뜨고 싶었지만, 계속 딸아이의 머리를 쓰다듬으면서 똘똘하게 생겼다며 귀여워하는 그녀를 차마 뿌리칠 수가 없었다. 자신이 가르치는 아이들 중에도 한국 아이들이 많은데 모두 다 한결같이 영리하고 성실해서 믿음이 간다고 했다.

"한국 아이들은 영리하고 책임의식이 강해요. 그러나 영국 아이들은 게을러요. 책임의식도 없고…. 그런 영국 아이들이 어떻게 이 나라를 이끌어갈지 앞날이 걱정돼요."

한국인이라는 말만 듣고 초면인 동양인을 붙잡고 오랜 시간 영국 아이들과 영국의 장래를 걱정한 그 여교사는 양국 아이들을 다 지도해본 교사로서 진심으로 한국인을 부러워했다.

케임브리지 대학이나 옥스퍼드 대학 방문은 영국 여행의 필수 코스처럼 되어 있다. 관광객이든 어학 연수생이든 케임브리지 대학이나 옥스퍼드 대학은 꼭 한번 방문한다. 그래서 그곳은 관광객이 많고 볼거리와 쇼핑거리도 많아 분위기가 활발하다.

대학가 레스토랑에서는 격식을 차릴 필요가 없다. 목청껏 떠들면서 식사를 해도 좋다. 또 저녁이면 대학생들이 펍에서 맥주를 마시면서 떠들고 소란을 피우기도 한다. 런던의 한 대학은 신입생 환영회에서 운동화에 맥주를 부어 마시는 장난을 칠 정도로 무모한 술자리를 즐긴다. 젊음이란 그런 것이다. 대학가나 관광지에서는 영국이면서도 영국이 아닌 분위기를 즐길 수 있다.

영국 아이들의 점잖은 몸짓에 숨겨진 비밀

이상한 체육시간

영국에서 초등학교를 가게 된 딸아이. 어느 날부터 딸아이가 예쁜 팬티로 골라 입고 학교에 가려고 해서 좀 수상쩍었다. 특히 체육시간이 있는 날에 더 그랬다. 체육복 갈아입을 때 속옷이 보이니까 조심하려는가 싶었다. 아무리 그래도 속옷 타령이 너무 심했다. 교복 입고 학교 가는데, 양말이나 헤어핀 타령을 하는 거야 이해가 되지만, 예쁜 속옷 타령은 아무래도 납득이 안 갔다.

워낙 말수가 없는 아이라 걱정도 되고 해서 다른 학부모를 통해 슬그머니 알아보았다. 아이들이 팬티 차림으로 체육 수업을 받는다는 것이다. 저학년 아이들은 체육시간에 팬티 차림이다.

"신사의 나라 영국에서 아이들을 발가벗겨놓고 체육을 시키다니!!"

영국 초등학생은 까만 구두에 와이셔츠, 넥타이까지 있는 점잖은 교복을 입는다. 아이 때부터 신사처럼 키우려고 애쓰는 영국 부모들. 게

다가 거리나 공원에서 남의 아이를 함부로 예뻐해도 성폭행범으로 모는 영국인들이 아이들에게 팬티만 입히고 운동을 하게 하는 것도 믿기지 않았다.

영국의 겨울이 한국보다 덜 춥다지만, 영국의 겨울 날씨도 나름대로 추워서 사람들을 떨게 만들었다. 한국 날씨는 살갗이 에는 듯한 매서운 추위라면, 영국 날씨는 뼛속이 시리는 으슬으슬한 종류가 좀 다른 추위다. 그러니까 영국의 겨울도 한국만큼 맵지는 않지만, 뼈가 시리게 춥다. 팬티 차림의 운동은 체력단련에 좋고 자연친화적 교육이라고 이유를 대지만, 중요한 이유가 하나 더 있었다.

아이들이 혹시 집에서 부모로부터 구타를 당하는지 아닌지를 확인해보는 것이다. 고학년 아이들이야 어느 정도 자기 의사를 표현할 줄 알아서, 부모가 학대를 하면 경찰이나 학교에 신고를 할 수 있다. 그러나 저학년 아이들은 정신적으로 아직은 부모 품에서 벗어나지 못했기 때문에, 학대를 당하면서도 그것을 남에게 알려야 한다는 생각을 못하기 때문에 학교에서 챙겨줘야 한다는 주장이다.

복지 시설이 대단하고 매보다는 벌로 아이들을 가르치는 나라인데 어느 부모가 그렇게 심한 매질을 하겠는가? 학교와 사회가 너무 호들갑을 떠는 게 틀림없었다. 인권에 대해 남다르게 민감한 영국인답게 아이들 문제까지 시시콜콜 걱정해준다는 생각이 들었다.

그러나 영국의 아동 복지를 위한 자선단체인 차일드 라인(Child Line)에 의하면, 부모에게 맞은 흔적을 체육시간에 친구나 선생님에게 들킬까봐 체육 수업이 있는 날에는 결석을 하는 아이들까지 있다고 하니, 살짝 그들의 삶이 의심되었다.

아이들을 위한 대단한 혜택

영국에서는 아이들에 대한 혜택이 대단하다.

미성년 자녀 한 명당 매달 60~70파운드의 육아 보조금을 지급한다. 그 육아 보조금을 악용한 사건이 있었다. 한 흑인계 영국인이 열 명이 넘는 자녀의 육아 보조금과 실직자 지원금 등을 포함한 온갖 보조금을 받아 호화 생활을 누리다 들통이 났다. 그는 영국의 귀족들조차도 유지비 등 여러 이유에서 소유를 포기하는 성(城)까지 구입해서 살다가 걸렸다. 그러나 그 흑인은 얼굴도 두꺼운지 오히려 큰소리를 쳤다.

"그 많은 아이들과 살려면 그 성만 한 집이 있어야 하지 않냐!"

물론 그가 이런저런 잔꾀를 부려 성을 구입하기는 했지만, 영국을 비롯한 선진국의 넉넉한 복지 혜택의 폐해를 한눈에 보여주는 사건이었다.

육아 보조금뿐만 아니다. 아이를 기르는 데 따르는 정부의 혜택은 무궁무진하다. 저소득 산모와 아이에게는 우유까지 대주는, 태어나는 순간부터 '요람에서 무덤까지'라는 구호가 현실로 이루어지는 나라이다. 학비는 물론 노트와 연필 등 학교생활에 필요한 학용품을 몽땅 무료로 지급하고, 병원비와 약값, 한국에서는 몇 백만 원씩 하는 치아 교정비도 무료이다. 아이의 기차여행비는 물론이고 아이를 동반하고 기차여행을 하면 부모까지 할인 혜택을 받을 수 있다.

아동복 자체도 비싸지 않은데, 아동복에는 세금도 안 붙으니, 한국에서 아동복 한 벌 살 값으로 5~6벌은 너끈히 살 수 있다.

아이에게는 정신적인 면에서도 혜택이 많다. 평소에는 동양인을 뭐 보듯 하던 사람들도, 아이와 함께 있으면 친절해지고 이런저런 말을 붙여오고, 뭐든지 무사 통과할 수 있는 혜택이 많다.

의젓한 영국 아이들

또한 영국인들은 매보다는 가능하면 벌로 다스린다. 학교에서도 문제를 일으키는 아이들을 벽을 보고 서 있게 하거나 복도에 나가 서 있게 하는 등 벌을 준다. 영국 사람들은 아이들을 야단칠 때도 신사답게 나지막하지만 단호한 목소리로 타이른다. 한국처럼 길거리에서 떼를 쓰는 아이도 없고, 큰소리로 아이를 야단치거나 때리는 무식한 부모도 없다.

매도 들지 않는데 영국 아이들의 행동거지가 어떻게 그렇게 의젓한지 신기했다. 엄마들의 "No!"라는 한마디에, "9시니 자러 올라가라"는 한마디에, 군소리 없이 따르는 딸아이의 친구들이 이해가 안 되었다. 겨우 8살 내외의 철부지들인데… 남의 집 속사정을 들쳐볼 수도 없고, 대접을 받으면서 자랐기 때문에 하나같이 행동거지가 신사다울 거라고 추측하기만 했다.

　레스토랑에서 식사를 하는 것을 보면, 영국 아이들이 얼마나 매너가 뛰어난지 알 수 있다. 금발에 피부도 하얗고 이목구비도 예쁜 애들이 식사 매너까지 어쩌면 저렇게 훌륭한지. 반면 우리 아이들은 어찌 그리 베이비 체어에 잠시도 앉아 있지 못하고 나대는지. 이래저래 타국에서의 외식은 쉽지가 않다. 한국에서라면 밥그릇과 숟가락을 들고 쫓아다니면서 한 술 한 술 떠먹일 돌짜리 아이를 레스토랑에 데리고 온 것이 잘못일까?

　같은 나이 또래의 금발의 아이들이 의젓한 몸짓으로 별 문제 없이 음식을 먹는 것을 보면, 아무래도 내 가정교육이 잘못되었거나, 한국인의 성품에 문제가 있을 거라는 회의에 빠질 수밖에 없다.

잔인한 영국 부모들

　하루는 레스토랑을 나오다 주차장에서 보니, 좀 전에 식당에서 가볍게 떼를 쓰던 돌이나 되었을까 한 아이가 차 안에 감금되어 있었다. 울었는지, 눈 가장자리는 눈물 얼룩으로 더러워져 있었다. 나는 너무 놀라 말이 나오지 않았다. 그다지 심하게 떼를 쓰는 것 같지도 않았고, 애와 그 아빠가 아무 일 없다는 듯이 나가더니만! 어린 애를 이렇게 방치하다니.

　그것뿐만 아니었다. 식사 중 장난을 치다가 동생과 싸워서 아버지에게 귀를 잡힌 아이. 얼마나 세게 잡아당겼는지 식사가 끝나도록 새빨개 있는 귀. 어른끼리 이야기를 나누는데 몇 번 끼어들다가 엄마에게 꼬집힌 딸 친구는, 얼마나 세게 꼬집혔는지 커다란 파란 눈에 소리 없이 눈물이 고여들었다. 학교 앞 등굣길의 후미진 골목에서는 잠이 덜 깨어서 징징거리며 따라오는 아이를 남몰래 때리는 소리가 가끔씩 들려왔다.

영국 부모들은 때릴 일이 있으면, 절대 남의 눈에 띄지 않게 아주 빠르고 독하게 때리고, 맞은 아이들도 소리를 안 내고 흐느낀다. 조용히 사건을 해결하는 영국의 운전자들처럼, 애들을 때려도 우리처럼 소리를 지르고 어쩌고 하는 것보다는 조용히 엄하게 혼을 낸다. 우리보다는 좀 더 세련되었다고 할 수도 있다.

잔인한 면에서는 우리가 따라갈 수 없을 정도다. 성폭행과 학대. 파티나 다니고 자녀에게 일만 시켜 동네 주민들의 신고를 받아 붙잡힌 부부 등등 심심찮게 발생하는 가정 폭력사건들. 폭력은 고사하고 매년 80여 명의 어린이가 살해를 당하는데, 그중 대부분이 부모나 보호자의 학대에 의해 살해된다는 영국 정부의 통계만 봐도 그들의 속사정은 겉으로 보기와 좀 다른 듯하다.

아이들은 동서고금을 막론하고 특이한 행동을 하게 마련이지만, 영국 초등학교의 모습은 좀 심각하다. 머리카락을 손가락으로 돌돌 말아 손장난을 치거나, 모양이 어그러질 정도로 손가락을 빠는 아이, 눈을 깜빡거리는 아이 등 이상한 증세를 나타내는 아이들이 한국보다 많다.

책가방도 무겁지 않고 체벌도 없는 이 좋은 나라의 아이들이 정서가 불안한 이유는 무엇일까? 영국 등 선진국이 사랑이 담긴 벌과 훈육으로 아이들을 키웠다면, 사람을 죽여도 그렇게 잔인하게 죽이거나, 마약중독과 성적인 문란에 빠지지는 않았을 것이다.

자녀를 키우면서 매 한 번 안 드는 부모는 없을 것이다. 영국 부모들은 잘못에 대한 대가를 치르게 하고, 질서를 지키는 것을 중요시하면서, 좀 매정하게 자녀를 다룬다. 한국 부모들은 목소리만 클 뿐, 잘못에 대한 대가를 그다지 요구하지 않고, 정(情)을 우선으로 하여 아이를 키운다. 다 장단점이 있으리라.

자녀의 말을 믿어주는 부모

동남아를 덮친 쓰나미

쓰나미가 동남아의 해변을 쓸고 가던 순간, 싱가포르의 고층 아파트에 살던 나는 이상야릇한 현기증을 느꼈다. 지진이 난 줄도 모르고, 나이를 먹으니 빈혈도 이상한 증세로 온다 싶었다.

그 후 여진 때는 좀 더 심한 진동이 왔다. 아파트가 여러 차례 휘청이고, 조명등과 방문이 흔들렸다. 싱가포르 동쪽 해변의 매립지에 세워진 아파트여서 그런지 지진의 여파가 좀 심했다. 가장 심한 여진이 있던 날 밤, 우리 가족의 대화이다.

"엄마 아빠, 책상이 흔들리고 커튼이 이상하게 움직여. 일어나봐요."

밤늦게까지 시험공부를 하던 딸이 방문을 두드리며 우릴 깨워댔다.

"아~ 왜 귀찮게 그래!"

"정말이라니까요. 정말이야."

"흔들리기는 뭐가 흔들린다고 그래. 그냥 잠이나 자."

한참 단잠에 빠져 있던 남편은 중얼거리면서 계속 잤다.

"봐요. 막 움직이잖아."

"흔들침대니까 흔들리지. 움직이지! 왔다 갔다 하면서…."

몸이 빙빙 도는 악몽을 꾸던 나는 꿈속 같은 헛소릴 하다가, 딸이 흔들어 깨우는 바람에 벌떡 일어났다. 침대가 빙빙 도는 현기증이 났다.

"으~ 응~ 이게 뭐야~ 여보. 지진인가봐. 일어나봐요."

동남아의 다른 곳의 지진에 비해서는 별거 아니었지만, 나로서는 그런 지진을 느껴보기는 처음이었다. 거실 천장에 달린 팬이 제멋대로 움직이며 떨어질 것만 같았다. 자다 말고 일어난 가족이 모였지만 대책이 없었다.

"아빠 어떻게 할까?"

"글쎄~ 대피해야 하나?"

"엘리베이터는 위험하다잖아."

"그렇다고 이 밤에 17층에서부터 걸어 내려가기도 그렇고…."

"우선 잠옷부터 갈아입고 기다립시다."

"길에 나온 사람은 없~나?"

"안 돼. 그 쪽으로 가지 마. 창가는 위험해!"

"참. 텔레비전 켜봐, 뭐라고 하겠지."

기껏 아이디어를 내서 행동에 옮긴 일이라고는 거실에 앉아서 텔레비전을 켜는 일뿐이었다. BBC CNN 다 돌려도 지진 소식은 없었다.

"아직 아무 데서도 소식이 없네, 지진이 났는데… 엉뚱한 뉴스만 하고 있네."

그렇게 텔레비전만 탓하면서, 누군가가 무슨 행동을 하라는 지시를 기다리는 사람들처럼 대책 없이 앉아 있었다. 다행히 더는 흔들림이 없었다. 다음 날 알고 보니 많은 이웃이 대피를 했고, 차를 몰고 안전한 데까지 간 이웃도 있었다.

그런 것을 보면 우리 식구는 참 게으르고 대책이 없는 가족이었다. 아마 쓰나미의 현장에 있었다면 아무런 대책 없이 당했을 것이다. 도대체 쉰이 다 되도록 살면서 내가 배운 것은 뭐란 말인가? 그동안 피땀 흘려 쌓은 지식은 말세에는 아무 도움도 되지 않을 것 같은 막막함이 엄습했다.

그 쓰나미가 지나간 이후, 각종 사연이 쏟아져 나왔다. 그중에서 쓰나미의 최대 피해 지역인 푸껫의 해변가에서 휴일을 보내던 10살짜리의 영국 소녀가 100여 명의 관광객의 목숨을 구한 기사를 우연히 읽게 되었다. 나는 다시 한 번 지진이 지나가는 아찔한 현기증을 느꼈다.

이번 현기증에 나는 며칠간 잠들지 못하며, 17층 고층 아파트에서 싱가포르의 야경을 내다보며 서성거렸다. 대영제국. 이번엔 정말 제대로 한 방 먹은 느낌이었다.

사연은 이랬다. 틸리 스미스(Tilly Smith)라는 영국 소녀가 그날 해변에서 갑작스레 썰물이 들고 거품이 부글거리는 것을 보고 부모에게 비명을 지르며 피해야 된다고 했다.

틸리의 아버지는 갑작스레 히스테릭한 비명을 질러대는 딸이 걱정되었다. 틸리의 어머니는 "쓰나미가 뭔지는 모르지만 딸아이가 저렇게 흥분하는 것을 보니, 뭔가 심각한 일이 일어날 것이다."며 우선 해변에서 나가자고 했다. 틸리의 아버지는 딸의 말을 듣고, 호텔 관계자들과 함께 해변의 100여 명이 되는 사람들에게 얼른 해변을 빠져나가라고 경고했다.

그렇게 호텔의 3층 방까지 돌아온 뒤에, 거대한 쓰나미가 밀어 닥쳐 리조트와 근처 해변을 뒤집어놓았다. 릴리의 가족은 호텔 방에서 파도가 해변을 덮치고 사람과 나무와 온갖 물건을 내동댕이치는 광경을 바라보는 것마저 공포였다.

틸리는 푸껫으로 휴가를 오기 바로 전에 학교에서 지학 시간에 쓰나미에 대해 배웠다. 틸리는 그날 바닷가의 상황이 수업 중에 배운 쓰나미가 오기 바로 전의 상황이었음을 한눈에 직감했다. 그래서 흥분하여 어쩔 줄을 몰라 했다.

영국에서는 쓰나미의 상황을 실제로 실험해보는 교육을 시킨 교사와 그런 지식을 현실에 잘 적용한 소녀에게 칭송과 격려가 쏟아졌다. 교사는 틸리의 자세에 칭찬을 아끼지 않았고, 틸리는 좋은 교육을 시켜준 교사에게 감사했다.

실험을 곁들인 교육이 우리나라가 영국보다 좀 뒤지는 것은 사실이다. 그러나 그깟 실험을 함께 하는 교육법 따위는 별 중요하지 않다. 그 정도는 우리의 교육과정을 조금만 수정해도 얼마든지 할 수 있고 요즘은 우리도 점점 그렇게 하고 있다.

내가 놀란 것은 "어떻게… 10살밖에 안 된 한 소녀의 말을 듣고 해변의 사람들이 다 피할 수 있는가!" 하는 것이었다.

나라면 내 딸이 학교에서 그렇게 배웠다고 아무리 이야기해도 어린 것이 뭐 아냐고 가볍게 뒤통수나 한 대 쳤을 것이다. 나뿐만 아니라, 한국의 어느 부모가 10살 먹은 아이가 학교에서 배웠다고 다들 피해야 한다고… 말한들, 그것을 믿고 그대로 사람들을 대피시키겠는가?

설사 딸의 말을 믿고 할 수 없이 대피를 한다 해도, 해변의 다른 사람에게까지 전하지는 못할 것이다. 그것도 100여 명이 되는 피서객에게 내 10살 먹은 딸의 충고를 따르라고는 절대 말하지 못했을 것이다.

진작부터 보며 부러워했던 어린이에 대한 격려와 믿음.

보잘것없는 사람의 생각이더라도 경청해주는 신뢰.

그런 것들의 현실화. 그것들의 결론을 본 것이다. 아직은 완벽하지 못한 지식이지만, 자녀들이 배운 지식에 대해 확신을 갖는 것. 그런 모습을 보았다.

그런 일을 행한 부모가 더 놀라운데, 그 부모에 대한 칭찬은 전혀 없고 교사와 틸리만 격려하는 영국 사회가 나를 더 불안하게 했다.

부모나 어른이 자녀의 말을 믿어주는 일쯤은 영국인에게는 그냥 일상에 불과한가!

믿음의 종류가 다르다

나는 고등학생이나 된 딸이 지진의 징후를 이야기하는 것을 무시하고 잠을 잔 부모다. 물론 비몽사몽이어서 그랬다고 할 수도 있겠지만, 그렇게 핑계를 대자면, 뭔들 핑계를 못 대겠는가? 뿐만 아니라, 막상 지진이 와도 어찌해야 할지 대책도 없는 부모였다. 쓰나미 사건을 통해 자녀를 끝까지 믿어주는 영국 부모의 자세를 보면서, 과연 나는 내 자녀에게 그런 부모였는지 되새겨보니, 심한 부끄러움이 밀려왔다.

아마 이런 소리에 흥분하는 한국 부모들도 있을 것이다. 한국 부모도 자녀에 대한 믿음과 신념이 남 못지않다.

그러나 믿음의 종류가 다르다.

누구든지 자녀에 대한 믿음이 있다. 나는 내 딸이 야무지고, 혼자서도 제 앞가림을 할 것이고, 부모 몰래 아주 나쁜 짓을 하지 않는다고 믿는다.

그러나 나는 내 딸이 알고 있는 지식이 그렇게 완벽하다고 믿지는 않는다. 특히 세상에 관해서는 아직은 모르는 게 많고, 그래서 아직은 내 말을 들어야 한다고 생각하는 부모이다. 그래서 심하게 간섭도 한다. 대학이나 앞으로의 진로와 결혼까지 수시로 간섭할 것이다. 자녀가 신념을 가지고 실패도 해보면서, 자신의 길을 개척해가도록 놓아두지 못한다.

자녀에게 쉽게 던지는 말, "넌 아직 어려"를 얼른 거둬들여야겠다. 그것은 우리와 영국인들의 자녀에 대한 믿음의 차이다.

세계적인 뮤지컬 나라의 초라한 학예회

어이가 없어 웃음이 나오는 학예회

미국에서 한국으로 돌아온 다음 해 겨울의 일이다. 한국 유치원 학예회에 참석했다. 나는 무남독녀 외딸이 좀 잘났다는 황당한 착각에 사는 편이기는 하지만, 5살밖에 안 된 딸아이가 100여 명의 학부모가 모인 무대 위에서 그렇게 깜찍한 몸짓으로 '갑돌이와 갑순이' 안무를 해내고… 온갖 동요를 외워 부를 줄은 상상도 못했다.

얼마나 감격했는지. 쩍 벌린 내 입에서 헉헉 올라온 입김으로 캠코더 렌즈가 뿌옇게 덮여, 그 장면은… 촬영불가였다. 그래도 만세였다. 하루 종일 놀기와 낮잠 자기, 줄 서기, 노래 몇 곡만 배우던 미국 유치원에서는 상상도 못할 성과를 올려준 한국의 유치원 교육이었다.

내 딸뿐만 아니었다. 숫기 없다던 앞집 옆집의 아이들도 친구들 틈에 묻혀, 다른 아이가 된 것처럼 깜찍하게 노래하고 춤을 추었다. 물론 타고난 재능과 끼가 넘치는 애들은 더한 것도 척척 해낸다. 가요무대

의 아나운서 뺨칠 정도로 능숙하게 사회를 보던 한 쌍의 유치원 원아
는 기껏해야 일곱 살이었다. 참 잘나기는 잘난 한국인들이다.

그 후 남편이 발령을 받아 영국에 와서 아이를 초등학교에 보내게
되었다. 영국 초등학교에서는 추수감사절이나 크리스마스 혹은 졸업
발표회 등을 통해 일 년에 두세 번의 학예회를 연다. 세계적인 뮤지컬
의 나라, 영국 초등학교의 학예회에 대한 기대를 잔뜩 안고, 시간에 맞
춰 갔다. 어느 쪽이 무대인지 구별할 수도 없는 썰렁한 강당이 공연장
이었다. 영국 학부모들만 30~40개의 접이식 의자에 앉아 있어서, 학
부모회 모임에 잘못 들어간 줄 알고, 되돌아 나와서 다시 장소를 확인
했다.

무대뿐만 아니라 그날 공연 내용도 기겁할 것들이었다. 여주인공
역을 맡은 여학생은 그다지 길지도 않은 대사를 외우지 못해서 아예
종이쪽지를 들고 나왔다. 어린 배우들의 무대의상은 커다란 타월과 와
이셔츠, 치마 따위를 끈으로 동여맨 허술한 차림이었다. 학년별 합창
은 노래라기보다는 입안에서 웅얼거리는 염불이었다. 의상에서부터
모든 것이 어른의 도움 없이 학생들의 능력으로 만든 학예회라도 좀
심하다 싶었다.

그 후에 본 다른 학예회도 별다를 게 없었다. 좀 달라진 거라고는 연
극의 (대사가 많은) 웬만한 주역은 암기력이 좋은 한국 아이들이 맡는
다는 점뿐이었다.

학예회가 있는 날이면 몇 안 되는 한국 아이들은 몸이 두세 개는 돼

야 할 정도로 바쁘다. 한국 아이들이 연극에서부터 합창, 시낭송, 오케스트라 등 몇 가지 공연을 하느라 이리 뛰고 저리 뛰어야 학예회가 간신히 마무리되었다. 한국인을 비롯한 몇몇 동양 아이가 없었다면, 이 영국 학교를 어찌 꾸려갈까 싶을 정도였다. 외국에 나가보면 한국 아이들이 정말 똘똘한 것을 실감한다. 실제로 몇 안 되는 한국 학생들이 다니던 초등학교의 명문 중학교 입학률을 높이기까지 했다.

영국이 어떤 나라인가? 세계적인 뮤지컬의 나라이다. 런던에 와보면 알 수 있다. "런던에 와서 뮤지컬을 보면, 런던을 절반 이상 본 셈"이라고 할 정도로 뮤지컬은 런던을 대표한다. 연극 '쥐덫'은 벌써 50년도 넘게 장기 공연기록을 세우고 있고, 뮤지컬 '레미제라블', '지저스 크라이스트 슈퍼스타', '캣츠' 등의 명성은 대단하고 새로운 공연도 속속 올라오고 있다. 일부 공연은 일 년 전부터 예약을 해야 한다. 영어가 안 되더라도, 음악이나 연극에 관심이 없더라도 런던 시내의 뮤지컬을 보고 나면, 런던의 위력을 새삼 깨달을 것이며, 런던의 매력에 푹 빠지게 될 것이다. 그런데 이런 세계적인 뮤지컬을 이끌어나가는 나라의 학교 음악 교육과 학예회가 어쩌다가 이렇게 엉망이 되었을까?

그러던 중 딸아이의 브라우니 입단식을 통해 그 엉망인 학예회의 의미를 알았다. '브라우니'는 '걸스카우트'의 일종인 초등학교 여학생들의 방과 후 활동으로 영국의 여왕에게 충성하는 단체이다. 여러 지부가 있고, 지역별로 20여 명의 단원으로 구성되어 봉사 활동을 하는 소규모의 모임이지만, 영국 엄마들 사이에 연줄이 있어야 가입할 수 있는 사적인 모임이다. 그 브라우니에서 주최하는 학예회는 겨우 20~30여 명의 부모가 참석해 가족적인 분위기로 진행한다. 앞서 말한 학교 학예회보다 더 엉망진창일 소지가 다분한 소규모의 학예회이다.

학예회의 진행 모습은 이랬다. 초등학교 4학년인 애니는 기타를 연주하면서 악보를 넘겨주는 조수까지 동반하고 등장했다. 당당한 걸음으로 무대로 나와, 의자와 악보대를 여러 방향으로 놓아보는 등 한참 뜸을 들이다가 악보를 펼치는 애니의 모습에서 거의 세계적인 음악가 같은 열정이 보였다. 그리고 기타의 음을 고르는 데도 한참 공을 들였다.

잔뜩 기대를 하고 애니의 기타 연주를 기다렸다. 그런데 애니는 줄을 가다듬는 듯한 '쿵짝 쿵짝 쿵작짝' 하는 반주만 오른손으로 계속 연주했다. 알고 보니 애니는 아직 기타 코드도 배우지 못한 생초보 연주자였다. 그런 연주를 하고도 아주 당당한 모습으로 정중하게 인사를 하고 들어갔다.

그 다음은 우리 딸 윤정이와 같이 입단한 금발머리 에밀리가 무대에 섰다. 2학년(한국에서는 초등 1학년이다.)이다. 에밀리는 2명의 다른 아이들과 함께 리코더(피리)를 합주했다. 그 팀 3명은 서로 악보대의 높이와 방향을 나란히 맞추느라 한참을 고심했다. 3명의 아이도 역시 만족스럽지 못한 표정을 지으면서 악보대의 높이를 마치 바이올린 음을 맞추듯이 열심히 맞추었다. 그렇게 시간을 끌던 3명의 연주자 역시 양손으로 피리를 연주할 실력이 안 되어서, 한 손으로만(나머지 한 손은 피리를 받쳐 잡고…) 연주했다. 그래도 그들의 표정에는 뿌듯함이 가득했다.

너무 귀여워 나도 모르게 웃음이 나왔다.

그 정도면 황당하고 귀여워서 가볍게라도 웃음이 나오지 않겠는가! 그러나 객석에서 미소를 짓거나 쿡쿡대면서 웃음을 참지 못한 사람은 나뿐이었다.

다른 영국 학부모들은 특유의 냉담한 표정과 꼿꼿한 자세로 앉아 있었다. 오히려 '풋' 하고 웃어버린 나를 향해 조용히 하라는 눈짓을 했다. 그들은 그 엉망인 연주가 마치 오케스트라의 연주라도 되는 듯이 엄숙하고 진지하게 듣고 손뼉을 쳤다.

비록 교회나 학교의 허름하고 냄새 나는 방에서 벌어지는 삼류 배우들의 세련되지 못한 연기지만, 연주의 질만 빼면 공연 자세와 관람 자세는 시내의 이름 있는 극장과 다를 바 없었다. 그날 학예회에서 학생들은 무대 위에서 진짜 연주자인 것처럼 연기했고, 학부모들은 무대 아래서 진짜 관객의 모습을 연기했다. 아이들의 실력이 떨어지는 연주보다 학부모들의 그런 생뚱맞은 연기가 더 당황스러웠다.

어디 영국 부모들이 학예회에서의 관객 노릇만 하겠는가?

사자 같지도 않은 그림을 보고도 "뷰티풀"을 연신 외치면서 감격하고 별것도 아닌 것에 감동을 받은 척하는 부모들. 얼마나 감동을 하는지 연기가 아니라, 정말 감동받은 것 같은 착각이 들 정도였다.

어디 부모들만 그런가! 부부끼리도 하루에 수십 번씩 사랑한다, 사랑한다 말하며 연기를 해야 하는 것은 그들 삶의 기본이 아닌가! 그들의 뛰어난 연기력 앞에서, 내 가족과 이웃 앞에서 연기는커녕 볼멘소리만 해대던 나 자신이 부끄러워졌다.

기초부터 하나씩 쌓아가는 영국 교육

그 최악의 공연을 진지하게 봐주는 영국 학부모를 본 그날에야, 그동안 영국인들이 그렇게 초라한 학예회를 아무렇지도 않게 생각하는 이유를 알았다. 영국 아이들의 학예회를 볼수록, 한국 애들의 활동상을 보았음에도 불구하고 왠지 모르게 우리 한국인들이 뭔가 잘못 살고 있다는 찜찜한 기분에 사로잡혔던 이유도 알게 되었다.

영국인들의 학예회는 엉망이 아니었다. 어른들의 도움 없이 아이가 할 수 있는 것을 표현하고 있었다. 그리고 무대 매너와 객석 매너… 그렇게 기초를 차근차근 다지고 있었다.

어떤 면에서는 한국 유치원의 학예회가 엉망이었다. 어른들의 손을 탄 프로그램이라는 결정적인 과오는 접어두더라도, 무대 매너를 전혀 알지 못하는 사람들의 학예회였다. 연기를 하다가 실수를 하는 아이가 있으면 다 같이 와자하게 웃어넘겨주고, 실수한 아이도 싱긋 웃으며 능청을 떤다. 엉뚱한 무대 매너는 분위기 메이커 정도나 애교로 넘어가고, 자기 아이가 등장하면 부모들은 일어나서 손짓을 교환하고 사진을 찍느라고 법석이다.

한국의 학예회는 한국식 마당놀이처럼 흥겨운 분위기가 남아 있어서 그렇다고 볼 수도 있다. 그러나 전통적인 마당놀이 같은 분위기라 할지라도 우리의 교육이 놓치고 있는 약점은 이미 드러났다. 한국 교육은 테크닉과 실력은 잘 가르칠지는 몰라도, 실력 이전에 인간이 기본적으로 알아야 할 규칙을 많이 놓치고 사는 것이 틀림없다.

그들이 신사인 것은 멋있거나 뛰어나기 때문이 아니라, 인간에게 가장 필요한 것들에 대한 숙고가 있기 때문일 것이다. 그런 자녀 교육은 확실히 더 좋은 효과를 가져올 것이다.

내 딸은 그 다음 학예회 때 바이올린 독주를 자청했다. 잘하는 사람만이 무대에 오르는 것이 아님을 알았기 때문이리라. 자청. 자청이라니… 부끄러움을 잘 타는 내 딸이 이렇게 변하다니…. 물론 나의 공도 아니고, 우리 딸의 노력도 아니고, 영국 신사들 덕분이었다. '갑돌이와 갑순이'를 공연하는 모습을 보던 날의 흥분보다 더한 감격이었다. 스스로 남 앞에서 무얼 하겠다고 나서는 자신감. 우리가 자녀들에게 자신감을 주려고 얼마나 애를 쓰는가! 그런데 너무 쉬운 방법이 옆에 있었다. 자신의 모습을 당당하게 보여줘도 부끄럽지 않을 분위기만 조성하면 누구라도 가질 수 있는 게 자신감이 아닐까? 자신감만 가지게 된다면 실력은 좀 늦게라도 쌓아지기 마련이다. 서두르지 말고 기초부터 하나씩 쌓아가는 게 인생이라고 가르치는 영국의 교육. 지금의 장수하는 뮤지컬을 만드는 데 일조했음은 부인할 수 없다.

영국인이라고 해서 당장 눈앞의 효과에 혹하지 않겠는가? 동양인이 많이 사는 곳의 영국 부모들은 자신들의 교육에 대한 불안감에 빠져들기도 했다. 우수한 수학 계산력과 암기력을 뽐내는 동양 학생들이 부러워, 동양식 과외를 시키는 영국 부모들도 있었다. 요즘에는 대학 입학을 위해 비열한 방법을 쓰기까지 해서 신사의 나라 영국이 무너져간다는 소릴 듣기도 한다. 그리고 영국 아이들이 지적으로 늦되는 데에 대한 대책도 많이 강구하고 있다. 어느 부모든 자녀를 위해 오래 기다리는 일이 쉽지는 않을 것이다.

자녀들의 형편없는 연주를 세계적인 음악가의 연주인 양 진지하게 듣는 영국 부모들의 생뚱맞은 연기 앞에서 나는 다시 숙연해질 수밖에 없었다.

자녀를 위해서라면, 언제든지 연기를 할 준비가 되어 있는 영국 신사들 파이팅….

TIP 뮤지컬

영국 여행에서는 뮤지컬이나 오케스트라 공연은 필수다. 뮤지컬을 보지 않고 런던을 봤다고 하지 말라는 말은 맞는 말이다. 레스트 스퀘어에 가면 할인 티켓을 살 수 있다. 25~50%까지 할인받을 수 있다. 하지만 가끔 추가 수수료에 나쁜 좌석까지, 바가지를 쓸 수 있으니 조심해야 한다. 그런 바가지가 걱정되면 극장에 가서 직접 사거나 예약을 하면 된다.

'쥐덫'은 벌써 60년 장기 공연기록을 세우고 있고, '레미제라블', '라이온 킹', '캣츠' '맘마미아', '에비타', '오페라의 유령'도 인기리에 공연되고 있다. 일부 공연은 일 년 전부터 예약을 해야 관람이 가능하지만, 예매 취소한 표를 구할 수도 있다. 런던에서는 영어 실력과 음악이나 연극에 대한 이해도에 상관없이 뮤지컬을 관람해야 한다. 런던의 위력을 새삼 깨달을 것이며, 런던을 방문한 이유를 알게 될 것이다.

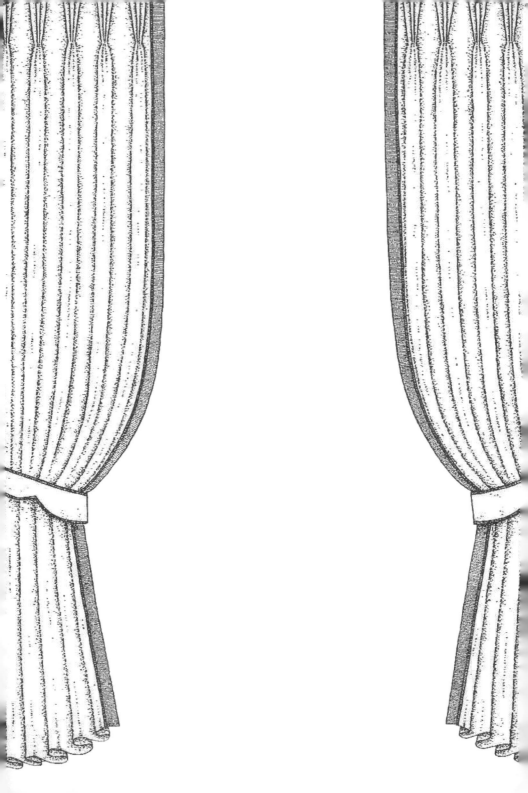

4부

영국 신사
따라잡기

영국 신사는 이 잡느라 바쁘다

더 이상 우산을 쓰지 않는 영국 신사

이제 대강 감을 잡았겠지만, 영국 신사들은 성격이나 행동이 꽤 복합적이다. 초라한 신사인가 싶다가도 무시할 수 없는 저력을 지닌 신사로 돌변하기도 하고, 대단한 신사인가 싶으면, 망가진 모습을 드러낸다.

우산 하나 쓰는 것만 봐도, 그들이 우리의 예상을 몇 번이나 뒤집는지 알 수 있다. 영국 신사 하면 으레 버버리 코트나 정장에 중절모를 쓰고, 검은 장우산을 팔에 걸치고 런던 시내의 트라팔가 광장이나 본드 스트리트를 점잖게 걷는 모습을 떠올릴 것이다. 그러나 요즘 들어 그런 영국 신사를 만나기가 쉽지 않다.

영국 사람들은 폭우가 아닌 가랑비쯤에는 허둥지둥 뛰는 법도 없고, 우산도 쓰지 않는다. 비 맞기를 귀찮아하지 않는다. 아이들의 하교 시간에 맞춰 교문 앞에서 기다리는 학부모들 중에서도 갑작스레 비가 올 때 손바닥으로 머리를 가리고 이리저리 뛰는 사람은 대체로 한국 학부모들이고, 살짝 내리는 가랑비에도 커다란 우산을 쓰고 아이를 기다리는 사람은 동양인들뿐이다.

"너, 영국에서 그 정도 비에 우산을 쓰다가는 일 년 내내 우산만 쓰고 살아야 할걸!"

이라고 충고까지 한다. 비 오는 날이 많고, 비가 억수같이 내리다가도 거짓말처럼 화창하게 맑아지는 변덕스러운 영국의 날씨를 고려하면 그럴싸한 충고이다.

더 많은 비를 맞으려고 애쓰는 사람들처럼 머리를 뒤로 젖히고 천천히 걷는 영국인도 자주 눈에 띈다. 해가 나면 모든 영국인이 정원이나 공원으로 뛰쳐나와 너도나도 웃통을 벗어 젖히고 일광욕을 하듯이, 비가 와도 항상 입고 다니던 후드 점퍼를 걸친 채 비를 맞고 돌아다니며 볼일을 마친다. 이런 그들의 행동에는 런던은 산성비가 내리는 공해의 도시가 아니라는 자부심도 있고, 제멋대로 내리는 비에 맞춰 우산을 펴고 접는 것이 귀찮아서일 수도 있다. 어떤 면에서는 이미 비는⋯ 그들 삶의 일부가 되지 않았나 싶다.

비가 와도 이리저리 허둥대지 않고 점잖게 걷는 것까지야 멋있을 수도 있다. 그러나 그 덕에 그토록 깔끔하다고 소문난 영국 신사들의 머리 속에 이가 바글바글하다는 사실은 아무도 상상을 못했을 것이다.

머리 속에 이가

"이 달에는 이 잡는 날이 이번 월요일 수요일 다음 주 월요일입니다. 모든 학생과 가족이 한꺼번에 특수 샴푸와 참빗으로 이를 잡아야 합니다. 한 학생이라도 빠지면 이가 완전히 박멸되지 않습니다. 참빗은 교무실에서 저렴한 가격에 판매합니다. 사용 방법은….."

교장의 이름으로 발송된 어처구니없는 가정 통신문을 처음 받았을 때, 나의 영어 독해 실력과 눈을 의심했었다. '이(lice)' '이' 잡는 샴푸까지는 그럴 수 있다고 생각했는데. 게다가 참빗… 참빗이라니! 한국에서도 보기 힘든 참빗을… 영국에서 보게 되다니. 영국의 참빗은 하얀 플라스틱 소재라는 것을 제외하고는 촘촘한 빗살이 한국과 다를 바가 없다. '이'는 전염성이 강해서, 아이들에게 이가 있으면 부모들도 있기 마련이니 온 가족이 다함께 이를 잡아야 한다. 아름다운 금발의 영국 가족들이 머리를 맞대고 앉아 참빗을 빗으면서 서로 이를 잡아주고 있을 모습이란!

일부 영국인들은 '환경 보존을 위해서 샴푸를 사용하지 않아 발생한 사소한 문제이며, 사람의 머리 속에 이가 득실거린다는 것은 공해가 많이 없어졌다는 증거'라고 당당하게 말한다. 영국 아이들이 평소에 그다지 깔끔하지 않은 모습을 하고 다니는 것을 보면 믿기 어려운 말이다. 또 내 좁은 소견에도 수시로 몸에 독한 머릿니 샴푸를 발라놓고 이가 죽기를 몇 분씩 기다리느니, 평소에 일반 샴푸를 알맞게 쓰는 게 더 현명하지 않을까 싶다. 게다가 몇 달 걸러 한 번씩 교장선생님이 경고성 가정 통신문을 보내는 것을 보면, 학교에서 일괄적으로 이를 잡는 날마저도 샴푸로든, 비누로든, 머릿니 약으로든 머리를 잘 감지 않는 것이 확실하다.

특히 영국의 여자 아이들은 긴 금발 머리를 좋아해서, 부모들이 자녀의 머리를 짧게 커트라도 시키려면 집안에 전쟁이 날 정도이다. 그러잖아도 맞벌이 하느라고 시간적인 여유가 없는 대다수 영국 부모들도 커트하기를 싫어하는 자녀를 돈을 들여가면서까지 미용실에 보낼 생각이 없어 보였다. 그러니 딸아이의 영국 친구들이 하나둘씩 목숨처럼 소중히 여기던 치렁치렁한 금발을 싹둑 자르고 나타나면, 아이의 학급에 이가 돌고 있다는 증거이다. 재빨리 눈치 채고 이를 없애는 샴푸를 구입해두든지 딸아이의 머리를 짧게 커트해야 한다는 게 몇 년의 영국 생활에서 터득한 어처구니없는 생활의 지혜였다.

웬만한 비에는 우산을 쓰지 않고, 비가 오면 방수복 역할을 하는 칙칙한 점퍼를 늘 걸치고 다니는 사람들. 요즘 영국 서민들이 살아가는 모습이다.

복잡한 성격의 영국인들

나는 앞의 글에서 런던 거리에서 중절모와 트렌치코트에 기다란 우산을 들고 다니는 영국인을 만날 수 있다는 기대는 하지 말라고 했다. 대신 우산도 없이, 세상 비를 다 맞으려는 사람처럼 머리를 젖히고 런던 거리를 걷다가 머리 속이 이투성이가 된 영국인을 볼 것이라고 했다.

하지만 이런 영국인들의 성격과 반대되는 이야기가 아직 기다리고 있다. 여름휴가철 지중해의 따가운 햇살 아래서, 프라하의 예쁜 거리에서, 정말 예기치 않은 소나기라도 만나면 어느새 챙겨 왔는지 모를 우산을 재빠르게 꺼내 쓰는 유일한 관광객이 영국인이라는 것을 알아야 한다.

미국, 영국, 남미 등 세계 각국의 사람들이 떠나는 '코스모 투어' 로 동유럽을 여행할 때였다. 그해 동유럽에는 예기치 않은 소나기가 자주 와서 우리 그룹은 관광을 하다 말고 길가의 건물에 붙어 서서 비가 그치기를 기다릴 때가 많았다. 그러나 오직 영국인 관광객들만이 어디서 챙겨 왔는지 모를 우산과 우비를 꺼내 드는 것을 보고 "비가 많이 오는 나라 국민들은 다르다"며 웃은 기억이 있다.

머리 속에 이가 끓는 것도 마다하지 않고 우산도 없이 비를 맞고 다니는 영국인들이 왜 멀리 이국 땅까지 우산을 챙겨 왔을까? 철저한 준비성 때문일까? 그 이유가 무엇이든 간에, 영국 신사들은 딱 잘라 단언할 수 없는 그 무엇이 있다.

신발을 벗어요

영국인들은 신발이나 양말을 벗는 것을 결례라고 생각해서, 잘 때를 제외하고는 방에서도 양말과 신발을 신고 지낸다. 그래서 집에서 신을 신는 것이 습관화되지 않은 한국인 집에 영국인 손님이 올 경우 다툼이 일어나곤 한다. 손님이라기보다는 대개 수도나 전기 따위의 배관을 고치러 온 일꾼이나 배달부들이다. 일꾼들은 신발을 벗지 않으려 하고, 한국인 안주인은 신발을 벗지 않으려면 깔아놓은 신문지 위로만 다니라고 잔소리를 한다. 성질 사나운 영국 일꾼들은 그런 잔소리를 들으면 화를 내면서 돌아가거나 일을 아무렇게나 해놓고 가버린다.

그러나 그토록 신발 벗기를 싫어하면서도 비 오는 날에는 축축하게 젖은 양말을 처리하기 싫어서 맨발에 슬리퍼를 신고 다니는 사람이 영국 아줌마, 아저씨들이다. 비 오는 날 길거리나 아이들의 학교 근처에는 이부자리에서 막 빠져나온 듯 구질구질한 차림의 영국 학부모들이 맨발로 다니는 것을 쉽게 볼 수 있다. 그렇다고 영국인들을 맨발로 다니는 예의 없는 사람이라고 치부할 수도 없었다.

딸아이의 영국인 과외선생은 비 오는 날이면 맨발로 오곤 했었다. 그녀는 현관문에 들어서자마자 손수건으로 젖은 발을 닦고 주머니에서 마른 양말을 꺼내 신었다. 그걸 보면서 그녀의 성격이 유난히 깔끔하다고만 생각했었다.

그러나 어느 한국인의 이야기를 들어보니 단지 그녀의 성격이 깔끔해서 마른 양말을 꺼내 신은 게 아니었다. 어느 한국인은 연주회에 자주 다녔는데, 화려한 이브닝드레스에 새 구두를 신은 영국인 청중들을 보면서 '사람은 무엇으로 사는지'를 다시 생각하게 되었다고 했다. 그리고 비가 억수로 내리던 한 음악회 날, 비에 홀딱 젖은 옆 좌석의 노부인이 비닐봉투에서 새 구두와 양말을 꺼내 신는 것을 보고 크게 충격을 받았다고 한다. 음악회를 관람하기 위해 깨끗한 신으로 갈아 신는 평범한 노부인의 모습에서 에티켓 대국의 진수를 보았다고나 할까?

그러니 누가 영국 신사를 비 오는 날 슬리퍼나 질질 끌고 다니는 건달이라고 비웃을 수 있겠는가?

독일, 프랑스, 바이킹의 민족성이 뒤섞인 나라

이제 알고 있을 것이다. 타인에게는 털끝만큼의 관심도 없다는 듯 근엄하면서도 무표정한 얼굴로 거리를 다니지만, 현관문을 닫자마자 창문 뒤에 서서 거리를 훔쳐보는 사람이 바로 영국인들이다. 한쪽에서는 가장 잔인한 방법으로 여우를 죽이면서도 다른 쪽에서는 희한한 방법으로 여우를 사랑하고, 전 세계에서 찾아드는 망명객이나 유랑민은 기꺼이 받아주면서도, 외국인에게는 자타가 공인할 정도로 배타적이며 모순투성이인 영국인!

자세히 살펴보면 영국인은 매우 정적이고 까다로우면서도, 매우 격정적이고 야만적이며 잔인한 면이 있다.

"변화하는 것은 영국이 아니다"라고 할 정도로 변화를 싫어하는 민족이지만, 정작 그들은 하루에도 수십 차례 변덕이 죽 끓듯 해서 영국에서 살고 있는 외국인들을 지치게 한다. 게다가 요즘 들어서는 영국의 경기가 풀리자, 그렇게 싫어하던 미국식 카페와 새 건물이 늘어나는 등 거리가 예전에 비해 말할 수 없는 속도로 변해가고 있다고 한다. 그러나 런던 거리에서 영국에는 영국 신사가 없다고 수군거리기만 해도, 어디에 숨어 있었는지 모를 긴 지팡이와 콧수염을 기른 신사가 곳곳에서 밀려나올 나라가 영국이다.

그런 영국인들의 복잡한 성품과 변덕은 많은 외국인의 마음을 다치게도 하고, 한편으로는 호기심을 자극하기도 한다.

영국인의 성격의 배후에는 특별난 역사적 배경과 기후, 토양이 있다. 영국의 애매모호한 기후가 사람들을 변덕스럽게 했고, 지질학적인 위치가 나라의 역사를 바꾸어왔다. 영국은 섬나라여서 유럽에서 고립되어 있으면서도, 건너기 쉬운 도버해협 쪽으로는 비옥한 옥토가 많기 때문에, 섬치고는 이방인의 침범이 많았다.

BC 4세기경에는 유럽에서 켈트족이 쳐들어와서 원주민 이베리아인을 몰아냈고, BC 54년에는 로마의 카이사르가 침략하여 라틴문명을 전하고 런던이라는 도시를 건설했다. 7C에는 게르만 계통의 앵글족과 색슨족이 침략하여 켈트족과 로마의 문화를 융합시키며, 영국이라는 왕국을 건설했다. 이로 인해서 영국은 언어나 민족 면에서 독일과 나라의 기원이 같다. 그러나 게르만족의 딱딱한 전통에 맞추어 살던 영국이,

1066년에 일어난 역사적인 사건인 프랑스의 노르망디 공(그는 게르만 계통이었으나, 이미 프랑스화되었다.)이 이끈 노르만족의 정복 이후부터 밝고 화려한 프랑스의 언어와 문화를 받아들였다.

이렇게 보면 영국은 원주민인 이베리아족과 켈트인, 로마의 문명, 앵글족, 색슨족, 노르만족 등 최소한 5~6개의 민족이 합친 나라인 셈이다.

침략자는 애국심으로 죄다 몰아낸 한국인으로서는 상상도 못할 만큼 복잡한 민족이 섞여 있다. 아마도 이처럼 여러 민족과의 융화 과정에서 복잡다단한 영국인의 성격이 형성되었지 않을까 싶다.

그래서 독일인 같은 엄숙한 모습으로 거리를 다니다가 집 안에 들어서는 순간부터 창문 밖의 거리를 엿보고, 프랑스인처럼 호기심 많고 정열적인 사람으로 돌변하는 것이리라. 또한 바이킹족에게 이어받은 야만적인 기질은 점잖은 신사들의 핏속에 가만히 숨어 때를 기다리다가, 어느 날 갑자기 세계적으로도 악명 높은 영국의 축구 훌리건(축구광)들의 믿을 수 없는 난동으로 폭발한다.

아마도 그들은 영원히 변치 않으리라

그렇게 복잡하고 변덕스러운 성격의 소유자들이라서 그들의 반응 역시 종잡을 수 없지만, 영국인에 관한 한 딱 하나 확실한 것이 있다. 말도 안 되게 변덕스러운 성품. 울타리 싸움과 정원의 여우들. 그 모습을 지금 당장 보여줄 수 있느냐고 누군가가 묻는다면 언제든지 보여줄 수 있는 나라가 영국이다. 즉, 영국인들은 쉽게 변하지 않는 사람들이다.

사춘기 때 갑작스레 서울로 이사 온 후, 거의 6년 만에 시간을 내어 처음으로 고향 부산을 찾아간 적이 있다. 옛집과 거리, 놀던 골목길이 예전 그대로 있을지 꽤나 설레는 마음이었으나 너무나도 많이 바뀐 동네 때문에 실망스런 마음으로 서울로 되돌아왔던 기억이 있다.

그러나 고향도 아닌 영국을 5년 만에 방문하면서도, 그새 변해버렸을지도 모를 영국 시스템에 대한 불안감이 전혀 없었다. 클래펌 정션역 9번 플랫폼에 있는 트레인 스포터들도, 우산을 쓰지 않고 다니는 영국인들도, 집 뒤뜰에 자리하고 있는 여우들도 그대로 있을 것이라 믿었다.

역시 5년 만에 다시 찾아간 영국에는 계산이 느린 점원이 여전히 계산대에서 돈을 세다가 틈을 봐서 슬쩍 몇 펜스 덜어냈고, 모든 승객이 앉을 때까지 출발할 생각도 않는 이층버스 운전사는 여전히 딴청을 부리고 있었고, 늘 미소를 짓고 있는 간호사는 엄살이 심한 환자의 차트를 슬쩍 뒤로 밀어놓고 있었다. 참 얄미운 것마저도 그대로라고 생각하니, 잊고 있었던 영국인에 대한 희비의 감정이 다시 살아났다. 얄미우면서도 콧등이 찡했다.

그들은 쉽게 변하지 않을 것이다.

요즘 들어 영국의 날씨가 조금씩 변하고 있다. 비 오는 날이 줄어들고, 가뭄 때는 이웃 간에 물싸움도 일어난다. 전문가들은 이대로 가다가는 50년 이내에 영국이 사막으로 변할 것이라는 견해를 내놓기도 했다. 그러나 단언컨대, 영국인들의 사는 모습은 그대로일 것이다. 아마 영국인들은 뜨거운 사막으로 변한 땅에서도 선인장과 개량장미로 가득한 열대식물 정원을 돌보느라고 땀을 빼고 있을 것이다. 그러다가 오후 티타임이 되면, 뜨거운 태양 아래에서 싸구려 밀크티를 마시며 반쯤 일사병에 걸린 몽롱한 눈빛으로 종일 일한 정원을 내려다보겠지. 틈을 내어 모래언덕 아래 몸을 숨기고 이웃을 엿볼 것이다.

그들은 영국 신사이므로.

TIP 훌리건

영국은 흥분이 허락되지 않는 사회다. 영국인들은 좀처럼 흥분하지 않는다. 영국인들이 폭력적이거나 요란스러운 모습을 보이는 장면을 목격하기란 쉽지 않다. 영국인은 월드컵과 같은 축구경기 때 훌리건들이 난동을 부리고 다이애나비가 죽었을 때만 눈에 띄게 분노했다. 점잖은 펍도 운동 경기가 있는 날이면 분위기가 달라진다.

다이애나비가 죽었을 땐 대단했다. 좀처럼 흥분하지 않는 그들이 다이애나비의 죽음을 애도했고, 런던을 비롯한 영국 전체가 다이애나비를 추모하는 꽃다발과 눈물로 덮였다. 영국의 역사상 볼 수 없었던 기록적인 인파가 다이애나비를 추모했다. 영국의 매스컴은 영국인들이 오래 눌러두었던 감정을 폭발한 것이라고 진단했다.

그러나 그런 행동을 감정의 폭발로 보는 외국인은 별로 없었다. 영국인들이 기껏해야 꽃다발이나 들고 나왔고, 소리 없이 눈물만 떨어뜨렸기 때문이다. 다이애나비의 죽음에 의혹이 있었지만, 누구도 그런 의혹을 겉으로 드러내지 않고 그냥 조용히 추모를 했다. 누구도 소리 지르거나 항의하지 않았다. 기껏해야 그 정도의 흥분이 다다. 그런 침묵의 시위만도 그동안의 영국인에게는 대단한 것임에는 틀림없다. "드디어 우리 영국인들이 가슴속에 억눌러두었던 분노를 드러냈다!"고 속보와 특집을 전하는 아나운서와 패널들의 격앙된 목소리만이 유일한 흥분이었다. 영국인들이 쉽게 흥분하지 않는다는 것만 확인했을 뿐이다.

영국 신사들이 숨겨둔 비장의 무기는 편지 쓰기

에밀리 아빠의 편지

몇 년 된 편지이지만, 지금도 나는 옆집 에밀리 아빠가 문 밑으로 밀어 넣은 편지 한 장을 간직하고 있다.

특별하거나 애틋함이 담긴 편지가 아니라,

"너희 개가 너무 짖어서 더 이상 참을 수 없다. 주의 바란다. 앞으로 이런 일이 한 번만 더 있으면, 경찰을 부르겠다…. 27호 집으로부터."

그런 내용의 편지이다. 에밀리네와는 크리스마스나 부활절이면 카드와 선물을 주고받는 사이였는데, 그런 매정한 편지를 보내온 것이다. 그것도 우리 가족이 저녁 식사 후 나들이 겸 시장을 보러 출동했다가 급한 일이 생기는 바람에 30분도 채 못 되어 돌아왔을 때니, 개가 오랫동안 짖지도 않았을 텐데 그런 편지를 쓴 것이다. 다닥다닥 붙은 아파트도 아니고 뚝 떨어진 주택가에서 시끄러우면 얼마나 시끄러웠겠는가!

불행 중 다행은 그 이후로 에밀리 아빠는 우리 개가 짖어도 다시는 불평을 못했다. 우리가 밤늦게 올 줄 알고 성급하게 편지를 보낸 게 미안하기는 했나보다. 어쩌면 그날 이후 완전히 변해버린 내 눈초리 때문에, 이 동양 여자에게는 그런 편지 따위가 아무 소용이 없다는 것을 눈치 챘을지도 모르지.

그 편지를 아직도 가지고 있는 것은 '어쩌면 이웃끼리 별일도 아닌 것에 그런 심한 편지를 보냈을까! 게다가 경찰을 부르겠다고 협박까지!' 하는 섭섭한 마음을 떨칠 수가 없어서다. 거기서부터 영국인과 한국인은 결코 서로 쉽게 화합할 수 없는 문화적 괴리가 일어날 수밖에 없다.

영국에 오기 전까지 편지는 애틋한 마음의 전달자였다. 어니언스의 '말없이 건네주고 달아난~'의 감상으로만 기억되는 편지. 그래서 여학생 때, 특별한 기분에 젖어 주고받던 이후로 별로 쓸 일이 없었다.

그런데 영국에 오니, 말없이 건네주는 비정한 편지가 수도 없이 많았다. 우편함에 가득 쌓이는 전화세를 비롯한 각종 세금 고지서를 제외하고도 수많은 편지가 있었다. 성탄카드, 초대장, 매일매일 받아오는 담임선생님의 메모, 짤막한 해명편지와 항의편지 등등. 영국에선 거실 바닥에 산더미처럼 쌓인 편지를 분류하면서 하루를 다 보낸다고 해도 과언이 아니다.

그런 편지가 오게 된 상황과 수많은 편지에 담긴 의미를 제대로 파악하지 못하면 아귀가 맞지 않는 영국 생활이 될 수 있다.

"백만 파운드에 당첨되셨습니다.~~" 따위의 편지에 혹하지도 말고, 생각지도 않던 이웃으로부터 호의적인 성탄카드를 받았다고 즐거워하지도 말고, 기분 나쁜 항의편지를 받았다고 너무 분해할 것도 없다. 성탄카드가 성탄절이 되었으니 보낸 형식적인 것이듯이, 항의편지도 불만 사항을 말보다는 편지로 해결하기 위한 우회적인 형식에 지나지 않는다.

성탄카드를 받았다고 이웃에 대해 유별난 호의를 품으면 앞으로 더 섭섭함을 느끼게 될 것이다. 성탄카드나 초콜릿을 주고받았다고 우리처럼 "영희 엄마~ 있수?" 하면서 남의 집 문을 벌컥 열고 들어갈 사이가 된 것은 아니기 때문이다. 특히 항의편지는 한국인이 적응하기 힘들다. 섭섭함 정도가 아니라 마음에 상처를 준다. 항의편지로 인해 발생하는 정서적인 불협화음. 동서양의 문화적 괴리 앞에서 절망감에 빠질 정도이다.

항의편지 한 장 받았다고 당장 원수가 되는 것도 아닌데 말이다.

영국인의 편지 한 장.

영국인들의 편지를 별다른 감정 없이 받아들일 수 있다면 아마 영국을 알 만큼 아는 사람이라고 할 수 있다.

편지 한 장의 위력

편지 쓰기는 영국인들뿐만 아니라 다른 외국인에게도 생활화되어 있다.

영국인들이 한국인을 만만히 여기는 이유도 바로 이 항의편지 때문이다. 똑같은 협회에서 수속을 하는 어학연수라도 유럽 학생에 비해 한국 학생들의 대접이 소홀하다. 한국 학생들은 이상하게도 교통여건도 나쁘고, 주인들도 고약한 민박집에 배정된다. 인종차별이 아니라 한국인의 속내가 약한 것을 들킨 탓이다. 서양 아이들은 조금만 불편해도 당장 불만을 털어놓거나 불편한 상황을 조목조목 설명하는 편지를 보내어 시정해줄 것을 요구하니 남달리 신경을 써서 숙소를 정해줄 수밖에 없다. 그러나 한국 학생들은 대부분 '곧 헤어질 사람인데 모질게 할 것 없이 좋은 기억으로 헤어지자.'고 속으로 분을 삭인다. 마음이 아파 그 사람을 비방하는 항의편지를 쓰는 일은 상상도 못한다.

그러다가 분이 점점 쌓여 더 이상 참지 못할 지경에 이르면 일부 성질이 급한 한국인들은 더 이상 못 참겠다고 화를 버럭 낸다. 그래봤자 자신을 제어할 줄도 모르는 골칫거리 취급만 당한다. 언성을 높이면 항의편지보다 더 나쁜 결과를 초래한다. 그런 몇 명만 제외하면 한국 학생들은 대체로 얌전하게 잘 참고 지내는 사람들로 기억되기 때문에 함부로 대하는 것이다.

어디 학교뿐인가. 한국 젊은이들이 영국에 가면 꼭 찾아가는 펍. 영국인들과 어울려 시원한 맥주를 들이켤 수 있는 낭만적인 펍에서도 많은 한국인이 알게 모르게 푸대접을 받는다. 바텐더가 내키는 대로 술을 파는 펍에서는 바텐더가 왕이다. 이유는 알 수 없지만, 동양인을 차별하는 바텐더도 있다. 동양인들을 못 본 척 다른 손님에게만 술을 따라준다. 한참을 선 채로 기다리던 동양인이 항의를 하면, "오우 미안~ 널 못 봤어! 오우 베이비 진정해!" 하면서 체구가 작은 동양인을 비웃는다.

그런데 펍이나 레스토랑, 학교에서 푸대접을 받은 한국인 중에 항의 편지나 불만 신고서를 써서 책임자에게 보낸 사람이 있다는 이야기를 들은 적이 없다. 영어도 안 되면서 말싸움은 수차례 했다는 소문은 들었지만. 물론 나도 예외가 아니다. 처음 그런 일을 당하면 분하고 원통해서 이번에야말로 확실한 항의편지를 보내고 말리라 다짐하고 주소와 담당자의 이름까지 받아오지만, 하루 이틀 아니 한두 시간만 지나면 마음이 약해진다. "뭐 그깟 일로 편지까지 쓰나!" 그러니 어느 종업원이 맹물 같은 우리 한국인을 두려워하겠는가?

레스토랑이나 가게의 종업원이 기대 이상으로 친절했을 때 보내는 편지는 효력이 더 크다. 그 편지 한 장이 고용주에게 칭찬을 받거나 월급 인상의 작은 요인이라도 되면, 그 종업원이 또 다른 한국인 손님을 받았을 때 어떻게 접대할지는 보지 않아도 뻔하지 않은가? 우리가 단골이 아닌 관광객이나 뜨내기일지라도 우리의 말 한마디가 그 종업원의 목을 자르거나 승진시키는 데에 일조할 수 있는 것이다. 마음만 먹으면 언제든지 그런 편지를 보내는 영국 손님 앞에서 종업원들이 눈치를 보는 것은 당연지사이다. 이런 속사정을 모르고 식당에서조차 인종차별을 받았다고 섭섭해할 것 없다. 영국인과 동등한 대접을 받으려면, 수고스럽겠지만 영국인처럼 편지 쓰기를 하면 될 것이다.

편지 쓰기에 익숙지 않은 한국인

편지 쓰기라~ 한국어로도 안 써본 편지를 영어로 쓴다? 그것도 그냥 편지 쓰기도 아닌 항의편지라~

우리는… 아니… 나는 백번 죽었다가 깨어나도 항의편지를 못 쓴다. 물론 영어 실력이 짧아서도 그렇겠지만… 그것보다 더 큰 이유가 있다. 그건 한국인들의 일반적인 천성 때문이다.

어학원에서 제일 먼저 배우는 작문이 편지 쓰기이다. 편지를 쓸 때는 맨 위에 날짜와 보내는 사람의 주소 등을 써야 한다. 편지 시작 부분에 보내는 사람의 주소와 날짜를 쓴다는 것 자체가 편지가 아니라 공증이라는 의미가 된다. 편지 쓰기 중에 항의편지 쓰기가 있다. 항의편지 쓰기의 예문도 다양하다. '주문한 물건이 늦게 도착했다. 게다가 품질도 생각만 못하다.', '~ 레스토랑의 식사가 형편없었고 특히 웨이터가 불친절했다.' 등의 상황 설정이 되어 있다.

그런데 이상하게도 나의 항의편지 작문은 다른 작문에 비해 늘 점수가 좋지 않았다. '어느 종업원이 어떤 잘못을 했고 어떤 매너를 보였다.'고 정확하게 상황 묘사를 하지 못했다는 지적을 받았다. 그래서 치사해 보이지만, 마음에 없는 흉을 보는 내용으로 긴 편지를 썼지만 여전히 내 항의편지 작문 점수가 형편없었다.

우여곡절 끝에서야 내 항의편지의 문제점을 알았다. "문법이나 단어 구사력은 좋지만 이건 항의편지가 아니야. 너의 편지는 불만편지이지 항의편지가 아니야. 언어만 알 뿐, 문화를 이해하지 못한 결과이지." 존슨 부인이 말해줬다. 그녀는 한국 아이들에게 오랫동안 영어와 수학을 가르쳐와서 양국 간의 문화 차이를 잘 알고 있었다. 마음이 모질지 못한 한국인들은 항의편지조차 공손하고 부드럽게 표현할 수밖에 없었다. 고작 모질게 써도, "너희 종업원이 이런저런 실수를 했다."에 그친다.

'그래도 시정하지 않으면, ~~에 고발 조치 하겠다'는 따위의 몇 가지 매몰찬 표현을 가르쳐주었다. 개 사건이 있던 날 밤 에밀리 아빠가 보내온 편지의 '~경찰을 부르겠다'와 같은 단호한 문구들이었다. 그런 강력한 요구사항이 없는 것은 항의편지가 아니었다.

그러나 뒤늦게 그들 문화를 깨달은들 무슨 도움이 되랴. 그렇게 살아오지 않은 것을. 그 설명을 듣는 순간에도 속으로는 '그만한 일로 무슨 고발을!'이라고 생각하니, 확실한 효과를 줄 만한 항의편지를 쓰는 것은 상상도 말라.

웬만한 일은 참고 넘어가는 한국인은 항의편지 따위는 보내지 못하고 양반님처럼 점잖게 지내다 귀국한다. 그렇게 하면 영국인들에게 무시를 당한다. 하숙집에서는 허리가 끊어질 듯한 불편한 침대에서 군소리 없이 자야 하고, 상한 계란 요리를 먹어야 하고, 구멍가게에서는 내 돈 내고 주인들의 핀잔을 들으면 잡화를 사야 하고, 펍에서는 맥주 한 잔 마시려고 바텐더의 기분이 풀릴 때까지 바보처럼 서 있어야 할 것이다.

영국인이라고 해서 항의편지를 받으면 화가 나지 않겠는가? 물론 화는 나겠지만, 우리처럼 그렇게 놀라지 않을 뿐이다. 말로 했다가는 오히려 큰 화를 일으킬 문제를 해결하기 위한 가장 쉬운 방법이고 일상이다. 그런 일상을 우리가 너무 심각하게 받아들이기 때문에 섭섭해하기도 하고, 항의편지도 못 보내고 속앓이만 하는 것이다. 그래서 영국인들은 한국인들을 제 밥그릇도 못 찾아 먹는 바보들처럼 취급한다. 그런 문화적인 갭. 누굴 나무랄 수도 없는 일. 아무래도 항의편지 쓰기 연습을 시작해야겠다.

그리고 아무 개인적인 감정 없이 보낸 옆집 에밀리 아빠의 낡은 편지도 이제 그만 찢어버려야겠다.

영국 신사들과의 전투를 위한 기본자세

"I'm sorry" 제대로 하는 법

흔한 주의 사항이지만, 외국에서는 "I'm sorry"를 자주 말해야 하면서도, 함부로 말해서도 안 된다.

사소한 실수로 남에게 피해를 주었을 때는 재빨리 "I'm sorry"라고 말해야 한다. 지나가다가 어깨를 부딪쳐도 '미안하다'고 얼른 말하고, 모르고 몸을 치고 지나가도 '미안하다'고 말해야 한다. 사소한 일에 일일이 말해줘야 하는 "I'm sorry".

그러나 실제로 시비가 붙으면 절대로 "I'm sorry"라고 하면 안 된다. 특히 차 사고를 내서 상대편 운전자가 머리가 깨져 피를 흘리는 것을 보아도 "I'm sorry" 하면 안 된다. 그것은 이 모든 사태에 대해 내가 책임을 지겠다는 뜻이 되기 때문이다.

그러면 친구의 부모가 돌아가셨다는 슬픈 소식을 들으면 어떻게 해야 하나?

같이 길을 걷던 친구가 혼자 넘어져서 다리를 다쳤을 땐 어떻게 해야 하나?

그때 "I'm sorry"라고 하면, 혹시 모든 죄를 내가 다 뒤집어써야 하는 것은 아닌가?

저지른 잘못도 없는데, 굳이 "I'm sorry"라고 할 필요가 있을까?

정답은 "I'm sorry"라고 해야 한다.

"I'm sorry"를 해야 할지 말아야 할지는 내가 피해를 주었는지 안 주었는지에 따라 결정된다. 내가 피해를 주지 않은 남의 모든 불행에는 당연히 "I'm sorry"라고 말해야 한다. 그러나 내가 조금이라도 피해를 줬거나 준 것으로 오해를 받을 만한 남의 불행에는 절대로 "I'm sorry"라고 해서는 안 된다.

미안하다는 말 한마디도 따지고 들어가면 복잡한 게 바로 문화차이 때문이다. 말 한마디 잘못해도 시비가 벌어진다. 이국에서는 그들의 정서와 문화를 빨리 아는 게 성공하는 삶의 지름길이다.

뺑소니범

영국에 온 지 얼마 안 된 친구의 경험이다. 아침에 길가에 세워둔 차에 타려고 막 대문을 나서는 순간, 그녀는 자기의 차 바로 앞에 주차했던 트럭이 후진을 하다가 접촉 사고를 내고 뺑소니를 치는 것을 목격했다. 웬만하면 덮어두려 했으나, 그냥 놔두기에는 트럭에 받힌 차의 범퍼가 너무 찌그러져 있었고, 신사인 영국인들도 뺑소니를 치는가 하는 실망이 너무 컸단다.

그 동네 트럭은 아니지만 누군가의 집을 방문한 트럭일 것이라는 짐작으로 사방을 살피니, 마침 옆집 젊은이가 집으로 들어가는 것이 눈에 띄었다. 트럭을 배웅하고 들어가는 중일 것이라고 짐작한 그녀는 한국 아줌마의 끈질긴 기지를 발휘했다. "아까 그 트럭 네 친구 거지! 내가 번호와 차종을 알고 있어, 뺑소니가 더 죄과가 큰 거 알지! 돌아오라고 해." 옆집 젊은이를 협박하여 일단 뺑소니를 친 트럭을 돌아오게 했다. 역시 한국의 아줌마들은 세계 어디다 내놓아도 살아남을 만한 기략과 재치가 있는 인재들이다.

그런데 그 트럭운전사가 영어도 서툰 한국 아줌마를 만만하게 보았는지, 시치미를 떼며 오히려 그녀에게 죄를 뒤집어씌우더라는 것이다. 줄행랑을 쳤다가 돌아온 사실만으로도 트럭운전사가 잘못한 것이 뻔한데 계속 딴청을 피우자, 그녀는 점점 흥분하여 온갖 영어 실력을 발휘해서 필사적으로 싸우고 있었다. 그때 마침 주민 중의 누군가로부터 신고를 받고 경찰이 왔다. 그녀는 마치 구세주라도 만난 듯이 반가워서 경찰에게 격앙된 목소리로 사고 경위와 트럭운전사의 무례함을 일러바쳤다.

그런데 가만히 듣고 있던 경찰이 트럭운전사를 나무라기는커녕 그녀에게 음주 측정을 하려고 했다. 이런 상황에서 순순히 음주 측정에 응할 수 있겠는가! 그러잖아도 흥분된 얼굴이 점점 더 상기되어갈 뿐이었다. 그런데 옆에 선 트럭운전사는 팔짱을 낀 채 냉정하게 대답하고 있었다.

"이 동양 여자가 왜 그러는지 도대체 모르겠습니다요."

불응하면 체포하겠다는 경찰의 협박 때문에 할 수 없이 음주 측정을 당해야 했던 그 서러움. 백주 대낮에 잘못도 없이 민주경찰에게 부당한 대우를 받아야 하는 억울함. 정말 듣고 있던 나도 눈물이 날 정도로 분했다.

"인종차별이야! 정말 치사한 영국놈들!"

그 이야기를 하는 그녀의 얼굴은 붉게 달아오르고 목소리는 떨고 있었다. 뺑소니를 쳤다가 다시 돌아온 사실만 봐도 트럭운전사의 잘못임이 명백한데 진위도 알아보지 않고, 동양인이라는 사실 하나 때문에 죄를 뒤집어씌우는 영국 경찰. 정말 그들이 신사들의 나라를 지키는 경찰이 맞던가?

그것은 인종차별이 아니다.

많은 한인은 이렇게 거리나 상점 혹은 은행이나 병원에서 억울한 일을 당하여 울분을 삭여본 경험이 있다. 나 역시 어설픈 영어로 항의를 하다가, 말도 안 되는 무시를 당하고 집에 들어와 펑펑 운 적이 있다. 영국인들은 앞에 대놓고는 절대로 인종차별을 하지 않는 족속이다. 인종차별주의자로 고소를 당하면, 빠져나올 길이 없기 때문에 그 점에서는 매우 조심스럽게 행동한다. 어떤 일로 시비가 붙었을 때, "인종차별을 당했다."라는 꼬투리만 잡아내면, 웬만한 시비는 다 이길 수 있을 정도다.

화가 날수록 냉정한 미소를 짓자

법보다는 주먹이 가까운 나라 한국! 그 한국의 거리나 상점에서 시비가 붙었을 때 누가 이길까? 누가 옳고 그름을 떠나서, 한국에서의 싸움은 일단 주민등록증을 까놓고 시작한다. 한 살이라도 더 먹은 사람이 유리하다. 물론 목소리가 큰 사람도 당연히 일등이다. 옳고 그름을 가리기보다는 누가 더 싸움을 장악하고 있느냐, 혹은 누가 더 강한가에 따라 승패가 결정된다. 그래서 목소리가 남달리 크거나, 한 살이라도 나이가 더 먹었거나, 주변에 편드는 사람이 많은 쪽이 이기는 경향이 있다.

영국에서는 이런 한국식 방법이 절대로 통하지 않는다.

영국인과 싸울 때는 냉정해야 한다. 싸움이 깊어질수록 만면에 미소를 지으며 냉정하고 침착하게 상황을 정확하게 묘사해야 한다. 억울하다고 큰 소리를 내거나, 내가 잘했다고 흥분부터 하면 이미 지고 시작하는 싸움이 된다. 미국 아이의 살해범으로 법정에 섰던 영국 소녀 루이스처럼 냉정하게 임해야 한다는 뜻이다.

뺑소니를 당한 내 친구의 경우도 마찬가지이다. 한국식으로 하자면 잘못한 것도 없고 증거도 있으니 당연히 화를 낼 수 있다. 그러나 영국에서는 흥분하는 사람은 이미 싸울 자격마저 박탈된다. 영국식으로 말하면 '법보다는 주먹이 가까운 행동'을 한 것이다. 사람을 때리지도 않았는데 웬 주먹 하겠지만, 흥분과 언성높임은 이미 법의 판단을 기다리지 않는 행동이며 주먹을 쓴 것과 다름없는 무법자의 행동이다.

영국 경찰이 팔이 안으로 휘어서 트럭운전사 편을 들어준 점도 있겠지만, 심하게 흥분된 상태의 그녀를 이미 법을 운운할 자격이 없는 자로 간주한 것이다. 물론 영국인이 똑같은 상황에 처했다면 그렇게까지는 하지 않았을지도 모른다. 결국 싸움을 시작도 못하고 패배했다. 그건 그녀뿐만 아니라, 많은 한국인이 영국에서 당하는 황당한 일 중에 하나일 뿐이다.

그러나 자동차 보험회사 직원의 권고에 따라, 항의편지를 쓰는 그녀를 보면서 나 자신도 여러 번 포기했던 그 편지 쓰기를 하는 모습에 감격했다. 편지 쓰기는 그 상황에서 그녀가 할 수 있는 가장 현명하고 확실한 싸움이었고 애국이었다. 항의편지만이 우리가 소비자로서 영국인과 동등한 대접을 받을 수 있는 유일한 길이다.

죽음을 초래할 수도 있는 몸짓언어의 위력

이국 생활의 성패가 달린 몸짓언어

런던 히드로 공항의 출국장으로 향하는 길목에,

"Never underestimate the importance of local knowledge!(방문 국가에 대한 지식의 중요성을 결코 우습게 여기지 말라.)"

라는 짧은 문구와 함께 수많은 몸짓언어의 벽보 사진이 쭉 붙어 있다.

'똑같은 손 모양이 이집트와 이탈리아, 그리스에서 각각 다른 의미로 받아들여지며, 'football(축구)'이라는 단어는 같은 영어권인 미국과 영국, 호주에서 전혀 다른 종류의 운동이 된다.'는 등 각 나라의 문화적 차이를 소개하는 사진이다. 그것은 문화적 차이의 중요성을 런던을 떠나는 국민들에게 마지막으로 주지시키는 홍보이며, 타 문화에 대한 영국인들의 배려이다. 어쩌면 많은 나라를 식민지화해본 정복자 영국인들의 완벽 현지 생활을 위한 노하우일지도 모른다.

몸짓언어라면, 포커텔(poker tell)이 백미이다. 포커의 승패는 어떤 패를 쥐었는가가 아니라, 상대편의 무의식적인 몸짓에 숨겨진 의미를 제대로 읽는 능력에 달려 있다는 뜻이다. 그 포커텔에서처럼, 몸짓언어를 제대로 읽어내고 잘 표현만 한다면, 이국에서의 삶은 절반은 성공한 셈이리라.

영국의 몸짓언어를 이해하지 못하고 사소한 눈빛 하나도 잘못 보냈다가는 시비에 말려들거나 죽음을 초래할 수도 있다. 그러니 꼭 알아두어야 할 것이다.

싱가포르에서 만난 그들의 눈빛

엘리베이터 안의 형광등 아래지만 햇빛보다 더 눈부신 느낌을 주는 금발. 피부 밑 핏줄이 들여다보일 정도로 하얀 살결과 주근깨. 파란 눈동자. 영화의 한 장면에 나오는 아이처럼 아름다운 서양 여자 아이가 있었다. 10살 정도 되어 보였다. 한눈에 순종 영국 아이라는 것을 눈치챘다. 각국의 인종이 모여 있는 싱가포르에서는 보기 드문 토종 영국 아이였다.

궁금증을 참지 못하고 그 아이의 신상 파악에 들어갔다. "너 영국인이지?" 아이의 파란 눈동자가 커지는 듯싶었으나, 이내 담담하면서도 대담한 눈빛으로 마주 보면서 "예스"라고 간결하게 답해온다. 이런저런 질문에, 한 번도 눈길을 피하지 않고 오히려 무섭게 느껴질 정도의 강한 눈빛으로 마주 응시하며 대답했다. 눈빛이 너무 당돌해서 기분이 상할 정도였다.

'몇 살이냐?' '몇 학년이냐?' '몇 층에 사냐?' 따위의 사적인 내용을 물었으니 아이의 시선이 흐트러질 수가 없었을 게다. 영국에서 이런 질문을 하면서 아이에게 접근하면 이상한 사람 취급당할 것이다. 영국도 아닌 동남아 싱가포르에서까지 영국의 형식을 따를 이유가 없다는 생각에 한국 아이에게 하듯 말을 붙여보았던 것이다. 그래도 기분이 찝찝했다. 애답지 않은 당돌함에서 느껴지는 불쾌감이랄까.

'나 원 참! 영국놈은 어디서도 표가 난단 말이야….'

야무지기야 요즘 한국 아이들도 빠지지 않는다. 낯선 어른한테 이것저것 아이답지 않은 당돌한 질문도 많이 한다. 우리 어릴 때와는 달리 부끄러움도 없다. 그런데도 한국 아이들은 여전히 귀여운 아이들 같은 느낌이 드는 반면, 영국 아이들은 당돌해 보이고 아이답지 않은 기분 나쁜 느낌을 주는 이유는 무엇일까?

단지 외모가 달라서 생기는 간격은 아닐 거다.

그것은 바로 당돌한 시선 때문이다. 한국 아이들이야, 제아무리 당돌하다고 해도 어른들의 눈을 똑바로 마주한 채 이야기하지 않는다. 설사 눈을 마주하더라도 천진스럽거나 미소를 띠거나 애교를 떠는 눈빛이지, 영국 아이들처럼 진지한 눈빛으로 혹은 대담한 눈빛으로 일대일로 상대하자고 마주하지는 않는다. 그 이후 엘리베이터에서 마주칠 때마다 부끄러워하거나 머뭇거림이 없는 그 영국 아이의 또렷한 시선에 짜증이 나기 시작했다. 그 시선의 의미를 알고는 있었지만, 마음에 들지 않았다.

영국인들의 눈빛. 그건 의미를 알아도 감정적으로는 받아들여지지 않는 문화적인 갭이었다.

시선 마주하는 일

'대화를 나눌 때는 상대방의 눈을 똑바로 쳐다보아야 한다.' 는 서양인들과의 대화 방법은 잘 알려진 이야기다. 특히 한국인과 일본인이 외국인과 대화를 나눌 때 눈길을 마주하지 않아 오해를 일으킨 에피소드는 수도 없이 많다. 외국인과 대화를 나눌 때는, 시선을 똑바로 마주하면서 내가 얼마나 솔직하고 열정적으로 당신과 대화를 나누고 있는지 명확하게 표시해야 한다.

그래도 그 정도는 노력하면 되는 일이지만, 웃어른이나 이성과 이야기를 나눌 때와 꾸지람을 들을 때조차도 상대편을 똑바로 쳐다봐야 하는 것은 쉽지가 않다. 한국에서는 잘못을 인정할 때나 웃어른에게 야단을 맞을 때는 고개를 숙이는 것이 예의이지만, 영국에서는 고개를 숙이고 있으면, 뭔가 속이려는 수작이 있거나 네 말은 듣고 싶지 않다는 표시가 된다.

동양 아이들을 맡고 있던 한 영국 선생님은 동양 학생들에게서 느끼는 그런 심정을 솔직하게 고백했다. "물론 동양에서는 고개를 숙이는 것이 잘못을 인정하고 있다는 표시라는 것은 이제 알지만, 눈길을 바닥으로 떨어뜨리고 있으면 학생의 표정을 읽을 수가 없어요. 내 말을 어느 정도까지 수긍하고 있는지 알 수가 없어 점점 더 화가 치민답니다. 가정에서 한국 어머니들께서 아이들에게 그 점을 미리 좀 가르쳐 줬으면 좋겠어요…."

눈 마주치기란, 한국 학생에 대해 좀 알고 있는 영국 교사에게나 영국에 오래 산 한국 학생에게나 너무나도 넘기 힘든 몸짓언어였다. 아마 영어의 발음이나 악센트보다도 더 고치기 힘든 것이 바로 그렇게 몸에 밴 몸짓언어일 것이다.

그런데 한국에 돌아갔을 때였다. 아이가 한창 사춘기라 화를 낼 일이 있었다. 화가 나서 아이를 혼내고 있는데 아이가 두 눈을 똑바로 뜨고 마주 보는 것이다. 게다가 야단을 맞고 있으니 그 눈빛인들 예뻤겠는가! 영국에서 어떤 교육을 받고 왔는지 알면서도 야단 듣는 놈이 당돌하게 마주 보는 눈빛에 화가 솟구쳤다.

"너는 어른이 야단을 치는데 두 눈을 똑바로 뜨고 쳐다보니!"

영국인들은 모르는 사람과 절대 시선을 마주치지 않는다

시선을 마주치는 것보다는 시선을 마주치지 말아야 할 때의 상황이 오히려 더 미묘하다. 상대편의 눈을 마주 보라고 해서 무작정 상대편을 쳐다보는 일만큼 위험한 일은 없기 때문이다.

상대의 눈을 마주하는 것은 도전과 싸움의 신호이기 때문이다. 운전 중 폭행과 살인사건을 막기 위한 영국 하이웨이 코드(운전자의 수칙) 중 "운전 중 되도록 다른 운전자와 눈을 마주치지 말라"는 내용도 비슷한 맥락이다.

자세히 보면 거리의 많은 영국인이 꽤나 무표정이고 남들과 시선을 마주치지 않는 것을 볼 수 있다. 긴 줄 가운데에 있거나, 장거리 기차를 타고 갈 때 여간해서는 타인과 시선을 마주치지 않으려고 애쓰거나, 무표정하게 있거나, 책을 들여다보고 있다. 마치 나치 치하의 유태인들이 독일군과 눈빛을 마주하지 못하도록 훈련받은 것처럼 영국인들은 공공장소에서는 상대편과 눈을 마주치지 않으려고 애쓴다.

어디 영국뿐이랴. 한국에서도 쳐다보는 게 기분 나쁘다고 싸움이 종종 붙기도 하고, 동물들도 일단 눈빛 싸움부터 하는 걸 보면, 눈빛 처리는 어디서든 조심해야 할 것 같다.

거리에서 우연히 눈이 마주친 낯선 사람들에게 손을 치켜들고 환한 미소를 지으면서 "헬로"나 "굿모닝"과 같이 다정한 목소리로 웃어주는 영국인인데, 그 무슨 험담이냐고 할 사람도 있을 것이다. 그러나 그것은 눈길을 마주할 수밖에 없는 낯선 사람에게 '적의가 없음'을 표시하는 태도일 뿐이다.

그래서 대부분의 영국인이 그러하듯이, 거리에서든 어떤 장소에서든 낯선 사람과 눈을 마주칠 수밖에 없을 때에는 "나는 당신과는 아무런 감정이 없다"는 표시로 재빨리 한 손을 치켜올리며 "Hi!"나 "Good Morning!"이라고 인사를 날려주어야 한다.

그 외 몇 가지 몸짓언어

아울러 중요한 몸짓언어 몇 가지가 있다.

저속운전을 해도 경적 한 번 울리지 않는 영국인들의 세련된 운전매너를 입이 마르도록 칭찬을 하고 다니는 친구가 있었다. 그 친구는 속도를 지켜 운전하는 모범 초보 운전자였다. 한번은 그녀의 차를 탔다가 혼이 난 적이 있다. 그녀 말대로 영국 운전자들은 경적은 울리지 않았다. 그러나 속도가 유달리 느린 그녀를 참지 못한 영국 운전자들이 뒤에서 손가락 두 개를 연신 올리고서는 협박 추월을 해댔다. 여기서 손가락 두 개는 심한 욕이다. 우리가 알고 있는 알파벳 V자 모양으로 가운데 두 손가락을 드는 것은 승리를 빈다는 뜻이다. 그러나 그 똑같은 모양으로 손등을 상대편에게 보이면 욕이 된다. 청소년들이 주로 쓰는 손짓이지만, 특히 운전을 하다보면 이런 손짓을 하는 운전자를 많이 만나게 된다.

손가락 두 개를 올렸으니, 좀 더 분이 오르면 차를 받아버릴 지경일 판인데도 그녀는 아무것도 모른 채, 그날도 영국인의 운전 매너를 칭찬하며 느릿느릿 운전을 하고 있었다. 물론 그녀가 초보 운전자라 뒤차 운전자의 일거수일투족까지 챙기지 못해서 생긴 오해이다.

손가락 두 개를 치켜드는 것은 경적을 잘 울리지 않는 영국인들의 영국식 자동차 경적이라고 해도 과언이 아니다. 그러니 영국에서 운전 중에는 다른 차의 운전자가 손가락 두 개를 올리고 있지 않은지 수시로 확인해야 해서 번거롭다. 차라리 경적을 울릴 것이지!

그러니 영국의 트라팔가 스퀘어나 런던타워 앞에서 영국인에게 사진을 찍어달라고 하고서는 V자로 손가락을 들었다가 봉변을 당할 수 있으니 주의하길 바란다.

가장 조심해야 하는 몸짓언어는 고개를 좌우로 흔드는 동작이다. 잘못하면 큰 화근이 되니 꼭 알고 있어야 한다. 한국 사람들도 화가 나면 자기도 모르게 이런 몸짓을 하는 경우도 있지만, 영국에서는 의도적인 모욕으로 받아들인다. "넌 구제불능이야."라는 뜻으로 이보다 더 심한 표현이 없는 경멸의 표시이다.

점잖은 영국 사회에서 도로폭행이란 새로운 말을 만들어낸, 스테론이란 젊은 영국 운전자의 죽음도 바로 이 몸짓언어 때문이었다. 사건의 발단은, 그가 옆 좌석의 여자친구의 질문에 'NO'라는 뜻으로 고개를 좌우로 흔든 것을 본 옆 차의 운전자가 자기에게 보내는 욕으로 오해한 것이다. 그 이후에도 신문지상을 떠들썩하게 한 수많은 도로폭행

사건이 바로 이 동작 때문에 시비가 붙은 경우가 많다.

도로뿐만 아니다. 가게와 같은 공공장소, 영국 어디서나 흔히 볼 수 있는 분노의 몸짓언어이다. 영국의 거리나 상점에서 시비를 벌이던 영국인이 더 이상 말을 하지 않았다고 좋아할 일도 없다. 영국인이 당신에게 고개를 절레절레 흔들고 돌아섰다면, 심한 모욕을 받았다는 것쯤은 알고 있어야 할 것이다.

같은 영국인들끼리도 손짓 한번 잘못하여 서로 죽이는 사태가 발생하니, 몸짓언어는 그만큼 중요하리라. 감성보다는 이성이 우월한 게 인간이라지만, 아직도 인간에게는 사소한 작은 눈빛 하나로도 사랑을 찾아내고, 사소한 눈길 때문에 주먹이 나가는 동물적인 감성이 꿈틀거리고 있음이 틀림없다.

신사들과 말문 트기

공통의 화제, 날씨 이야기를 하라

싸움에서 이기는 제일 좋은 방법은 그들과 친구가 되는 일이라고 생각한다. 그런데 영국인은 사귀기가 여간 힘들지 않다.

영국인은 유별나게도 성격이 변덕스럽고, 말문을 열기도 좀처럼 쉽지가 않다. "무인도에서도 누가 통성명을 해주지 않으면, 대화를 나누지 않는 영국인들."

딸아이의 영국 초등학교의 하교 시간 때 있었던 일이다.

그날 예고도 없이 느닷없이 억수 같은 소나기가 내렸다. 해. 소나기. 구름. 해. 비. 변덕스럽기로 소문난 영국 하늘이 벌써 몇 차례 마음을 바꿔 먹은 그런 날이었다. 힘없는 가랑비에도 이리저리 뛰며 피하는 동양인 학부모들은 소나기가 쏟아지기도 전에 일찌감치 도구실 입구의 처마 밑에 좋은 자리를 잡고 서 있었다. 잦은 비에 익숙해, 웬만한 비는 태연하게 서서 맞던 영국 학부모들도 갑작스런 소나기에는 어쩔 수가 없었나보다. 처마 밑에서 빈틈을 확보하느라고 조용하던 교문 앞이 들썩했다.

"대단한 소나기군요. 자리가 좁겠지만, 조금 들어가도 될까요?"

소나기가 얼마나 세차게 퍼붓던지 순식간에 짧은 금발이 푹 젖은 영국 남자가 여자들 사이에 끼기가 쑥스러운 듯 머뭇거리다가 내게 말을 붙여왔다.

2~3년 전부터 아이의 등하교를 도와주고 있는, 길 방향이 같은 영국 학부모였다. 영국에선 초등학생들은 반드시 부모가 아이들의 등하교를 도와줘야 한다. 특히 맞벌이를 하는 영국인들 중에는 아빠가 아이를 데리러 오는 경우가 많다.

도구실 벽에 붙어 있던 나는 당혹함을 감출 수가 없었다. 같은 영국 학부모들 다 놔두고 하필 동양인인 내게 양해를 구할 게 뭐람.

교문 앞에서는 만날 수밖에 없는 외길을 가운데 두고, 늘 서로 다른 쪽 나무 그늘 아래로 다니면서 한 번도 아는 체를 한 적이 없었다. 그렇게 오래 같은 길로 다녔음에도 불구하고, 말 한마디 없더니만. 성별과 국적이 달라서 가까워지지 못한 게 아니라, 영국인 중에서도 천성적으로 낯을 가리는 사람임이 분명했다. 처마 밑에 서 있던 많은 학부모 중에서 그나마 낯익은 얼굴이 나였으니 나에게 말을 걸었을 것이다.

"그럼요."

몇 사람이 발만 조금씩 옮겨 처마 밑으로 그렇게 사람 하나를 들여놓으니, 숨소리가 가까워졌다. 양옆으로 깔린 영국인들 사이에 서서, 막 먹은 점심의 된장 냄새를 지키느라고 입을 꽉 물고 신발 끝에 떨어지는 빗방울을 내려다보고 있는데, 그가 "근래 드문 소나기~"라면서 난데없는 수다까지 떨었다. 옆에 서 있던 영국인들의 수다와 빗소리가 서로 경쟁을 하니, 그의 말은 잘 들리지도 않았다. 앞만 본 채로 기분 상하지 않을 정도로만 고개를 끄덕여주었다. 음식 냄새 때문에 내가 졸지에 부끄러움을 잘 타는 동양 아줌마가 되어버렸다.

그때 갑자기 비에 갇혔던 학부모들이 호들갑을 떨며 처마 밑에서 빠져나갔고, 비가 그쳤다는 신호가 나왔다. 학교 건물 뒤로 솟아오른 산보다 더 크고 또렷한 쌍무지개가 떴다. 비가 많은 나라라 무지개 볼 일이 자주 있었지만, 이렇게 뚜렷한 쌍무지개는 처음이었다. 쌍무지개에 많은 학부모와 학생들이 환호했고, 분위기가 즐거워졌다.

"혹~ 무지개에 관한 속담을 아시나요? ~ ~ 우리 영국인들은 저 무지개 끝에 보물 상자가 묻혀 있다고 믿는답니다." 이제 그의 상기된 목소리가 하늘을 향했다. "비가 자주 오는 영국은 온 땅이 다 보물 상자가 묻힌 보물섬이겠군요." 된장 냄새를 잊은 채 모처럼 대꾸를 해주었다. 그러자 신이 난 그는 무지개 이야기에 더욱 열을 올렸다.

얼마나 조잘대는지 그동안 같은 길을 그렇게 다니면서, 수다를 못 떨어서 얼마나 속이 탔을까 싶을 정도였다. 그게 영국 생활을 접고 돌아오기 얼마 전의 이야기다. 몇 년 만에 그렇게 대화를 나누었으니, 영국인을 사귀기는커녕 영국인과 말문 트기가 여간 힘든 게 아니라는 생각이 든다.

그게 바로 영국인의 성품이다. 영국인들과 영국 하늘이 별스럽게 구는 것은 세계가 다 안다. 별난 날씨에 버금가게 별난 성격들. 이 정도면 친구가 되었겠다 싶은 순간, 눈길도 맞출 수 없을 만큼 쌀쌀맞게 돌변하는 영국인. 애들이 친구라고 부모까지 친구가 될 순 없다는 매몰찬 논리. 친구는 고사하고 긴 말도 못 붙이게 냉랭하다. 오죽하면 "영국인의 집은 城"이라고 했을까? 마음이 굳건한 성벽으로 겹겹이 둘러싸인 성과 같아서, 정을 주고 말고 할 여지조차 없는 영국인들. 특히 삭막한 도시 런던은 고향을 두고 온 이방인에게는 그다지 품이 넉넉한 땅이 아니다. 면식이 좀 있다고 교육정책이나 정치 이야기를 던져봤자 별 소득이 없다. 기껏해야 꼭 필요한 답변만 할 뿐, 더 이상 대화가 이어지지 않는다.

그런 영국인들의 말문을 열게 할 만한 것이 있다는 건 다행이다. 특히 초면의 어색함에는 "날씨가 너무 끔찍하죠? 하늘이 무너질 듯해요."라든가 "정말 끝내주게 아름다운 날씨군요."라는 대사가 최고다. 그러면 기다렸다는 듯이 날씨에 관한 수다가 쏟아져 나오게 되어 있다. 그렇게 날씨 이야기로 분위기가 화기애애해지면, 굳이 애쓰지 않아도 그쪽에서 먼저 "난 여기 31호에 사는데~ 만나서 반갑다."며 손을 내민다. 그러면 다음 날도 그 다음 날도 아주 반가운 얼굴로 만날 수 있다. 물론 가끔 류머티즘에 걸린 얼굴이 되기는 하지만.

영국에는 날씨 특히 비에 관련된 단어가 수천 개가 있다며, '에스키

모의 눈에 관한 단어가 수천 개' 인 것만 아는 사람을 섭섭해한다. 궂은 날씨까지 자랑스러워하는 영국인이라!

그러나 그것은 자신들의 생각을 함부로 드러내지 않으려는 영국 신사들의 본능적인 위장술이다. 영국인들은 천성적으로 소극적이며, 자기 보호가 강하다. 또한 오랫동안 민주주의를 하다보니 자기 보호를 위해 어떻게 해야 하는지를 알게 된다. 사생활이 노출되거나, 불이익을 받게 될지 모르는 위험한 대화는 애당초 피한다. 또 자신이 가진 특별한 생각을 들키고 싶어 하지 않는다. 그들의 화제는 누구나 공유할 수 있는 평범한 대화일 뿐이다. 날씨나 애완동물, 정원 가꾸는 이야기 등은 그들이 선호하는 화제이다. 그런 대화로 상대를 두드리고 또 두드려보는 이유는 영국인의 신중함과 폐쇄성 때문이다.

신사들을 사귀려면

무엇이든 키워라

집 근처의 마을 공원에 다니기 시작한 지 몇 개월이 지났을 때였다. 하루라도 공원에 나가지 않으면, 종이란 종이는 죄다 찢어놓거나 카펫에 머리를 파묻고 막무가내로 비벼대던, 나의 애견 킹 찰스 카발리에(스패니얼의 일종), 복돌이와의 규칙적인 산책 덕분에, 항상 시간을 맞춰 나오는 영국개의 주인들과 조금씩 얼굴을 익혀갔다. 아직도 많은 영국인이 바로 내 코앞에서 냉랭하고 무관심한 표정을 보이고 있으나, 한두 명씩 슬슬 우리 가족에게 말을 걸어오는 사람이 생기기 시작했다.

우리 개와 같은 종류의 킹 찰스 카발리에를 데리고 다니는 여자가 개의 종류가 같다는 이유로 제일 먼저 친한 척을 해왔다. 그녀는 온갖 지식을 동원해 우리(나와 우리 개)에게 도움을 주고 싶어 했다. 공원으로 가는 길목에 있는 우리 집 현관문을 수시로 노크했다. 어떤 때는, 특히 저녁쯤에 그녀의 입에서 약간의 술 냄새가 날 때도 있었다. 그런 날은 싫어하는 눈치를 주면서 현관문을 굳게 잡고 있으면, "몇 명의 친구(그녀는 공원에서 만나는 애견주인들끼리 친구가 되어 밤에 자주 어울리곤 했다.)와 함께 공원에서 가볍게 한잔했다⋯."는 핑계를 대며 현관문 앞을 떠나지 않고 쭈물거렸다. 나는 그녀를 집 안으로 들이지 않으려고 현관문을 밖으로 밀며 버텼지만, 그녀와 그녀의 애견(늙은 킹 찰스 카발리에 스패니얼 암놈이었는데 주인을 닮아 약간 비만이었다.)은 어느새 육중한 몸을 밀어 넣으며 집으로 쳐들어오기도 했었다. '영국인 맞나? 영국 신사들은 남의 집에 잘 안 들어가는데.' 라는 생각이 들 정도였다. 대부분의 영국 친구들이 차렷 자세로 서서 이야기만 나누고 떠나던 현관문 앞의 관습이 완전히 무너지는 순간이었다.

처음 공원을 다닐 때에는 영국 사회가 외국인을 도무지 받아주지 않아 답답하고 막막했었다. 그러나 시간이 흐를수록 남에게 지나치게 관심을 보이는 영국인들에게 조금씩 지쳐갔다.

누가 영국인을 소개해주는 사람이 없으면 무인도에서도 통성명을 안 하는 인간들이라고 했던가!

누가 영국인들의 집을 굳게 닫힌 성(城)이라고 했던가!

물론 런던 근교처럼 도시화된 곳에서는 "영국인을 사귀기가 무척 힘들다."는 말이 틀린 말은 아니다. 한국인을 비롯한 동양인뿐만 아니라 유럽에서 온 백인조차 영국인 친구 한 명도 제대로 사귀지 못한 채 영국을 떠난다며 불평을 늘어놓는 것을 보았다.

그런 영국인과 말을 트고 지낼 방법은 따로 있었다. 누구나 그렇듯이 공통의 화제를 갖는 것이고, 가장 적절한 화제가 '키우는 일'이었다. 즉 키우기만 좋아하면 된다. 즉 첫째는 아이 키우기, 둘째는 꽃과 나무 키우기, 셋째는 개 키우기이다.

영국인들은 남의 아이를 무척 예뻐한다. 2~3세 된 아이를 데리고 공원이나 거리에 나갔는데, 말을 붙여오는 영국인이 한 명도 없다면, 미안하지만 그 아이를 성형외과라도 데려가야 할지도 모른다. 영국인은 그만큼 아이를 좋아한다. 하지만 남의 아이들을 잘못 예뻐하다가 성폭행범이나 유괴범으로 오해받기 쉬운 나라이므로 조심해야 한다.

두 번째 방법인 꽃과 나무를 키우는 일은 그다지 어렵지도 않고 영국 생활 중에서 한번 해볼 만한 경험이다. 싸구려 샌드위치로 점심을 때우고 구멍 난 양말에 낡은 작업복을 입고 다니며, 수십 년 된 세탁기나 냉장고가 고장이 나면, 낡은 부품들을 얻어다가 고쳐 쓰는 구두쇠 영국인. 일 파운드를 쓰는 일에도 발발 떠는 영국인. 그런 영국인들이 계절이 바뀔 때마다 수입의 만만찮은 부분을 떼어내어 수선화나 튤립 알뿌리, 꽃씨, 정원도구를 사는 것을 아까워하지 않는다. 또 남자들은 휴일만 되면, 만사를 제쳐놓고 정원에서 살다시피 한다. 과거 영국의 식민지 국가 국민들 사이에 떠도는 "영국인이 떠나고 난 자리에는 아름다운 정원이 남아 있다."는 말은 정원에 대한 영국인의 사랑을 증명하고도 남는다.

정원에 목숨 건 영국인들. 장담컨대 초면일지라도 수선화 알뿌리 몇 개 들고 "혹시 이거 보관하는 법 알아?"라며 불쑥 옆집 문을 두드리면, 폐쇄적인 영국인들과 하루 종일 수다를 떨며 노닥거릴 수 있다. 꽃나무 뿌리 몇 개 들고 고개를 갸웃거리며 쳐들어간다면, 한국에서 하듯이 불쑥 옆집에 쳐들어가서 오순도순 대화를 나눌 수 있을 것이다. 영국인들은 그만큼 정원에 관한 일이라면 신사다운 냉정함을 잃고 열을 올린다.

마지막으로 개를 싫어하지만 않는다면, 개를 키우는 것도 영국인과 친해질 수 있는 방법이다.

영국인들의 동물 사랑은 우리가 짐작할 수 없을 만큼 지극하다. 영국인은 영국의 많은 아이들이 틱, 손가락 빨기, 머리카락 비틀기 등의 이상한 버릇을 한두 개는 가지고 있을 정도로 자녀들은 냉혹하게 키우면서 개에게는 지극한 정성을 보인다. "잘 키운 개 한 마리, 열 자식 부럽잖다."며 자녀보다 개를 더 아끼며 사는 영국인이 꽤 될 것이다.

"왜 자녀들에게는 냉혹하면서 개에게는 그렇게 극진한가?"

"개들은 지능이 낮아서 야단을 치거나 때려봤자 알아듣지 못한다."

아이들은 엄격하게 야단을 치고 때리고 구박하지만, 개는 그렇게 하면 더 적응을 못하기 때문에 잘 달래서 키워야 한다는 것이 그들의 지론이다. 그래서 개 학교(Dog school)에 가면 개보다 먼저 개 주인을 교육시킨다.

개에 대한 애정이 지극하다보니 개와 함께 있는 사람에게는 남다른 관심을 보이는 영국인이 많다. 마을마다 있는 작은 공원에 가보면 개 주인들끼리의 특별한 관계를 볼 수 있다.

우리 집은 코츠포드 거리에 있는데, 공원으로 향하는 길목에 자리하고 있다. 영국에는 공원이 많아서 어느 동네에 살아도 공원으로 향하는 길이지만, 특히 우리 집 앞 길은 영국인들 사이에서도 "아~ 그 아름다운 길!"이라고 소문이 날 정도로 아름답다. 그래서인지 집 거실 창문으로 내다보고 있으면, 매일 일정한 시간에 잿빛 계통의 점퍼 차림을 한 영국인들이 개와 함께 공원으로 가는 모습을 볼 수 있다. 마치 블랙홀에라도 빠져들듯 아무 소리도 없이 미끄러지듯이 공원 쪽으로 갔다가 돌아오곤 한다. 영국은 어느 마을이든 공원이 많은데, 인적이 드문 곳에 있는 작은 공원은 외지인들이 찾아가기가 쉽지 않다. 어떻게 간신히 찾아가도, 나무와 수풀이 우거져 들어가기가 꺼림칙하다.

그러나 마을 가까이에 있는 공원은 어린이 놀이터와 축구 골대, 벤치가 있고 정원이 아름다워서, 온갖 종류의 개와 영국의 서민들이 모여든다. 늦은 밤에는 펍(주점)에서 기네스(흑맥주의 일종)나 라거로 가볍게 목을 축인 사람들이 개를 데리고 와서 시끄럽게 떠들기도 한다. 새벽녘에는 조깅복 차림의 사람들이, 낮 시간엔 정원 손질을 마친 노인들이, 그리고 오후 2~4시쯤에는 학교에서 돌아온 아이들과 그 부모들이 개를 데리고 산책을 나온다.

그래서 영국의 공원은 개미 한 마리 안 보일 만큼 한적하다가도, 어느 순간 사람들과 개들의 움직임으로 갑자기 부산해진다. 시간만 잘 맞추어 찾아간다면, 영국 공원에서의 산책은 미국의 공원과는 달리 안전하다.

영국인들은 공원에서 수다를 떨거나, 잡지나 신문을 보기도 하고, 간혹 보온병에 담아 온 영국 차를 친구와 나눠 마시기도 한다. 암묵적으로 주인이 정해져 있는 남의 벤치에 먼저 자리를 차지하는 실례만 범하지 않고, 그들의 개를 it(그것)라고 부르지 않고, she(그녀)나 he(그)라고만 불러주면 좋은 영국인 친구를 사귀게 될 것이다. 그들의 강아지에게 관심을 보이거나 해박한 애견 지식을 풀어놓으면, 폐쇄적인 영국인답지 않게, 그들 집 거실에 걸린 애견 사진을 보러 가자며 손을 끌기도 한다. 너무 쉽게 마음을 열고 다가와서 오히려 당황스러울 정도다.

그러나 무작정 개를 데리고 공원에 간다고 해서 모두 영국인과 친구가 되는 것은 아니다.

영국인들 중에는 개에 대한 적절한 훈련을 자존심 이상으로 중요시하는 사람들이 많다. 그래서인지 영국의 개는 영국인 못지않게 신사인 양 훈련이 잘돼 있다. 걷는 모습도 저희 주인처럼 고개를 빳빳이 들고 발끝을 세운 듯 조심스럽게 앞만 보고 걷는다. 주인이 친구를 만나 길거리에서 잠시 수다를 떠는 동안에는 주인 옆에 앞발을 가지런히 모으고 앉아서 대화가 끝날 때까지 조용히 기다린다. 옆에 칼만 채워주면 중세의 기사라고 해도 손색이 없을 만큼 당당하다.

영국인들은 이렇게 잘 훈련된 자신들의 개에 대한 자부심이 강하다. 그래서 거리에서 우연히 마주친 이웃이나 친구와 일부러 오랫동안 잡담을 나누며, 느긋하게 여유를 부린다.

이런 기본적인 예의를 갖추지 못한 개나 주인은 동네 공원에 나가봤자, 친구를 사귀기는커녕 주인과 함께 왕따를 당할 뿐이다. 그래서 공원이나 길거리에서 조용한 명령에 잘 따르는 견공을 만들기 위해, 많은 영국인이 비싼 학비를 지불하고, 그 지역의 가까운 개 훈련소에 입학시키거나, 개 훈련사에게 개인 과외 수업을 받게 한다. 개 훈련소에서는 견주들의 모임이 자연스럽게 이루어지고, 그들은 마치 유치원생의 학부모나 된 것처럼 한 번의 만남으로도 친한 사이가 된다.

자녀의 과외비는 아까워하는 영국인들이 개를 학비까지 대면서 훈련시키고, 비가 오나 눈이 오나 상관하지 않고 매일 시계추처럼 규칙적으로 개와 함께 공원으로 나가는 이유가 무엇일까?

아마도 공원이 그들의 외로움을 떨쳐낼 유일한 탈출구이기 때문일 것이다.

너무 빨리 어른이 되어 부모의 품에서 벗어난 자녀들. 고민을 털어놓기에는 이미 남이 된 부모형제. 아무도 찾아주지 않는 집. 그런 외로움에서 탈출할 수 있는 방법은, 3~4살 된 아이의 지능을 가진, 누군가의 손길이 필요한 개를 돌봐주는 일이다. 그리고 공원에 가서 마치 유아들의 학부모처럼 개 자랑을 하며, 개를 키우는 지혜를 나누며, 공통의 화제를 지닌 누군가와 대화를 한다.

공원은 외로운 영국 사람들이 서로 만나는 영국식 사랑방일지도 모른다. 그 안에 한번 합류하면 주책없는 영국 아줌마 아저씨들의 긴 신세타령과, 이가 빠진 영국 노인들이 부정확한 발음으로 하는 세상살이 이야기를 귀가 따갑도록 들어줘야 한다. 또한 같은 종의 개의 경우 발육 상태를 비교하며 황당한 신경전을 벌이기도 해야 한다.

영국인들이 냉랭해 보인 것도 어쩌면, 공통의 화제가 없는 사람과의 어색한 대화를 그들이 싫어하기 때문이기도 하다.

TIP 공원

공원이라면 무엇보다도 야외음악회(open air concert)를 관람하는 것이 좋다. 런던 시내에는 하이드 파크 말고도 세인트 제임스 파크, 빅토리아 파크, 리전트 파크, 러셀 스퀘어, 그린 파크 등 크고 작은 공원이 많다. 그런 시내의 작은 공원에서는 점심 식사시간에 직장인이나 관광객을 대상으로 작은 야외음악회를 열지만, 뭐니 뭐니 해도 여름 주말의 음악회가 최고다. 런던의 켄우드 파크에서 열리는 여름밤의 야외음악회는 불만하다. 입장료를 받기는 하지만, 돈을 낼 필요 없이 뒤에서 즐기는 게 더 낫다. 야외음악회는 음악보다는 분위기를 즐기는 것이다. 공원의 잔디 위에 커다란 타월을 깔고 연인이나 가족, 강아지까지 데리고 와서 음악을 들으며 즐긴다. 커다란 타월과 커피, 샌드위치 정도는 기본이고 이동식 식탁, 와인과 와인잔까지 준비해온다. 주차하기가 힘들 정도로 사람들이 많이 모인다. 그 외에도 리즈 캐슬을 비롯한 고성의 야외음악회도 유명하다.

말할 사람이 필요하다면 공원에 가보라. 강아지를 데리고 있는 사람에게 가서 그의 강아지에 대해 말을 걸면 영국인 특유의 쌀쌀함이라고는 찾아볼 수 없는 환한 얼굴을 보게 될 것이다. 영국인에겐 초면에 상대의 이름이나 나이를 물어보면 안된다지만, 개를 보자마자 "아너무 예뻐요. 이름이 뭐예요, 몇 살이에요. 사진 찍어도 되요?'라고 마음껏 질문해도 즐거운 답변이 돌아온다. 그냥 예쁘다고 웃기만 해도 "물지 않으니까, 만져봐도 돼요."라고 먼저 친절을 베풀기도 한다.

아무리 돌아다녀도 말 한마디 붙이기 힘든 영국에서, 주책없는 아줌마나 할머니들 특유의 반복적인 이야기를 듣다보면 영어 듣기 실력은 쑥쑥 늘게 될 거다. 특히 이가 빠진 영국 노인들의 발음은 애매하기는 하지만 낡은 레코드판이 돌듯 멈출 줄을 모른다.

TIP 영국을 볼 수 있는 숙소

아침 식사와 숙박을 제공하는 B&B는 민박형 숙소인데 런던의 B&B는 거의 상업적으로 운영되므로 주인과 대화의 시간을 갖기 힘들다. 대신 런던을 벗어난 지역이나 스코틀랜드, 웨일스에 가면 집 주인 가족과 대화를 나누며 가족적인 하룻밤을 보낼 수 있다.

영국인들의 생활을 더 자세히 보고 싶거나 동물을 사랑하는 사람이라면 팜 하우스(Farm House)를 권한다. 가격은 B&B와 비슷하지만 농장이 딸린 집에서 묵으므로 영국인의 생활을 가까이에서 보기에는 최고다. 또 텔레비전에서나 볼 수 있는 양몰이(Sheepdog Trials)와 십도그 (Sheepdog)도 직접 구경할 수 있다. 팜 하우스 주인이 소유하고 있는 동물들을 공짜로 구경하고 설명 듣고 즐기는 재미가 있다. 인적이 드문 외진 농장이라 사람들에게 친절하다. 단 외진 시골이라 혼자 묵기에는 좀 겁이 날 수도 있으니 가족이 함께하거나 친구와 함께 가면 좋을 것 같다.

하루에 300파운드 넘게 지불하면 성에서도 묵을 수 있다. 숙박료는 엄청나지만, 영국 성에서 공주님이나 왕자님이 되어 집사의 시중을 받고 전담요리사의 특식을 맛보는 환상적인 하루를 보낼 수 있다. 단 대접받기에 알맞은 신사 숙녀님 복장과 우아함을 꼭 준비해야 한다.

가르치기를 좋아하는 영국 노인들

쓴맛을 보여주마

"영국인들은 도로에서 시비가 붙으면 죽음과 폭행을 몰고 올 정도로 잔인하게 싸우지만, 양보도 잘하고 도로 질서를 잘 지킨다!"

모순 같지만, 사실이다.

영국의 도로에 돌아다니는 차는 우리나라와 좀 다르다. 옆구리가 조금씩 찌그러졌거나 접촉사고로 페인트를 덧칠한 차가 많다. 차를 우리나라 사람들보다 오래 타고 중고차를 많이 이용해서이기도 하지만, 고의적인 접촉 사고를 낸 흔적일 경우가 더 많을 것이다. 그 흔적들은 바로 영국의 도로 질서가 유지되는 비밀의 열쇠이다.

영국인들은 라운더바웃이나 골목길에서, 주 도로에서 함부로 끼어드는 차량을 용서 없이 받아버리는 습관이 있다. 양보를 잘하지만, 허락 없이 끼어들거나 운전 질서를 지키지 않는 차량에는 한 치의 용서도 없다.

우리처럼 끼워줄 차량을 다 끼워주면서 창문을 열고 삿대질을 하거나 욕을 하지 않는다. 대신 영국인 중에는 다짜고짜 받아버리는 사람이 많다. 그러니 문제를 일으키고 싶지 않다면 그저 조용히 주 도로에 있는 사람들의 선처를 기다렸다가 진입해야 한다.

나는 영국 자동차들의 그런 자국을 보면서, '영국인의 잔인함' 이 참 대단하다고 생각했었다.

그런데 우연히 한 영국인 기자가 한국에 관해 쓴 책, 《한국인을 말한다》에서 거꾸로 '영국인의 마음' 을 확인할 수 있었다. 그들의 도로에서의 행동은 잔인함이 아니었다.

그가 특파원으로 서울에 있을 때의 이야기이다.

그는 한강 다리의 정체 구간에서 상습적으로 끼어드는 차량을 영국식으로 고의적으로 들이받곤 했다. 그날도 끼어드는 차량을 들이받고 한바탕 소란을 피우다가 사무실에 들어와서 창밖을 내다보며 과연 자신이 옳았는지 고민을 했다. 어느 한국인도 그 끼어드는 차량을 들이받지 않는데, 외국인인 자신이 굳이 그 차량을 들이받을 이유가 없었다. 영국에서는 당연한 일이지만, 남의 나라 남의 도로에서 남의 차를 받았으니 이유야 어찌되었든 마음이 편치 않을 것이다. 게다가 버럭버럭 화를 잘 내면서도, 용서도 쉽게 하는 한국인들이 이상했다. 그를 가장 괴롭힌 것은 한국인들의 그런 '이상한 인정' 앞에서, 영국식 삶이 '인정머리도 없이 매몰차다'고 느껴지는 것이었다.

그 특파원의 글에 의하면, 영국인들은 잔인한 것이 아니라 그들 나름대로 교통질서를 지키지 않는 무법자들에게 잘못을 가르친다는 신념으로 징계를 했던 것이다.

고의적인 충돌!

그것은 양심적인 면에서도 고통스러울 뿐만 아니라, 그 외 사소하게 뒤처리해야 하는 면에서도 귀찮은 일이다.

물론 그런 접촉 사고의 책임은 교통질서를 지키지 않은 상대편에 있다. 그러나 설사 사고의 책임이 내게 있지 않다고 해도, 교통사고라는 게 얼마나 귀찮은 일인가? 차를 수리하는 동안의 불편함이란 말할 수 없다. 특히 택시와 같은 대중교통이 불편한 영국에서 차가 없어서 발생하는 불편한 점은 한두 가지가 아니다.

그럼에도 불구하고 무법자들에게 교통질서를 가르쳐주기 위해서 그렇게 불편을 감수하는 것이다.

특히 영국 노인들은 사람들의 바르지 못한 행동을 보고 잔소리를 즐겨 한다.

영국의 라디오 토크 쇼에서 나온 이야기다.

'점원이 실수로 거스름돈을 10파운드(우리 돈으로 2만 원 정도)나 더 주었다. 어떻게 할 것인가' 라는 주제였다.

영국의 경제가 나빠서 그런지 영국인의 본성이 그런지 응답자의 대부분은 돌려주지 않았다고 대답했다. 이유는 다양했다.

"그동안 그만큼의 거스름돈을 못 받았을지도 모르는 일이잖아요!"

"그냥 즐거운 일이니까."

"그런 큰돈이 주는 유혹을 물리칠 수 없어요."

"무의식적으로 들고 나왔기 때문에 이미 돌려주기는 너무 늦어서…."

이런저런 이유를 댔으나, 남의 돈을 가졌다는 가벼운 죄의식이 느껴지는 구질구질한 변명들을 했다. 그때 영국할머니 한 분이 엄한 말투로 단언했다. 라디오 방송이었지만, 할머니임을 알아챌 수 있는 이가 빠진 듯하면서도 단호한 말투였다.

"암~! 절대로 돌려줄 수 없어. 그 10파운드는 레슨비야. 돈을 똑바로 셀 수 있는 실력을 갖추는 데 필요한 레슨비. 잔고가 맞지 않은 낭패를 당해봐야 다음부터는 그런 실수를 하지 않겠지!"

환호와 함께 우레와 같은 박수가 울렸다. 너무나 정확한 변명이었다. 모두가 원하던, 남의 돈을 훔친 듯한 죄의식이 들지 않을 만한 이유였다. 그래서 모든 참석자가 손뼉을 치며 환호했던 것이다.

그러나 그것이 변명이 아니라는 것은 영국 노인들의 모습을 보면 알 수 있다.

연금을 받고 자식이나 자원봉사자의 도움으로 살아가는 영국 노인들도 많지만, 그들은 자립심이 강하며 지금의 깐깐한 영국인의 모습을 가장 잘 지키고 있는 사람들이다. 거리에서 무단 횡단을 나무라는 사람도 영국 노인이고, 불량배들의 소굴이 될 뻔한 한적한 공원을 매일 찾아가서 지키는 것도 영국 노인이다.

사회봉사 활동의 일종으로 무료로 영어를 가르치는 미국 노인들에 비해서, 손이 떨리고 걸음걸이가 흔들려도 당당히 돈을 받고 아이들에게 피아노나 공부를 가르치는 영국 노인들을 자주 만났다. 돈을 벌어야 하는 궁핍함도 있겠지만, 영국 노인들은 남을 가르치기를 좋아한다.

　　영국인들은 과거 동남아 식민지 국가 국민들에게 그들의 언어뿐만 아니라 문화, 스포츠까지 자기들이 알고 있는 모든 것을 가르치려 했다. 동남아인들이 영국의 운동인 크리켓에 영국인보다 더 열심인 것을 보아도 그렇다. 아낌없이 가르쳐주기를 즐겼기 때문에, 동남아 식민지 국가 국민들이 피해의식이 없이 아직까지 영국을 사랑하고 존경하는 지도 모른다.

진짜 문화 이야기로 가득찬 보이지 않는 세계지도

타산지석 시리즈는 세계 여러 나라의 사람들과 문화를 이해하기 위한 보이지 않는 세계 지도. 눈으로는 볼 수 없는 진짜 문화 이야기를 들려주는 이 시리즈는 각 나라마다 달리 나타나는 문화 현상과 사람들의 특성을 그들의 역사와 자연 환경, 주변국과의 관계 등등 다각도의 근거를 들어 흥미롭게 펼쳐낸다.

마음을 열어주는 인간관계 시리즈

사람으로부터 편안해지는 법 소노 아야코의 경우록敬友錄
소노 아야코 지음 / 오경순 옮김 / 296면 / 9,800원
타인을 미워하지 않고도 사람으로부터 받은 상처를 극복할 수 있도록 도와주는 책.

관계로부터 편안해지는 법
가모시타 이치로 지음 / 신병철 옮김 / 164면 / 9,800원
인간관계로 인한 스트레스에 대처하는 마음의 힘을 키워주는 책.
스트레스에 대한 면역력을 키워준다.

긍정적으로 사는 즐거움
소노 아야코 지음 / 오유리 옮김 / 276면 / 8,800원
지금까지 상처받았다고 생각해온 것들에 대한 가치관의 반전과 인생의 본질을 꿰뚫는 지혜를 전하는 책.

왜 지구촌 곳곳을 돕는가 빈곤에 관한 가장 리얼한 보고서, NGO 활동의 의미와 진실
소노 아야코 지음 / 오근영 옮김 / 206면 / 9,800원
인간으로서 존엄은커녕 쓰레기 취급을 당하다 굶어 죽어가는 사람들이 공존하고 있다는 사실. 이 속에서 우리 주변은 물론 왜 지구촌 곳곳까지 도와야 하는지 답을 찾게 된다.

세상의 그늘에서 행복을 보다
소노 아야코 지음 / 오경순 옮김 / 212면 / 8,800원 청소년추천도서
오랜 작가생활과 NGO 활동으로 전세계 100여국을 방문하고 여행해온 저자가 빈곤, 기아, 질병이 곧 삶인 오지인들의 모습을 통해 그동안 너무나 당연해서 제대로 느낄 수 없었던 행복의 원점과 인생의 본질을 되돌아보게 하는 책.

착한 사람은 왜 주위 사람을 불행하게 하는가 위선으로부터 편안해지는 법
소노 아야코 지음 / 오근영 옮김 / 176면 / 9,800원
무난한 인간관계를 위해 우리의 의식에 잠재되어 있는 '착한 사람'에 대한 강박증이 초래한 불편함과 비본질성을 꼬집는 책. 보다 자연스럽고 편안한 인간관계를 위해 우리가 취해야 할 것과 버려야 할 것을 깨닫게 한다.

마음으로 살아요 행복이 옵니다
오오하시 히즈코 지음 / 김훈아 옮김 / 268면 / 12,000원
마음을 다하여 바라본 이 세상에 행복이 있음을 깨닫게 하는 책.

나이의 힘 나이듦의 힘을 깨닫게 해주는 책들

나이의 힘 01

나는 이렇게 나이들고 싶다 소노 아야코의 계로록戒老錄

소노 아야코 지음 | 오경순 옮김 | 288면 | 12,000원

농익은 내면의 휴식기인 노년에 보다 가치 있는 삶과 행복을 영위하기 위해
중년부터 어떠한 마음가짐과 준비를 해야 하는지 말해주는 책.

나이의 힘 02

마흔이후 나의 가치를 발견하다

소노 아야코 지음 | 오경순 옮김 | 256면 | 13,000원

정체된 듯한 중년의 모습을 되돌아보게 하고,
마음 한구석에 중년 이후의 삶에 대한 기대를 품게 만드는 책.

나이의 힘 03

좋아하는 일을 하며 나이든다는 것

사이토 시게타 지음 | 신병철 옮김 | 188면 | 9,800원

인생은 보물찾기와 같다. 보물은 의외의 장소에 숨겨져 있는 경우가 많은데,
그것은 스스로 찾지 않으면 찾을 수 없다. 대수롭지 않은 실패 때문에 고민하거나
망설이지 말고 기분을 바꾸어 지금 바로 첫걸음을 내디뎌보라고 조언하는 책.

나이의 힘 04

큰글씨 나는 이렇게 나이들고 싶다

소노 아야코의 계로록戒老錄

소노 아야코 지음 | 오경순 옮김 | 312면 | 12,000원

2004년 출간 이후 이 책을 읽어왔던 독자들의 끊임없는 요구에 의한 큰글씨판.
노안으로 인해 이 책을 편안하게 읽기 어려웠던 독자들에게 내용과
디자인 모두를 충족시키는 실버 출판물이다.

나이의 힘 05

늙지 마라 나의 일상

미나미 가즈코 지음 | 김욱 옮김 | 248면 | 12,000원

건강한 노년을 위한 구체적인 적응법과 생활법을 전하는 책으로 육체적인 노화에
따른 변화를 어떻게 받아들이고 대처해나가야 하는지를 다룬다.

나이의 힘 06

당당하게 늙고 싶다

소노 아야코 지음 | 김욱 옮김 | 176면 | 12,000원

고령화사회 속에서 행복한 노년을 보내는 7가지 정신을 다룬 책으로 외부적
요인에 흔들리지 않는 자신만의 능력을 준비할 것을 강조한다.
출간되자마자 300만 일본인이 선택한 화제의 책.

나이의 힘 07

나이듦의 미학을 위하여

소노 아야코 지음 | 김욱 옮김 | 168면 | 12,000원

나이듦의 진정한 가치를 전하고, 아름다운 노후를 위해 준비해두어야 할
마음가짐을 다룬다.

나이의 힘 08

죽음이 삶에게

소노 아야코 · 알폰스 데켄 지음 | 김욱 옮김 | 256면 | 14,000원

죽음을 통해서 시간의 귀중함, 사랑과 삶의 진실한 의미를 가르쳐주는 책.
소노 아야코와 생사학生死學의 대가 알폰스 데켄 신부가 편지글로 나눈
삶의 가치와 죽음의 본질.

나이의 힘 시리즈는 계속 발간됩니다.

커튼 뒤에서 엿보는 영국 신사

1판 1쇄 인쇄 2012년 7월 23일
1판 1쇄 발행 2012년 7월 28일

지은이 이순미

펴낸이 김현정
펴낸곳 도서출판리수
책임편집 김현주
교정교열 최귀열

등록 제4-389호(2000년 1월 13일)
주소 서울시 성동구 행당동 328-1 한진노변상가 110호
전화 2299-3703
팩스 2282-3152
홈페이지 www.risu.co.kr
이메일 risubook@hanmail.net

ⓒ 2012, 이순미

ISBN 978-89-90449-87-0 04810